JULIEN MARCEL

HOLLYWOOD ANNÉE ZÉRO

500 JOURS DE CRISE
À LA LUMIÈRE DE 100 ANS D'HISTOIRE DU CINÉMA

SOMMAIRE

Retransmissions télévisées en salle dans les années 1950
P. 146

Le cinéma américain pendant la Grande Dépression : au-delà d'une vision purement économique ?
P. 166

1920 1930 1940 1950 1960

En France, la peur de l'américanisation est vieille comme le cinéma !
P. 22

La grippe espagnole et le virage

INTRODUCTION

DE LOS ANGELES À PARIS, L'HISTOIRE D'UN SÉISME

En mars 2020, au moment précis où la France et les États-Unis entrent dans le dur de la crise du Covid, je viens de rentrer à Los Angeles après un séjour écourté en France. Juste avant de sauter dans un avion pour quitter la Ville Lumière en direction de la « cité des anges », j'assiste à une réunion au siège parisien d'une des principales chaînes de cinémas françaises. L'ambiance y est étonnante – on pense à la fameuse réplique finale de *La Haine*, « Jusqu'ici, tout va bien... » Les discussions business vont bon train, on échafaude des plans et des projets pour les mois qui viennent, et pourtant on sait déjà qu'un choc va se produire dont on peine à prédire les conséquences. On le sait tellement bien que je me dépêche d'aller prendre un avion pour retrouver les miens, de peur d'être dans l'impossibilité de le faire plus tard.

En ce début d'année 2020, cela fait six ans que je vis en Californie avec ma famille. Nous savourons d'autant plus la vie californienne que nous savons l'heure du retour en France proche. En effet, je vais prendre de nouvelles responsabilités et on m'a annoncé en décembre que je serai de nouveau parisien l'été suivant. 2020 sera donc pour moi une année à cheval entre les États-Unis et la France, une année de fin de cycle et de début de nouvelles aventures... Bref, j'aborde 2020 avec sérénité, prêt pour une transition en douceur.

Inutile de dire que rien ne s'est vraiment déroulé comme prévu. Nous avons bien déménagé et changé de vie, mais la vraie nouveauté de 2020, c'est que le monde entier a changé de vie et amorcé une phase de transition que peu de personnes, pas moi en tout cas, avaient vue venir.

J'assiste à cette interminable crise et à son impact sur l'industrie du cinéma d'abord depuis les collines de Los Angeles, non loin de celles d'Hollywood, où bat le cœur du cinéma mondial, puis depuis la France, où ce même cinéma est né quelques années avant le début du XXe siècle. Entouré de mes équipes de journalistes et d'experts du marketing des salles obscures à travers le monde, je vis tous ces mois dans une agitation, parfois frénétique, pour comprendre, anticiper, adapter nos activités. Cette période me conduit à échanger avec de nombreux experts des deux côtés de l'Atlantique. À l'heure du confinement presque mondial, les journées dans notre monde du cinéma comme dans la plupart des industries sinistrées par la crise sont rythmées par des rencontres virtuelles, tables rondes et *webinaires* tout au long desquels les professionnels échangent et essaient de comprendre et de préparer la suite.

C'est d'ailleurs une caractéristique intéressante de cette période de mise à l'arrêt que notre industrie et beaucoup d'autres traversent en 2020-2021. Pour la première fois, des industries entières se voient offrir la possibilité de prendre le temps de réfléchir, d'analyser, sans être en permanence happées par l'urgence impérieuse du quotidien. À n'en pas douter, de nombreuses évolutions, dans le secteur du cinéma comme dans bien d'autres, vont trouver leurs racines dans cet arrêt forcé.

Il se trouve que l'année 2020 était aussi celle où The Boxoffice Company, la société que j'ai la grande joie de diriger, prévoyait de célébrer en grande pompe les cent ans de notre publication professionnelle américaine *Boxoffice Pro*[1]. Dans cette perspective, nous nous étions lancés dans un travail de recherche dans les archives du magazine. Nous avons ainsi exhumé des milliers de documents inédits, et nous avons répertorié et organisé l'information pour réaliser une rétrospective d'un siècle d'histoire du cinéma. À travers ce travail, un certain nombre de lignes de force sont apparues : la constante réinvention technologique des salles, la mort du cinéma maintes fois annoncée, la relation d'interdépendance souvent mêlée de tensions entre ceux qui produisent et distribuent les œuvres et ceux qui les montrent.

À l'heure où la sortie de crise semble s'amorcer, en revisitant les événements récents qui ont si profondément ébranlé l'industrie du cinéma, une analogie s'est imposée à moi, sans doute fortement influencée par près de sept années passées non loin de la faille de San Andreas, dans l'attente d'un hypothétique « *big one* »... Entre le début de l'année 2020 et le milieu de l'année 2021, le secteur du cinéma mondial a subi un véritable *tremblement de terre* qui a apporté son cortège de dommages et de désolation. Certains pans de l'industrie seront entièrement à reconstruire, à l'identique ou différemment.

Rien ne sert de disserter sur l'élément déclencheur. Un séisme est par nature imprévisible et inévitable. Et même si, derrière l'événement cataclysmique soudain, les experts spécialistes du temps long sont en mesure de comprendre et d'expliquer les

1 *Boxoffice Pro* (boxofficepro.com), autrefois *Boxoffice*, est un magazine professionnel créé en 1920 et devenu en 2006 le magazine officiel de la National Association of Theater Owners (NATO), l'association représentant les salles de cinéma nord-américaines.

énergies en jeu, la tectonique des plaques est à l'œuvre, des mouvements de fond rendent l'événement inéluctable sans qu'on sache pour autant le prévoir. En l'espace de quelques instants, des forces en présence depuis des siècles modifient alors le paysage.

Il en est de même pour la crise qui secoue (et ce n'est pas fini) l'industrie du cinéma mondiale. On aime penser et dire que c'est « sans précédent ». L'irruption de l'imprévu modifie les règles du jeu. En confrontant le récit des événements de cette période de crise à l'histoire d'un siècle de cinéma, on voit cependant se dégager des tendances structurantes. La transformation était bien en marche. Comme le disait le P-DG de Microsoft lors d'une présentation aux investisseurs au printemps 2020, « nous avons vu deux ans de transformation numérique en l'espace de deux mois ».

À travers les chapitres de ce livre, nous allons revenir sur ce qui vient de se passer, essayer de connecter entre eux des événements qui semblent souvent « éparpillés par petits bouts, façon puzzle » et qui, pourtant, s'inscrivent presque toujours dans des dynamiques de moyen ou long terme que des récits de notre histoire récente ou plus lointaine permettront d'éclairer. Nous venons de vivre une remise à plat majeure, une « année zéro » qui transformera sans aucun doute notre industrie et notre monde. Le travail de compréhension peut commencer.

500 JOURS DE CRISE À LA LUMIÈRE DE 100 ANS D'HISTOIRE DU CINÉMA

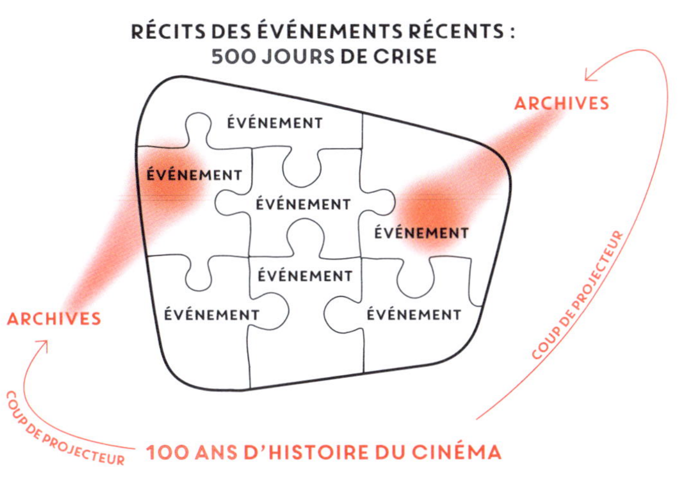

UN NOUVEL ORDRE MONDIAL

DES AMBITIONS EN PAUSE : LA PANDÉMIE INTERROMPT L'ÉLAN DE LA CONSOLIDATION GLOBALE

➔ Une phase de crise comme cette période pandémique est le meilleur terreau pour une reconfiguration du marché. Alors que, comme nous le verrons, l'heure est à la concentration du côté des studios et des plateformes, la crise met à mal les ambitions globales des plus grands circuits mondiaux. C'est là un premier effet tangible de cette période de turbulences : elle semble mettre un terme à une période d'expansion internationale et de concentration pour ces acteurs auxquels le magazine *Boxoffice Pro* se réfère traditionnellement en parlant des « *Giants of Exhibition* ».

En effet, au cours des années qui ont précédé la pandémie, de nombreuses opérations de fusions et d'acquisitions ont eu lieu, qui ont fortement remodelé le paysage de l'exploitation mondiale des salles de cinéma. L'acquisition en 2012 du leader américain AMC par le groupe chinois Wanda avait bien entendu constitué un événement marquant, aussi bien pour son impact financier réel que pour sa dimension symbolique : un fleuron du divertissement à l'américaine, un emblème de la pop culture qui passe sous pavillon chinois ! L'appétit du groupe chinois semblait sans limite avec l'acquisition par AMC, et donc toujours avec des capitaux chinois, du leader européen Odeon & UCI en 2016, puis du groupe Nordic Cinema l'année suivante. L'aventure globale de Wanda devait cependant commencer à tourner court dès l'année suivante, avec un fort coup de pression des autorités chinoises soucieuses d'éviter la mobilisation excessive de capitaux chinois hors de Chine. Dès septembre 2018, Wanda réduisait ainsi sa part au capital d'AMC sous la barre des 38 % à l'occasion de l'entrée au capital du fonds d'investissement Silver Lake Partners.

La bataille pour l'expansion globale dans ces années n'est cependant pas l'apanage des seuls acteurs américains et chinois. Ainsi, en 2016 toujours, c'est le leader coréen CJ CGV qui fait l'acquisition du leader turc Mars, avant d'annoncer en 2018 son ambition de tripler son nombre d'écrans pour atteindre la barre symbolique des 10 000 écrans. En 2018, c'est au tour de Cineworld, un leader européen dirigé depuis Israël par Mooky Greidinger, de conforter sa présence mondiale avec l'acquisition, pour 3,6 milliards de dollars, du groupe américain Regal. Enfin, un autre acteur européen tire son épingle du jeu, c'est le belge Kinepolis, qui acquiert en 2017 le challenger canadien Landmark Cinemas, avant d'entrer en 2019 sur le marché américain avec le circuit régional MJR.

Mais la crise du Covid va mettre un coup d'arrêt à cette longue série d'opérations. En juin 2020, le groupe Cineworld, propriétaire du réseau américain Regal Cinemas (deuxième circuit aux États-Unis), annonce qu'il renonce à son projet d'acquisition du circuit canadien Cineplex, qui, avec ses 165 cinémas et ses 1 695 écrans (au moment de cet accord), domine très fortement ce marché. Officiellement, Cineworld renonce à cette acquisition d'un montant de 2,1 milliards de dollars du fait du non-respect de certaines clauses de l'accord approuvé en février 2020 par les actionnaires des deux sociétés. Mais, dans l'annonce de cet abandon, le groupe de Mooky Greidinger fait également référence à l'impact d'un contexte qui change matériellement les conditions de l'accord.

Quelques mois plus tard, en août 2020, c'est au tour du leader mondial AMC de réduire quelque peu la voilure avec la cession d'une partie de ses cinémas dans le nord de l'Europe (Lituanie, Lettonie, Estonie), pour 77 millions de dollars, au groupe Upinvest, qui possède par ailleurs le groupe Baltic Cinemas. Alors que le groupe de Kansas City vient d'accuser une perte de 516 millions de dollars au deuxième trimestre 2020 et même si son P-DG, Adam Aaron, affiche un optimisme prudent tandis que s'amorce une première phase de réouverture, l'heure est clairement au désendettement.

En octobre 2020, c'est du côté de l'Allemagne que la concentration marque le pas lorsque le groupe britannique Vue, qui s'est hissé parmi les géants européens et mondiaux sous la houlette de son dirigeant Tim Richards, décide de mettre sur « pause » l'acquisition annoncée deux ans auparavant du circuit allemand CineStar pour un montant de 221,8 millions d'euros.

Enfin, entre mars et mai 2021, le chinois Wanda engage la cession du groupe australien Hoyts, acquis en 1995, et finalise la sortie complète du capital de Wanda au terme d'une période de dix ans durant laquelle la domination du marché mondial des salles par un groupe chinois aura fait couler beaucoup d'encre.

Pour comprendre les enjeux financiers auxquels sont confrontées les salles de cinéma avec cette crise, il faut avoir présent à l'esprit qu'en 2020 le secteur arrive à une étape charnière d'un processus de numérisation de son équipement engagé une dizaine d'années auparavant. La première génération de matériel sort de sa phase d'amortissement et donc de garantie. On parle alors du mur de « l'après-VPF[1] » pour souligner le défi que sera, à l'avenir, de financer à la fois le remplacement d'équipements à la durée de vie réduite (par rapport au 35 mm) et l'investissement dans des offres de plus en plus *premium*.

Après une période d'expansion internationale dans les années 2010, la pandémie et la crise économique qu'elle exacerbe mettent un coup de frein brutal à la bataille des circuits pour l'expansion globale.

Plusieurs opérations et échecs d'opérations viennent confirmer cette tendance tandis que la fin de l'aventure mondiale du chinois Wanda se précise.

1 *Virtual Print Fee* (VPF) : mécanique par laquelle les distributeurs de films ont contribué financièrement au remplacement des projecteurs 35 mm par des projecteurs numériques par le biais d'un « coût de copie virtuelle » acquitté lors de la programmation de leurs films en salle.

LA FIN DE LA « BARRIÈRE DES DEUX CENTIMÈTRES » ET L'AVÈNEMENT DES PRODUCTIONS LOCALES

→ Au long des années qui conduisent à la période de crise qui nous intéresse, les studios d'Hollywood sont également entrés dans une phase de globalisation caractérisée par des superproductions de plus en plus grosses et de moins en moins nombreuses et diverses. En somme, on semble être entré dans une ère de « paris » sans cesse plus gros, emmenés par des castings qui sont de savants dosages culturels pour pouvoir rencontrer le public de Shanghai à Mexico City en passant par Paris, Londres et Los Angeles. Les comédies, qui sont par nature plus ancrées culturellement, ont moins la cote par exemple...

Pendant ces années pré-Covid, on entend régulièrement des représentants des salles de cinéma et des réalisateurs, de part et d'autre de l'Atlantique, s'alarmer de cette tendance qui présente plusieurs risques majeurs.

Un des risques les plus importants dénoncé par Martin Scorsese dans une tribune au *New York Times* de novembre 2019 est la « marvelisation du cinéma[2] » : des écrans de multiplexes encombrés de films de super-héros au détriment d'autres types de films. Le réalisateur de *The Irishman* réfute l'idée selon laquelle il s'agirait d'une simple question d'offre et de demande : « Si on ne donne aux gens qu'un type de produit et qu'on ne leur vend que ça ad vitam aeternam, bien sûr qu'ils voudront davantage de ce même produit[3]. » À vouloir faire trop de place à un type de contenu spécifique, fût-il celui qui attire la cible la plus conséquente en nombre, les salles de cinéma américaines engagent un cercle vicieux qui, mécaniquement, réduit la cible à laquelle elles s'adressent.

2 Marvelisation : tendance à l'homogénéisation des productions cinématographiques sur le modèle des grosses productions des films de super-héros de Marvel.
3 Martin Scorsese, « I Said Marvel Movies Aren't Cinema. Let Me Explain », *The New York Times*, 4 novembre 2019.

La manifestation très tangible de cette spirale dangereuse pour la filière tout entière, ce sont les fluctuations de plus en plus fortes du box-office au gré des succès ou des échecs de titres spécifiques. Quand on joue la performance de chaque week-end sur un seul film, on s'expose à des déconvenues fréquentes. Ce manque de répartition du risque qui ferait hurler n'importe quel gestionnaire de portefeuille avisé est devenu une seconde nature pour Hollywood.

On peut espérer que ces mois de crise amèneront non seulement les studios mais aussi (et surtout) les acteurs des principaux marchés internationaux à revoir leur doctrine en matière de diversité de contenu, notamment en termes d'origine géographique. Le monde entier a fait la douloureuse expérience de son niveau de dépendance à un fournisseur spécifique : ce qui est vrai pour la production de masques antibactériens l'est aussi pour la production cinématographique. Le deuxième groupe international de cinémas, Cineworld, a ainsi pris la difficile décision de fermer pendant des mois toutes ses salles dans le monde entier, indépendamment de toute considération locale, dans l'attente du retour des blockbusters hollywoodiens.

La période de crise aura certainement marqué un retour sur le devant de la scène cinématographique mondiale des productions locales, essentielles pour nombre de marchés, et notamment pour la France, lors des réouvertures de salles en juin 2020 puis en mai 2021.

Mais commençons par regarder ce qui s'est joué du côté de la Chine, devenue au cours de l'année 2020 le premier marché mondial. Tous les films de son top 3 en 2020 sont locaux : *The Eight Hundred* (439,3 millions de dollars), *My People, My Country* (406,4 millions de dollars) et *Jiang*

Ziya : Legend of Deification (230,6 millions de dollars). *The Eight Hundred* devient le premier film non hollywoodien à dépasser 450,4 millions de dollars en 2020 au box-office mondial ; c'est le plus gros film de 2020. Dans un contexte de tensions entre Pékin et Washington, les accords bilatéraux entre les États-Unis et la Chine imposant à la Chine un quota minimal d'importation de films américains (34) ont expiré en 2017 et la part de marché des films étrangers, qui avait déjà baissé pour atteindre 36 % en 2019, finit à 16 % en 2020[4].

Toujours en Asie, c'est vers la Corée que le monde du cinéma tourne fréquemment les yeux en 2020-2021. Le marché coréen, cinquième marché mondial en termes de recettes, est souvent comparé à juste titre au marché français. On y retrouve en effet beaucoup de caractéristiques communes qui font de ces deux marchés solides des exceptions dans le paysage mondial : importance de la production locale dans la fréquentation, présence d'acteurs locaux forts qui tiennent bien le marché de l'exploitation, à l'instar du groupe CJ CGV, qui domine le paysage des salles en Corée tout en partant à l'assaut du monde... En 2020, deux des trois principaux succès coréens de l'année sont des productions locales : *Deliver Us from Evil* (32,8 millions de dollars) et *Peninsula* (27,6 millions de dollars).

Enfin, un film marquera à n'en pas douter l'histoire de cette période : c'est le manga japonais *Demon Slayer*, qui sort fin 2020 au Japon et détrône *Titanic* et ses 251 millions de dollars de box-office pour devenir le plus gros succès de tous les temps au pays des mangas. Mais l'histoire ne s'arrête pas là puisque le film devient également un succès instantané aux États-Unis puis en France. Un manga sur le toit de la fréquentation mondiale, c'est du jamais-vu !

4 Shirley Zhao, « As Chinese film goers pivot to local content Hollywood loses out », *Al Jazeera*, 16 février 2021.

Il se passe ainsi quelque chose du côté des contenus locaux en 2020, et on trouve les traces de ce changement dès le tout début de l'année avec le succès du film coréen (encore la Corée) *Parasite* lors des Golden Globes puis des Oscars. Il est d'ailleurs intéressant de noter que la catégorie du « meilleur film en langue étrangère » (Best Foreign Language Film) des Oscars, établie en 1947, est rebaptisée « meilleur film international » (Best International Feature Film) justement en 2020. Comme le déclare alors à la BBC, en février 2020, le scénariste Larry Karaszewski, « c'est le mot *étranger* qui commençait à devenir... étrange ! Il n'y avait rien d'étranger aux films que nous regardions. Simplement, ils n'étaient pas en langue anglaise[5] ».

C'est le réalisateur Bong Joon-ho, sacré dans les catégories « meilleur réalisateur », « meilleur film », « meilleur film international » et « meilleur scénario original » aux Oscars en 2020 – une première pour une œuvre non anglophone –, qui capture le mieux cette évolution en cours lorsqu'il déclare dans son discours de remerciements en janvier 2020 aux Golden Globes : « Quand vous aurez surmonté la barrière des deux centimètres de sous-titres, vous découvrirez des films étonnants[6]. »

Les spectateurs américains restent très attachés à la langue anglaise puisque, selon une étude Statista de janvier 2021, 59 % des adultes aux États-Unis préfèrent voir un film doublé en anglais que de lire les sous-titres[7]. Pourtant, une transformation est bien à l'œuvre, la barrière des sous-titres tombant davantage jour après jour, et il semble qu'on puisse créditer Netflix de ce changement en cours à travers le monde. De *Roma* à *La Casa de Papel* en passant

5 Vincent Dowd, « Oscars 2020 : The lowdown on international film nominees », Bbc.com, 4 février 2020.
6 Bong Joon-ho, « Discours de réception aux Golden Globes », Youtube.com, 6 janvier 2020.
7 Julia Stoll, « Foreign language films viewing preferences in the U.S. 2020 by ethnicity », Statista.com, 13 janvier 2021.

par *Lupin*, le champion du streaming ouvre les spectateurs à des contenus venus du monde entier. L'universitaire Emmanuel Ethis le souligne dans un dossier du *Film français* en 2021 : « Je suis d'ailleurs toujours étonné, dans mes échanges avec ces jeunes gens, de constater que beaucoup utilisent Netflix pour l'écoute en langues étrangères de films et de séries. Le produit Netflix [...] n'a pas oublié l'aspect langagier[8]. »

La réouverture des salles françaises, en juin 2020, et plus encore en mai 2021, vient apporter une illustration plus que probante du caractère structurant de l'existence d'une production locale forte. En effet, lors de ces périodes marquées par la faiblesse de l'offre de blockbusters venus d'outre-Atlantique, le marché français réalise des performances qui suscitent l'envie et l'admiration de la plupart des autres pays. Comme le relève Comscore, dans le mois qui suit la réouverture de mai 2021, 8,5 millions d'entrées ont été réalisées par les cinémas de l'Hexagone. La journée la plus prolifique a été établie le lundi 24 mai, lendemain de la Pentecôte donc férié, avec plus de 500 000 tickets vendus. Cela a notamment permis de signer une semaine de reprise de très haut niveau avec 2,36 millions de spectateurs, un score presque similaire à celui de la même semaine en 2019, dans un contexte pourtant bien différent. De telles performances ne sont possibles que parce que les salles françaises disposent d'une offre de films riche et variée. À la réouverture, le rythme a été impulsé par la ressortie d'*Adieu les cons* et la nouveauté *Demon Slayer*, ainsi que par *Tom & Jerry* ou, dans une moindre mesure, *Envole-moi* et *The Father*. C'est ensuite *Conjuring 3 : Sous l'emprise du diable* qui a pris le relais, devenant, avec le film d'Albert Dupontel, le deuxième titre à cumuler un million d'entrées dans le mois qui suit le 19 mai 2021, date de la réouverture des salles.

Le triomphe du manga japonais *Demon Slayer* incarne le retour en force des contenus locaux : c'est le plus gros titre de tous les temps au Japon, et même un succès colossal instantané aux États-Unis puis en France.

« Quand vous aurez surmonté la barrière des deux centimètres de sous-titres, vous découvrirez des films étonnants. » Bong Joon-ho, Golden Globes 2020.

Le redémarrage des salles françaises illustre le caractère structurant de l'existence d'une production locale forte et diversifiée.

8 Laurent Cotillon, « Quel futur pour le cinéma et l'audiovisuel ? Interview avec Emmanuel Ethis », *Le Film français*, 28 mai 2021, n° 3967-68, p. 18.

UN MARCHÉ MULTIPOLAIRE : DE NOUVEAUX LEADERS ET DE NOUVELLES FRONTIÈRES

La crise marque donc à la fois l'avènement de l'Asie comme premier marché mondial et la fin des velléités chinoises de « *soft power* » incarnées par l'aventure Wanda. En 2019, le marché asiatique, avec ses 17,8 milliards de dollars de contribution au box-office mondial, creuse l'écart en tête du classement. C'est aussi le marché qui aura le mieux encaissé le choc pandémique en 2020 puisque le box-office de la région s'établit alors à 6 milliards de dollars, bien au-dessus des 2,2 milliards du marché américain pour cette même année.

Avec le coup d'arrêt décrit plus haut sur la globalisation de certaines ambitions, c'est donc un paysage marqué par une certaine diversité parmi les leaders mondiaux du secteur qui se dessine. Comme symbole de cette diversité, on peut noter que, lors de la création en juin 2017 d'une fédération mondiale des cinémas (Global Cinema Federation), c'est le dirigeant du groupe mexicain Cinépolis qui a pris la tête de la nouvelle organisation ainsi créée.

Cinépolis représente à de nombreux égards une bonne illustration de cette nouvelle exploitation multipolaire, globalisée. Le groupe basé à Morelia s'est en effet étendu sur nombre de marchés sud-américains – ce qui peut sembler logique –, mais il a aussi pris pied aux États-Unis avec un positionnement très *premium*. Plus loin de ses bases, Cinépolis est également le deuxième acteur en Espagne avec la chaîne Yelmo, acquise en 2015. Mais c'est sans doute les quinze années de son aventure sur le marché indien, où il est devenu le numéro deux du marché des multiplexes, qui en disent le plus long sur l'ambition du leader mexicain. À coups de montée en gamme des expériences, tant du côté technique (4DX, ScreenX...)[9] qu'en ce qui concerne

9 4DX est une technologie de sièges immersifs, des fauteuils avec des systèmes de mouvement et d'effets sensoriels créant des expériences cinématographiques immersives réalistes (D-BOX, MX4D...). ScreenX est un *Premium Large Format* (PLF), c'est-à-dire une salle *premium* avec des écrans au format large et des technologies de projection et de son immersives (IMAX, Dolby, ICE...).

l'expérience de confort et de service (restauration à la place, sièges inclinables...), Cinépolis a mis l'innovation et la différenciation au cœur de sa stratégie d'expansion internationale.

La véritable « ruée vers l'or » qui s'opère depuis 2018 sur le marché tout juste ouvert de l'Arabie Saoudite est également une bonne indication de l'état des forces en présence sur le marché mondial et de ses perspectives. En effet, le cinéma était un loisir interdit dans ce pays. Mais en 2018, le jeune dirigeant Mohammed ben Salmane, en quête de modernisation, a décidé de permettre l'ouverture de salles de cinéma, ouvrant ainsi la voie à la naissance d'un marché dont le potentiel est estimé à plus d'un milliard de dollars dans le cadre du plan Vision 2030 formulé par le royaume. Cette perspective nouvelle d'un marché vierge de toute construction attire nombre d'acteurs de l'industrie : des acteurs locaux bien sûr, à l'instar de VOX Cinemas, soutenu par Majid Al Futtaim, mais aussi des acteurs internationaux, comme Cinépolis, AMC, iPic ou encore l'indien PVR. Les fournisseurs de technologie ne sont pas en reste, eux qui se livrent une bataille homérique entre IMAX, Dolby, 4DPLEX, de même que de nouveaux entrants sur ce marché de la montée en gamme de l'expérience cinéma, à l'instar d'ICE Theaters, filiale du groupe rochelais CGR Cinémas.

Le marché du cinéma qui sort de cette parenthèse pandémique est donc un marché globalement mûr qui cherche ses relais de croissance du côté de la montée en gamme et de l'expansion internationale. Cette expansion internationale ne se limite d'ailleurs pas à des opportunités immédiates comme celles offertes par la péninsule arabique. C'est l'ensemble du continent africain qui apparaît comme une « nouvelle frontière » certes encore lointaine mais qui se prépare dès aujourd'hui.

La Chine détrône les États-Unis comme premier marché mondial pour la première fois en 2020.

Les principaux circuits se tournent vers les nouveaux eldorados de l'Asie et du Moyen-Orient, où ils se différencient par l'innovation et la « premiumisation ».

COUP DE PROJECTEUR

EN FRANCE, LA PEUR DE L'AMÉRICANISATION EST VIEILLE COMME LE CINÉMA !

La Première Guerre mondiale fait basculer l'équilibre international de l'industrie du cinéma et précipite l'édification d'Hollywood comme son nouveau centre de gravité. Jusqu'alors, le cinéma français dominait les marchés mondiaux, occupant près de 85 % des écrans du monde[10]. Mais tandis que la guerre, les réquisitions et une pénurie de capitaux interrompent l'élan de l'industrie cinématographique française, le poids des films hollywoodiens, majoritaires sur le marché français, écrase les films nationaux. Face à cette « invasion » américaine, les pouvoirs publics tentent d'imposer des mesures protectionnistes, donnant naissance aux premières réflexions sur l'exception culturelle française. À la fin des années 1920 naît aussi l'espoir d'un nouveau rempart : le cinéma parlant.

10 Alicia León y Barella, « Le cinéma américain en France (1926-1936). Dominations et résistances », École nationale des chartes, 2012.

Au lendemain de la guerre, la domination américaine se fait ressentir à travers toutes les branches d'un secteur affaibli. En mars 1917, *Le Film* publiait déjà une enquête sur la crise du film français. Deux ans plus tard, *La Cinématographie française* souligne la situation catastrophique de la France en la comparant, au travers d'illustrations, à celle des pays étrangers. À la désorganisation de l'industrie française s'opposent le pouvoir d'attraction des vedettes du star-system des films hollywoodiens, leur qualité technique souvent supérieure ainsi que des pratiques commerciales agressives employées par les studios américains. Les sociétés américaines renforcent également leur emprise sur la distribution et l'exploitation : en 1925, Gaumont signe un accord de distribution avec Metro-Goldwyn-Mayer, créant une nouvelle société, Gaumont Metro Goldwyn, tandis que Paramount

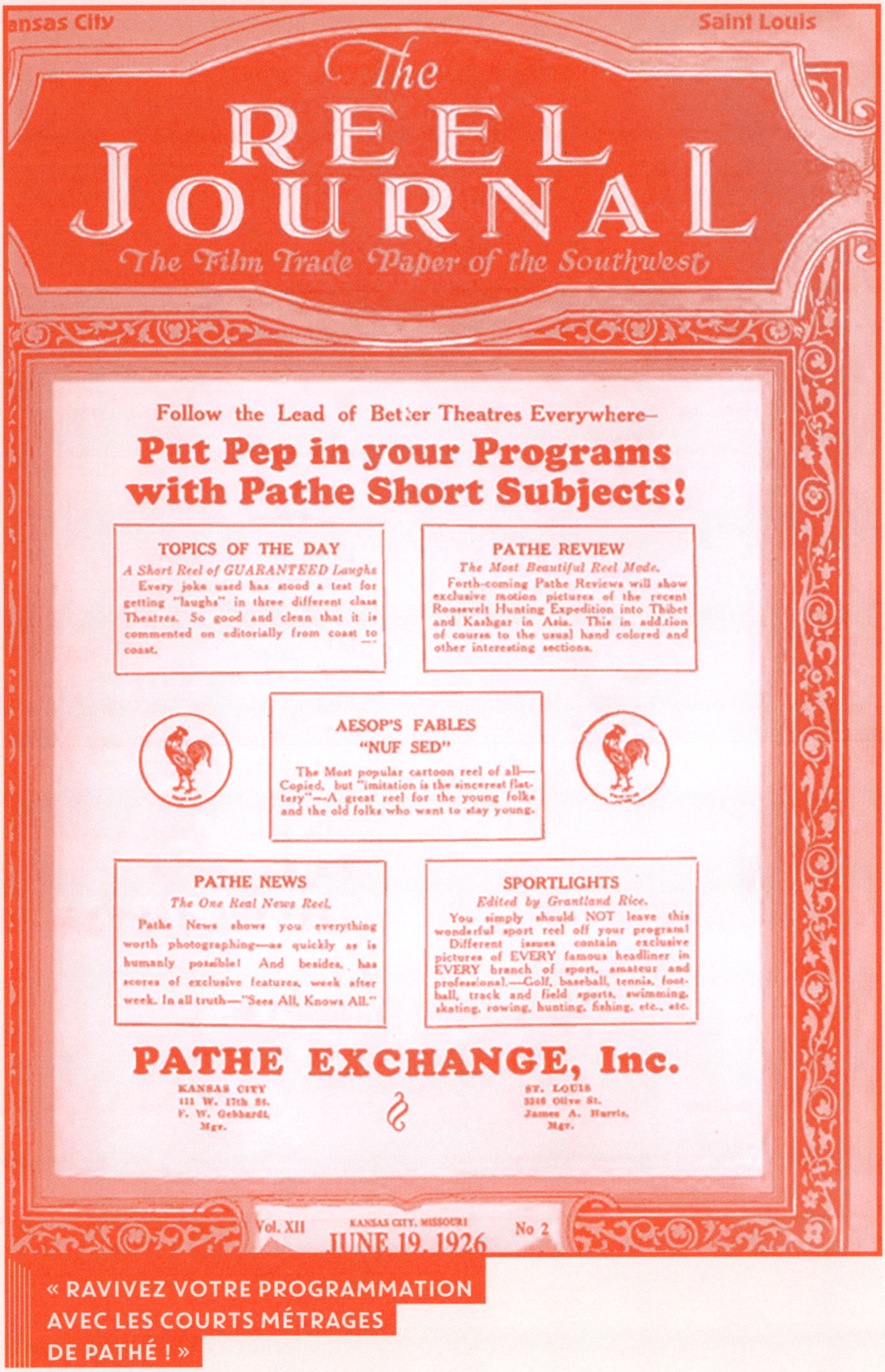
ansas City Saint Louis

The REEL JOURNAL

The Film Trade Paper of the Southwest

Follow the Lead of Better Theatres Everywhere—

Put Pep in your Programs with Pathe Short Subjects!

TOPICS OF THE DAY

A Short Reel of GUARANTEED Laughs

Every joke used has stood a test for getting "laughs" in three different class Theatres. So good and clean that it is commented on editorially from coast to coast.

PATHE REVIEW

The Most Beautiful Reel Made.

Forth-coming Pathe Reviews will show exclusive motion pictures of the recent Roosevelt Hunting Expedition into Thibet and Kashgar in Asia. This in addition of course to the usual hand colored and other interesting sections.

AESOP'S FABLES

"NUF SED"

The Most popular cartoon reel of all—Copied, but "imitation is the sincerest flattery"—A great reel for the young folks and the old folks who want to stay young.

PATHE NEWS

The One Real News Reel.

Pathe News shows you everything worth photographing—as quickly as is humanly possible! And besides, has scores of exclusive features, week after week. In all truth—"Sees All, Knows All."

SPORTLIGHTS

Edited by Grantland Rice.

You simply should NOT leave this wonderful sport reel off your program! Different issues contain exclusive pictures of EVERY famous headliner in EVERY branch of sport, amateur and professional.—Golf, baseball, tennis, football, track and field sports, swimming, skating, rowing, hunting, fishing, etc., etc.

PATHE EXCHANGE, Inc.

KANSAS CITY
111 W. 17th St.
F. W. Gebhardt,
Mgr.

ST. LOUIS
3316 Olive St.
James A. Harris,
Mgr.

Vol. XII KANSAS CITY, MISSOURI JUNE 19, 1926 No 2

« RAVIVEZ VOTRE PROGRAMMATION AVEC LES COURTS MÉTRAGES DE PATHÉ ! »

Les courts métrages de Pathé, distribués aux États-Unis à travers Pathé Exchange, font la une de *The Reel Journal*, ancêtre de *Boxoffice Pro*.

Boxoffice Pro, 19 juin 1926

VOICES OF OVER 100 PATHE ACTORS TESTED

Though the RCA Photophone recording apparatus has been installed in the Pathe Studios but a few weeks, the progress made in dialogue production under Benjamin Glazer has been rapid. In addition to completed dialogue sequences for five features, and preparations made for two more, voice tests have been made of more than 100 players, and the casting practically completed for the company's first all-dialogue picture, "The Missing Man."

Every actor and actress under contract to the company has been given voice tests. Among those who have been tested are Phyllis Haver, William Boyd, Robert Armstrong, Alan Hale, Jeannette Loff, Eddie Quillan, Robert St. Angelo, Lina Basquette, Alberta Vaughn, Marion Nixon, Diane Ellis, Raymond Hatton, Margaret Livingston, Leslie Fenton, James Aldine, Carol Lombard, Mitchell Lewis, Joseph Girard, Philo McCullough, Lloyd Whitlock, Lee Shumway, Russell Gleason, Jimmy Adams, Frank Reicher and Ned Sparks. Each of these is either playing in current Pathe attractions or is scheduled to begin work within a few days.

Herman Manckiewicz will write the titles for "Three Week-Ends," Clara Bow's latest starring film, which is adapted from an Elinor Glyn story.

« LES VOIX DE PLUS DE 100 ACTEURS DE PATHÉ SONT TESTÉES »

Grâce à l'installation récente du Photophone de RCA dans les studios de Pathé et au progrès réalisé dans la production de dialogue, tous les acteurs et actrices sous contrat avec Pathé testent leur voix.

Boxoffice Pro, 17 novembre 1928

construit un an plus tard son luxueux palace (aujourd'hui le Gaumont Opéra), consacré à ses propres productions, sur les Grands Boulevards à Paris. Tout cela provoque un sentiment d'invasion nourri par un antiaméricanisme de plus en plus prononcé dans l'ensemble de la société française. La peur de la colonisation cinématographique américaine s'inscrit dans la lignée de critiques déjà émises par certains intellectuels français.
Ainsi, Hollywood est perçu comme l'incarnation d'un capitalisme américain déshumanisant, et son omniprésence sur les écrans français comme un danger pour la culture française. À cela s'ajoute la mauvaise image de la France et des Français donnée par les films américains, qui suscite même la réaction des pouvoirs publics comme celle de l'ambassadeur de France à Washington, Paul Claudel.

Le parlant arrive en retard en France. *Le Chanteur de jazz* fait son apparition sur les écrans français en 1928, un an après sa parution américaine. Par ailleurs, malgré tous les efforts de Léon Gaumont, les principaux brevets concernant les techniques sonores sont américains et allemands, ajoutant un défi supplémentaire à l'équipement des salles françaises. Pourtant, avec sa généralisation dans les années 1930, le parlant apparaît comme une solution à la crise du film français en ce qu'il crée une barrière linguistique que certains comparent aux barrières douanières, en plus efficace même !
À ce moment-là, la situation aux États-Unis, où se fait ressentir plus rapidement la dépression économique de 1929, affaiblit temporairement les studios. Leurs tentatives fort coûteuses d'internationaliser leurs films parlants par des versions muettes ou des versions sonores avec intertitres échouent. En France, les acteurs de l'industrie profitent de cette situation pour se réorganiser sur le modèle américain de l'intégration verticale. Apparaissent ainsi les premières majors françaises : Pathé-Natan en 1929, Gaumont-Franco-Film-Aubert en 1930 et Braunberger-Richebé en 1931.

« PARAMOUNT PREND FACILEMENT LES RÊNES DANS LES FILMS PARLANTS »

Dans le cadre d'une campagne publicitaire nationale, Paramount met en avant ses exploits dans la production de films parlants.

Boxoffice Pro, 19 janvier 1929

TALKIES WILL MAKE ENGLISH UNIVERSAL

English will become the universal language because of the talking picture, according to Dr. Lee Forest, who made such a prediction last week. The talkie has taken such a hold on the world that this fundamental change will take place within the lifetime of many persons now living, Dr. DeForest added.

If this should take place, it will be the greatest contribution ever made by an industry less than 25 years old. Each country then could maintain its own language and build its individual culture within its boundaries, but employ a universal language to promote international relations, it is believed.

« LE PARLANT VA RENDRE L'ANGLAIS UNIVERSEL »

Selon Dr. Forest, le parlant ferait de l'anglais une langue globale. Chaque pays continuerait d'avoir sa propre culture et sa propre langue nationale, mais l'anglais deviendrait la lingua franca des relations internationales.

Boxoffice Pro, 4 mai 1929

L'industrie française ainsi que la fréquentation bénéficient d'une période de reprise. Cette même année, le Conseil supérieur du cinématographe (CSC) est créé, témoignant de la relance du cinéma. Il permet aux producteurs, aux distributeurs et aux exploitants de participer directement à la préparation des décrets protectionnistes. Un an plus tard, en septembre 1932, alors que l'amélioration du doublage fait resurgir la menace américaine, un décret ministériel, avec le soutien du CSC, rend obligatoire la réalisation en France, avec un personnel entièrement français, du doublage des films étrangers projetés dans le pays.

Cependant, le rempart du parlant s'avère rapidement insuffisant. Les tensions au sein du secteur entre des producteurs majoritairement favorables à des mesures de contingence et des exploitants qui y sont majoritairement opposés entraînent le passage de mesures de compromis inefficaces. Parallèlement, les studios américains, remis de la crise, contournent la barrière linguistique en tournant plusieurs versions de leurs films en différentes langues. Ainsi, Metro-Goldwyn-Mayer tourne des films en français à Hollywood avec des stars françaises comme André Luguet et Jacques Feyder. De son côté, Paramount embauche Maurice Chevalier et développe la production de films en France. Le perfectionnement du doublage contribue également au retour en force des films américains. Au milieu des années 1930, bien que le parlant ait « amorti le choc », il devient clair que cette innovation ne permettra pas de surpasser l'industrie américaine. Hollywood demeure en position de dominance incontestable sur le marché français.

LA GRIPPE ESPAGNOLE ET LE VIRAGE DE L'INTÉGRATION VERTICALE

Dans *Daddy Long Legs*, un film de 1919 mettant en scène la grande star du moment Mary Pickford, une foule masquée se presse dans une gare jusqu'au moment où l'héroïne du film éternue, provoquant un mouvement immédiat de fuite paniquée de tous ceux qui se trouvent autour d'elle.
Force est de constater que le côté parfaitement incongru de cet épisode quand on le découvrait jusqu'au début de 2020 s'est effacé. La scène paraît presque familière après de longs mois de cohabitation avec le Covid.
Au-delà du parallèle sanitaire, près d'un siècle avant la pandémie actuelle, la crise de la grippe espagnole qui frappe au sortir de la Première Guerre mondiale paralyse une industrie du cinéma balbutiante. Elle ouvre également la porte à un processus de recomposition qui définira les relations complexes entre studios et exploitants pour les trois décennies suivantes.

EXTRAIT DU FILM
DADDY LONG LEGS (1919)

Le personnage principal de *Daddy Long Legs*, incarné par la grande star de l'époque Mary Pickford, éternue dans une gare, provoquant la fuite des gens masqués qui l'entourent.

The Hollywood Reporter, 1er avril 2020

Les mesures sanitaires prises pendant l'état d'urgence d'alors imposent la fermeture des salles de cinéma pour plusieurs mois aussi bien aux États-Unis qu'en France. Aux États-Unis, 80 à 90 % des salles ferment leurs portes entre 1918 et 1919. Beaucoup d'entre elles, notamment les plus petites, ne rouvriront jamais. Le choc financier est immense.

En décembre 1919, *Los Angeles Times* rapporte que les 83 cinémas de la « cité des anges », au bord de la faillite, subissent des pertes hebdomadaires d'un million de dollars (l'équivalent de 17,1 millions de dollars d'aujourd'hui) pendant les sept semaines de fermeture obligatoire. Mais de cette situation désespérée sortent aussi des gagnants…

PAGE 14

Famous Takes Two-Thirds Interest In B & K. Chain

Sixty-five Houses Included in $14,000,000 Deal

(From the Film Daily)

New York.—Stockholders of Balaban & Katz Corp. have approved the long-anticipated transaction whereby Famous acquires a two-third interest in the corporation and its holdings. The properties will be taken over about Oct. 15, it is understood. Sixty-five houses are embraced in the deal.

In addition to the theatres owned outright by Balaban & Katz, Famous gets the following holding in which the absorbed concern is interested: Lubliner & Trinz houses in Chicago, Lynch theaters, Chicago; Greater States Corp. houses in Illinois cities, and the Kunsky theatres in Detroit.

Famous intends to increase its authorized no par common stock from 450,000 to 1,000,000 shares. Stockholders will meet June 25 to vote on the matter. A total of 191,482 shares of common will be offered at $107.49 a share. Approximately $20,000,000 will be raised in this manner.

Balaban & Katz stockholders of record Sept. 1 may sell two-thirds of their common stock at $80 a share to Famous, provided such stock is deposited by Sept. 15 with a designated depositary. They may elect to receive full payment in cash on Oct. 15, or $40 in cash and the balance in three equal yearly instalments bearing 7 per cent interest; or $40 in cash and the balance in stockholders' option on ten days' notice bearing 6 per cent interest; or the full amount in interest-bearing certificates.

Famous at the end of 1925 had total assets of about $76,000,000. If two-thirds of the Balaban & Katz common is purchased about $14,000,000 will be required.

« FAMOUS ACQUIERT UNE PARTICIPATION DE DEUX TIERS DANS LE CIRCUIT B&K »

Le distributeur Famous conclut un accord de 14 millions de dollars avec le circuit d'exploitation Balaban & Katz, lui rapportant ainsi 65 salles de cinéma.

Boxoffice Pro, 19 juin 1926

Un homme semble incarner à lui tout seul le mouvement de recomposition de l'industrie du cinéma dans les années 1920 : c'est Adolph Zukor, qui est resté dans l'histoire pour être l'un des cofondateurs de Paramount. Cet émigré juif hongrois arrivé aux États-Unis en 1891 à l'âge de seize ans se retrouve, dès les premières années de sa carrière aux États-Unis, amené à prendre part au financement puis au développement d'établissements cinématographiques qui deviendront les premières chaînes de cinémas. En 1911, de l'autre côté de l'Atlantique, un certain Charles Pathé produit pas moins de 351 films en un an (!) et il fait bâtir, cette même année à Clichy, le Gaumont-Palace et ses quelque 3 400 places !

Zukor se construit donc, tout au long de la décennie 1910, une position enviée dans le monde de la distribution de films avec la création de Famous Players, qui distribue notamment un certain nombre de films français avec Sarah Bernhardt dans le rôle-titre. Mais, très vite, il se forge une conviction : la meilleure manière de sécuriser et de développer la distribution de ses films consiste à prendre le contrôle des lieux de diffusion, les salles elles-mêmes. En effet, Zukor garde un souvenir amer d'un bras de fer en 1917 avec le circuit First National et ses quelque 600 cinémas, qui avaient décidé de boycotter ses films. Lorsque la pandémie et la crise qui l'accompagne fragilisent des pans entiers de l'économie, l'entrepreneur ambitieux perçoit l'opportunité et envoie ses avocats racheter pour une bouchée de pain des cinémas au bord du gouffre. Ainsi, dès 1921, le dirigeant de Famous Players est également à la tête d'une des plus grandes chaînes de cinémas au monde. La crise a ouvert la voie à une phase d'intégration verticale qui va se poursuivre jusqu'à la fin de la Seconde Guerre mondiale.

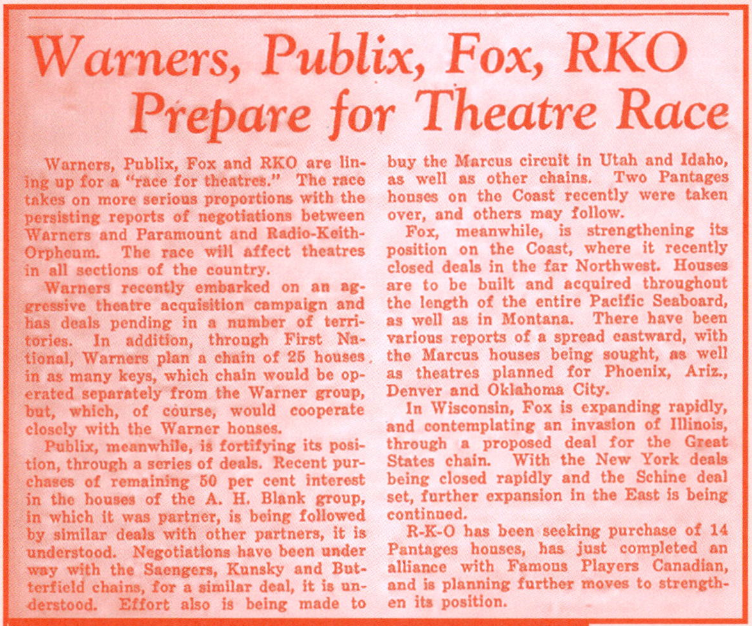

Warners, Publix, Fox, RKO Prepare for Theatre Race

Warners, Publix, Fox and RKO are lining up for a "race for theatres." The race takes on more serious proportions with the persisting reports of negotiations between Warners and Paramount and Radio-Keith-Orpheum. The race will affect theatres in all sections of the country.

Warners recently embarked on an aggressive theatre acquisition campaign and has deals pending in a number of territories. In addition, through First National, Warners plan a chain of 25 houses in as many keys, which chain would be operated separately from the Warner group, but, which, of course, would cooperate closely with the Warner houses.

Publix, meanwhile, is fortifying its position, through a series of deals. Recent purchases of remaining 50 per cent interest in the houses of the A. H. Blank group, in which it was partner, is being followed by similar deals with other partners, it is understood. Negotiations have been under way with the Saengers, Kunsky and Butterfield chains, for a similar deal, it is understood. Effort also is being made to buy the Marcus circuit in Utah and Idaho, as well as other chains. Two Pantages houses on the Coast recently were taken over, and others may follow.

Fox, meanwhile, is strengthening its position on the Coast, where it recently closed deals in the far Northwest. Houses are to be built and acquired throughout the length of the entire Pacific Seaboard, as well as in Montana. There have been various reports of a spread eastward, with the Marcus houses being sought, as well as theatres planned for Phoenix, Ariz., Denver and Oklahoma City.

In Wisconsin, Fox is expanding rapidly, and contemplating an invasion of Illinois, through a proposed deal for the Great States chain. With the New York deals being closed rapidly and the Schine deal set, further expansion in the East is being continued.

R-K-O has been seeking purchase of 14 Pantages houses, has just completed an alliance with Famous Players Canadian, and is planning further moves to strengthen its position.

« WARNER, PUBLIX, FOX, RKO SE PRÉPARENT POUR LA COURSE AUX CINÉMAS »

Les studios Warner et Fox ainsi que le circuit Publix multiplient leurs acquisitions de cinémas. Warner, grâce à sa filiale First National, veut construire un circuit de 25 salles. Publix fortifie sa position, notamment avec l'acquisition du groupe A.H. Blank et de 2 salles Pantages. La Fox se concentre sur la côte ouest et le Nord-Est.

Boxoffice Pro, 8 juin 1929

La période de développement et d'intégration qui caractérise les années 1920 coïncide aux États-Unis avec l'avènement du cinéma comme forme de loisir la plus populaire. La salle de cinéma s'impose ainsi face aux salles de vaudeville et autres *nickelodeons*. Pour la seule année 1925, pas moins de 15 000 cinémas sont construits aux États-Unis, un record sans doute jamais égalé par la suite[11]. Durant cette période, l'exploitation américaine en pleine croissance se structure autour de quelques chaînes puissantes (Loews, Stanley Company of America, Balaban & Katz) qui, affaiblies par la crise, vont vite devenir des proies de choix pour Zukor et ses pairs. En 1926 en effet, le Famous Players-Lasky de Zukor, qui est alors devenu le principal studio américain, fait l'acquisition de Balaban & Katz, le premier circuit du pays. Universal Pictures, de son côté, acquiert le circuit Hostettler. En 1928 enfin, Warner Bros. rachète Skouras Bros., un circuit basé à Kansas City… Dans les colonnes de *Boxoffice*, le directeur de la publication, Ben Shlyen, s'interroge alors sur ce mouvement d'intégration verticale : « Progressivement, le moindre territoire est envahi par ces producteurs exploitants. […] Et malgré tout, les petits exploitants à l'ancienne semblent s'accrocher. Mais vont-ils pouvoir s'accrocher éternellement[12] ? »

11 « 1926 Promises to Set High Record in Building », *Boxoffice Pro* (*The Reel Journal*), 17 juillet 1926.
12 Ben Shlyen, « Protecting Your Investment », *Boxoffice Pro* (*The Reel Journal*), 16 octobre 1926.

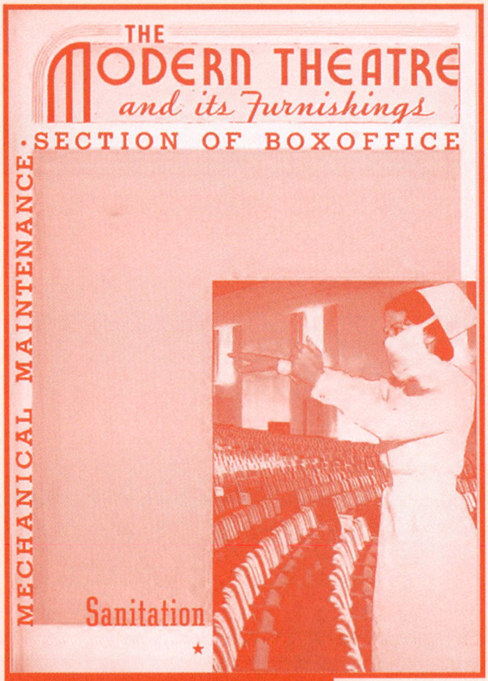

« LE CINÉMA MODERNE ET SON AMEUBLEMENT »

Couverture de la section « Cinéma moderne » de *Boxoffice Pro*, qui se focalisait sur l'ameublement et la gestion des différentes technologies dans les salles.

Boxoffice Pro, 21 août 1937

La France, touchée par l'épidémie et encore plus fortement par le contrecoup de la guerre, n'échappe pas à cette fièvre de construction et d'intégration. Plusieurs petites salles indépendantes construites pendant la période 1921-1922 sont absorbées par les grandes sociétés. Ainsi, après la faillite de Silberberg, le fondateur du Louxor, ce dernier est racheté par Lutetia-Fournier ; le Splendid, dans le 15e arrondissement de Paris, est racheté par Gaumont en 1922 ; le Gambetta Palace, dans le 20e, est repris par les Établissements Aubert. Pathé, resté jusqu'alors à l'écart de cette course, fusionne en 1929 avec Rapid Film, de Bernard Natan, et multiplie ses acquisitions de salles. Cependant, la concentration ralentit rapidement au cours de la décennie suivante à la suite de l'énorme endettement des majors françaises.

La monopolisation demeure bien plus aiguë aux États-Unis. À la fin de la décennie 1920, une poignée de sociétés puissantes contrôle ainsi 95 % de l'exploitation américaine. Le Department of Justice s'empare du sujet et engage deux procédures anticoncentration contre une dizaine de sociétés, dont Paramount, Famous Players-Lasky, MGM, Universal Film Exchange, Fox Film ou encore Pathé Exchange. Ces sociétés seront reconnues coupables, mais la Grande Dépression passe par là et la décision de justice est annulée. Ce n'est qu'après la Seconde Guerre mondiale que le sujet revient sur le devant de la scène, lorsqu'en 1948 la Cour suprême américaine met fin à cette phase d'intégration verticale.

Ainsi, pendant les trois décennies qui suivent la Grande Guerre et la crise de la grippe espagnole, le cinéma américain vit sous la coupe du pouvoir des studios. Dans cette phase où le cinéma est encore l'unique média audiovisuel, la dépendance des studios à l'égard des salles est totale.

LA CHRONOLOGIE DES MÉDIAS EN QUESTION

BIENVENUE DANS LE MONDE DU « *DAY-AND-DATE* » !

Parmi les faits les plus marquants de cette crise pour le secteur, on pense immédiatement à son impact sur la chronologie des médias[1], qu'elle fait voler en éclats aux États-Unis. Dès les premiers jours de la crise, il semble évident que cet aspect va être prépondérant. Ainsi, le 14 mars 2020, la journaliste Anne Thompson écrit dans les colonnes du site IndieWire : « Ce débat qui faisait rage sur les 90 jours d'exclusivité[2] pour les salles ? Les studios pourraient bien avoir enfin la bonne carte en main pour amener les circuits à réduire cette fenêtre à 70 jours ou moins[3]. » En réalité, ce sont les sorties simultanées (*day-and-date*[4]) qui vont se multiplier, ainsi que les nouveaux concepts tels que la chronologie « dynamique ». Reprenons le fil des événements.

Tout commence avec la sortie par Universal de *Trolls World Tour*, la suite d'un film d'animation à succès. Dans le contexte de fermeture d'une grande partie du parc mondial de salles, la décision du studio de sortir le film en Premium VOD (PVOD)[5] ne suscite pas de réaction particulièrement marquée. L'heure est au principe de réalité en ce début de deuxième trimestre 2020. C'est quelques semaines plus tard, au moment du bilan de cette initiative, que les esprits commencent à s'échauffer. Alors que le studio célèbre le succès de cette expérience avec près de 100 millions de dollars de recette, le DG de NBCUniversal, Jeff Shell, indique dans une interview au *Wall Street Journal* que les résultats sont si probants que le studio entend poursuivre cette politique de sortie simultanée en PVOD à l'issue de la crise, lors

1 Chronologie des médias : législation définissant l'ordre et les délais dans lesquels les diverses exploitations d'une œuvre cinématographique peuvent intervenir.
2 Fenêtre d'exploitation exclusive : nombre contractuel de jours séparant la date de sortie en salle d'un film de sa date de sortie en DVD ou VOD.
3 Anne Thompson, « If Theatres Can Survive the Current Pandemic, It Will Be on Different Terms », IndieWire.com, 24 mai 2020.
4 *Day-and-date* : sortie d'un film sur plusieurs plateformes, le plus souvent en salle et en vidéo domestique, le même jour ou dans un très court intervalle de temps.
5 Premium VOD (PVOD) : modèle dans lequel un film sort en streaming moyennant un paiement unitaire en plus de l'abonnement (voir le Coup de projecteur « The Screening Room : quand le fossoyeur du marché de la musique faisait trembler Hollywood »).

de la réouverture des salles[6]. Les exploitants de salles de cinéma aux États-Unis montent au créneau immédiatement, d'abord par la voix de leur association National Association of Theater Owners (NATO) et de son président John Fithian, qui déclare : « Universal n'a aucune raison de se servir de ces circonstances inhabituelles dans un environnement sans précédent comme planche d'appel pour s'affranchir de la fenêtre d'exclusivité des salles de cinéma. [...] Nous sommes persuadés que lorsque les salles rouvriront, les studios retrouveront l'attrait d'une sortie salle mondiale suivie par une sortie sur les supports à domicile[7]. » Dans la foulée de cette prise de position, le dirigeant d'AMC, Adam Aaron, se fend dès le 29 avril d'une lettre ouverte à son homologue chez NBCUniversal pour lui faire part de sa vive réprobation et annoncer que son circuit et ses 1 000 écrans ne passeront désormais plus de films Universal. S'ensuit une guerre de communiqués et de réponses entre les circuits et les associations américaines et européennes de cinéma d'un côté, et Universal de l'autre. La hache de guerre est déterrée !

Il faut attendre la fin du mois de juillet 2020 pour que le contentieux entre AMC et Universal soit réglé. Le circuit d'Adam Aaron annonce alors que les films Universal pourront retrouver le chemin de ses écrans dès la réouverture et il ouvre la voie à un modèle de Premium VOD avec des fenêtres d'exclusivité drastiquement réduites. En effet, tandis que la moyenne observée sur le marché nord-américain est alors de deux mois et vingt et un jours, AMC accepte un minimum de trois week-ends, soit dix-sept jours. Par ailleurs, AMC pourra offrir les films en PVOD sur sa propre plateforme de VOD. Enfin, AMC annonce que le circuit

6 Erich Schwartzel, « *Trolls World Tour* Breaks Digital Records and Charts a New Path for Hollywood », *Wall Street Journal*, 28 avril 2020.
7 Anthony D'Alessandro, « Theater Owners Accuse Universal of "Destructive Tendency" and Not Involving Circuits In *Trolls World Tour* PVOD Decision », Deadline.com, 28 avril 2020.

touchera une part du revenu de Premium VOD. Le ton du DG d'AMC a décidément changé du tout au tout quand il déclare à l'occasion de cette annonce : « AMC accueille avec enthousiasme ce nouveau modèle, à la fois parce que nous sommes associés à l'ensemble des flux de revenus et parce que la Premium VOD va créer un potentiel de revenu supplémentaire qui contribuera à la profitabilité des studios, ce qui au bout du compte se traduira par plus de films pour les salles[8]. »

Le répit est de courte durée pour les salles de cinéma américaines et à travers le monde puisque, dès le 4 août 2020, Disney ouvre un nouveau front. À l'occasion d'une présentation aux investisseurs, son P-DG, Bob Chapek, annonce que *Mulan*, la version film du dessin animé éponyme, ne sortira pas en salle aux États-Unis, mais en Premium VOD sur la plateforme Disney+. C'est un premier coup de massue, même si Disney a assuré lors de cette annonce qu'il s'agit d'une « décision isolée » et non de l'indication d'un nouveau modèle auquel il réfléchirait... Pourtant, deux mois plus tard, c'est au tour de *Soul*, la nouvelle production de Pixar, de faire l'impasse sur une sortie salle pour sortir directement le jour de Noël sur Disney+... Un Pixar de Noël sans salle ? Décidément, le monde est en train de changer !

Quelques semaines plus tard, Warner Bros. entre à son tour dans la danse. Le 18 novembre 2020, la dirigeante de WarnerMedia Studios, Ann Sarnoff, annonce que, compte tenu des circonstances, le studio doit faire preuve de créativité et que, pour permettre à ses fans de découvrir *Wonder Woman 1984* dans un contexte de fermeture des salles dans de nombreux lieux, le film sortira donc pour Noël simultanément en salle et sur sa plateforme de streaming

8 Daniel Loria, « AMC Theatres Welcomes Back Universal Titles Under Shortened Theatrical Exclusivity Window », *Boxoffice Pro*, 28 juillet 2020.

HBO Max. Quelques jours plus tard, le 3 décembre 2020, c'est un véritable coup de tonnerre pour toute l'industrie lorsque le P-DG de WarnerMedia, Jason Kilar, annonce, sans préavis, que l'intégralité des films Warner de 2021 sortira simultanément en salle et sur HBO Max partout où la plateforme est présente.

Le 10 décembre 2020, lors d'une présentation aux investisseurs qui fera date, Bob Chapek annonce sans détour un virage majeur pour Disney, une stratégie assumée *direct to consumer*, faisant de Disney+ le cœur du dispositif. Sortir en salle n'est plus un principe, cela devient une option. Le monde change, dit Chapek, non seulement du fait du Covid, mais aussi parce que les habitudes des spectateurs évoluent. Désormais, Disney produira cent contenus par an pour Disney+ et seulement une vingtaine pour la salle, à la carte, en fonction des circonstances...

L'épilogue de cette série d'événements qui auront mis à rude épreuve les nerfs des salles de cinéma du monde entier est à chercher au cours du premier semestre 2021, alors que la perspective de la réouverture généralisée des salles et donc du retour à une vie normale se profile un peu partout dans le monde. Le 23 mars 2021, Warner et Regal Cinemas annoncent qu'ils ont trouvé un accord sur la base d'une exclusivité salle de quarante-cinq jours à partir de 2022. Soupir de soulagement de l'industrie : la stratégie *day-and-date* de 2020-2021 était bien une réponse à la crise et non une nouvelle pratique. En mai 2021, Disney semble confirmer le mouvement en annonçant cette même fenêtre de quarante-cinq jours pour plusieurs de ses films.

Universal est le grand pionnier du *day-and-date* pendant la crise avec la diffusion de *Trolls World Tour* sur les plateformes de streaming. Disney et Warner Bros. ne tardent pas à suivre le pas de danse.

Les consommateurs s'habituent au modèle « *direct to consumer* » à travers les plateformes de streaming.

COVID ET CHRONOLOGIE DES MÉDIAS : LES NOUVELLES RÈGLES DU JEU

➔ En l'espace d'une année, la règle du jeu essentielle de l'exclusivité de la fenêtre d'exploitation salle a donc été profondément modifiée. Les exploitants américains qui redoutaient au début de 2020 une baisse de la fenêtre d'exclusivité à soixante-dix jours accueillent désormais avec soulagement un engagement sur quarante-cinq jours… pour certains films.

En mai 2021, le circuit américain Cinemark (également très présent sur l'ensemble de l'Amérique latine) décide ainsi, aux côtés de nombre de circuits régionaux américains, d'offrir une fenêtre d'exploitation exclusive d'une semaine pour le film de Netflix *Army of the Dead*. Le P-DG du groupe, Mark Zoradi, confirme par ailleurs que Cinemark est en discussion avec d'autres plateformes de streaming, notamment Apple TV+, pour diffuser leurs films dans le cadre d'une fenêtre également réduite. Ce type de modèle est certes encore bien loin de susciter une large adhésion au sein de l'exploitation mondiale, mais il fait partie des expérimentations qui deviennent beaucoup plus habituelles au lendemain de la crise.

La sortie du film *Black Widow* des studios Disney en juillet 2021 restera sans doute dans les annales du cinéma comme l'un des moments emblématiques des transformations du secteur à l'occasion de la crise du Covid. D'abord, c'est une sortie simultanée en salle et en Premium VOD sur Disney+ aux États-Unis et partout où Disney+ est disponible, pour autant que la législation locale le permette… Ensuite, c'est une sortie qui, par l'ampleur de la réaction du public (80 millions de dollars de box-office lors du premier week-end aux États-Unis), marque une étape importante dans le rétablissement du secteur et la confirmation de l'appétit intact des spectateurs pour la salle. Par ailleurs, pour la première fois, Disney communique à cette occasion sur la performance de l'offre Premium VOD sur le week-end d'ouverture, à hauteur de 60 millions de dollars. Alors, bien sûr, les observateurs attentifs auront noté que la firme de Burbank brouille un peu les pistes en communiquant sur une performance en salle « domestique » (marché américain uniquement) et sur une performance PVOD « globale » (monde entier), mais cette forme de communication marque néanmoins un précédent qui fera date. Est-on en train d'assister à la naissance d'un nouveau standard de communication sur les chiffres ? L'avenir le dira...

Black Widow est aussi un film emblématique du moment par le niveau de tension qu'il aura généré entre Disney et les exploitants de salles de cinéma. Sur la base de la chute spectaculaire du box-office du film entre son week-end de sortie et le week-end suivant (- 67 %), l'association américaine des salles de cinéma NATO se fend d'un communiqué de presse dans lequel elle assure : « Malgré les affirmations selon lesquelles cette stratégie de sortie simultanée, improvisée à l'ère de la pandémie, a été un succès pour Disney, elle démontre qu'une sortie exclusive en salle génère plus de revenus pour toutes les parties prenantes à chaque cycle de la vie du film. » Cette réaction épidermique n'est d'ailleurs pas isolée puisque la fronde autour de ce film a grondé en plusieurs points du globe. En Allemagne par exemple, les chaînes indépendantes Cineplex, Kinopolis, Filmpalast-Gruppe et Astor-Gruppe, réunies au sein du groupement Cinema-Family-Group récemment créé, ont tout simplement refusé de diffuser le film sur leurs écrans, réduisant ainsi de moitié le nombre de salles dans lesquelles un tel blockbuster devrait être proposé. Au Japon également, le circuit leader Toho avait déjà montré l'exemple lors de la sortie de *Raya et le Dernier Dragon*, et les analystes estiment que près de 40 % des cinémas japonais ont refusé de jouer *Black Widow*. Et voilà, pour couronner le tout, que le *Wall Street Journal* révèle le 29 juillet 2021 que l'actrice Scarlett Johansson aurait engagé une procédure judiciaire contre Disney. La star de *Black Widow* considère que la sortie simultanée du film sur Disney+ constitue une violation de son contrat avec Marvel Entertainment et la lèse puisque sa rémunération est indexée sur le box-office du film en salle.

On trouve donc dans cette séquence un concentré des affres de la période Covid : le retour indispensable et tant attendu des blockbusters des gros studios américains, Disney en tête, des nouveautés et « disruptions » tant dans les stratégies de sorties que dans la manière de rapporter les chiffres, une tension à son paroxysme entre des salles qui essaient de préserver leur fenêtre d'exclusivité et des studios qui expérimentent toutes les solutions pour se sortir du mauvais pas dans lequel les a mis le Covid... Un vrai scénario à rebondissements qui fera peut-être un jour l'objet d'un film à la manière du *Big Short* !

L'Histoire dira si le succès *Shang-Chi et la Légende des dix anneaux* à la fin de l'été 2021 constituera un épilogue ou un simple soubresaut. Neuf mois après les annonces fracassantes de Bob Chapek en décembre 2020, Disney déclare en septembre 2021 quarante-cinq jours d'exclusivité pour les salles américaines pour ses films de fin d'année (*Le Dernier Duel*, *Les Éternels*, *Ron débloque*, *West Side Story* et *The King's Man : première mission*). Nouvelle expérimentation ou début d'un cycle ? Les regards de l'industrie restent rivés vers Burbank alors que le secteur continue à chercher la meilleure sortie de crise.

Comme la plupart des aspects de cet épisode de pandémie qui transforme l'industrie du cinéma, c'est bien un mouvement de fond qui s'est accéléré à la faveur de l'épisode imprévisible et inédit du confinement. Tout au long des années qui ont précédé, tous les événements professionnels, les tables rondes, les rencontres du secteur, étaient autant d'occasions de débattre de la chronologie des médias, de ces fameuses *windows*. Pour reprendre une distinction établie par le délégué général de la Société civile des auteurs réalisateurs producteurs (ARP), Mathieu Debusschère, lors d'une interview pour *Boxoffice Pro* en mai 2021, il s'agit de trouver un équilibre délicat entre la chronologie des médias organisant une « frustration créatrice de valeur » qui semble peu en phase avec les attentes des consommateurs, en particulier les plus jeunes, et la nécessaire organisation de l'exclusivité indispensable à la pérennité des salles[9].

Lors de la réouverture des salles, la fenêtre d'exclusivité se stabilise à quarante-cinq jours. Un drastique rétrécissement, comparé aux soixante-dix jours pré-crise.

Le nouveau challenge ? Satisfaire les consommateurs tout en pérennisant le modèle économique des salles.

***Black Widow*, une sortie emblématique du « monde d'après ».**

Au milieu de cette année 2021 où l'industrie regarde avec optimisme les premiers signes d'un redémarrage du marché du cinéma des deux côtés de l'Atlantique, le fossé n'a jamais été aussi grand entre le modèle français et le modèle américain... au moment même où les protagonistes de la chronologie des médias à la française mettent la dernière main à un accord interprofessionnel adaptant le modèle à la nouvelle donne de l'arrivée des plateformes et de leur rôle nouveau dans le financement de la création européenne, et donc française aussi.

9 « L'Émission avec Mathieu Debusschère », *Boxoffice Pro*, 27 mai 2021.

L'EXCEPTION FRANÇAISE

➔ Dans ce contexte, la singularité française de l'encadrement de la chronologie des médias par un accord interprofessionnel prend encore plus de relief et de singularité. Alors que dans le reste du monde, et particulièrement aux États-Unis, la chronologie se règle exclusivement à la table des négociations entre studios et circuits, en France, les règles qui régissent la sortie des œuvres sur les différents supports font l'objet d'âpres négociations entre acteurs publics et privés pour définir une règle du jeu que les pouvoirs publics sont même en position d'imposer en l'absence d'accord.

Et ce n'est là qu'une des facettes de cet arsenal législatif né dans les années 1980. En effet, parmi les dispositifs qui encadrent et organisent cette « exception culturelle », on trouve nombre de dispositions qui étonnent les professionnels venus d'autres territoires. On peut citer pêle-mêle les jours interdits pour la diffusion de films de cinéma à la télévision, l'interdiction de la publicité à la télévision... Or c'est justement au cœur de la crise pandémique, à l'été 2020, que le gouvernement se décide à engager des réformes sur ces sujets souvent qualifiés de « serpent de mer ». Une phase d'expérimentation de dix-huit mois de publicité à la télévision est décrétée, qui doit donner lieu à une évaluation en particulier de son impact sur la distribution de films et sur la fréquentation des salles. Tout en modernisant des dispositions que beaucoup considèrent comme obsolètes, il s'agit pour le gouvernement de prévenir un éventuel phénomène de concentration tout en permettant d'assurer la diversité des films promus.

Le sujet chronologie des médias a quant à lui été remis à l'été 2021, mais c'est pourtant dès les premiers jours du confinement de mars 2020 que le dispositif subit des aménagements. Le CNC prévoit en effet une dérogation au délai de quatre mois pour une exploitation sous forme de VOD à l'acte ou de DVD/Blu-Ray pour les films faisant l'objet d'une exploitation en salle au 14 mars 2020. Ces premiers soubresauts font craindre à certains une dérive « à l'américaine », d'autant que l'évolution du cadre juridique européen avec la directive SMA qui devait être transcrite à l'été dans le droit français pose la question de la place et du traitement à réserver aux nouveaux entrants, en particulier Netflix et Amazon, en comparaison du diffuseur et financeur historique qu'est Canal +. « Canal + aime le cinéma, mais nous n'irons pas jusqu'à faire des choix absurdes si le système dans son ensemble perd toute rationalité », déclare ainsi Maxime Saada le 26 mai 2021 dans les colonnes du *Figaro*. Après quelques passes d'armes mémorables au printemps 2021 entre le patron de Canal + et l'industrie, c'est finalement dans les coulisses des palaces cannois, à l'occasion d'un Festival exceptionnellement reporté au mois de juillet, que furent bouclées les ultimes tractations en coulisse. Le modèle français aura, cette fois encore, réussi à s'imposer contre la volonté des grandes plateformes, et particulièrement Netflix, dont le modèle est fondamentalement incompatible avec la notion même d'exclusivité salle. Voilà ainsi de nouveaux acteurs contraints de financer un système qu'ils désapprouvent...

En France, l'État régule, soutient et protège les salles de cinéma des dynamiques du marché. À travers le CNC, il est même impliqué dans les négociations concernant la chronologie des médias.

Une approche drastiquement différente de celle des États-Unis, qui laissent les marchés s'adapter et se réinventer.

Les arsenaux législatifs français empêcheront-ils l'industrie de se conformer aux nouveaux standards internationaux post-crise ?

LES NOUVEAUX ENJEUX DU PIRATAGE

Alors que la piraterie digitale suivait une tendance à la baisse depuis plusieurs années, l'analyse du centre de recherche MUSO démontre une augmentation de la piraterie de l'ordre de 40 % aux États-Unis et au Royaume-Uni suite aux premiers confinements de 2020[10]. La démultiplication des sorties simultanées a été un réel coup de pouce pour diversifier et améliorer l'offre des pirates du digital. La traditionnelle fenêtre d'exclusivité des salles rendait le piratage moins accessible, ainsi qu'une qualité moindre du contenu pirate disponible en ligne. Les plans hybrides, *day-and-date*, promettent pour nombre d'observateurs un nouvel âge d'or du piratage.

Sur ce sujet comme sur un certain nombre d'autres, l'industrie française se distingue fortement du monde américain par une polarisation de la discussion autour de la question de la réponse pénale à apporter et par l'organisation administrative pour traiter le sujet. Ainsi, la fusion des deux autorités administratives indépendantes marque-t-elle le coup d'envoi d'une nouvelle phase dans le suivi de cette question majeure qu'est la lutte contre le piratage.

Si on essaie de s'interroger sur le sujet de manière plus générale, on peut faire un certain nombre d'observations. Derrière la question du piratage, il y a la double question de la disponibilité des œuvres et celle de la somme que les spectateurs sont prêts à débourser pour y avoir accès. La tendance de fond dans le paysage global des médias actuels, encore accélérée par la crise pandémique, est celle du « tout tout de suite ». Les spectateurs s'attendent à avoir accès au contenu de leur choix sur la plateforme de leur choix, quitte à user de voies détournées pour parvenir à leurs fins. Du côté du prix, il est indiscutable que la VOD par abonnement (SVOD) change les usages en ce qu'elle

10 « Film & TV Piracy Surge During COVID-19 Lockdown », Muso.com, 27 avril 2020.

développe l'habitude de payer de manière plus systématique pour l'accès à des contenus en *home entertainment*. Dans un mouvement assez comparable à celui des plateformes de musique après l'épisode des torrents qui ont été si destructeurs de valeur, la consommation de vidéo à domicile semble entrer dans une phase de rebond et les salles de cinéma se demandent légitimement si elles vont faire partie des dommages collatéraux.

La démultiplication du *day-and-date* entraîne une hausse du piratage de contenu en ligne.

En France, le sujet du piratage est sur la table de l'Assemblée nationale, qui entend instaurer de nouvelles règles de protection des contenus.

Même si les opinions sur le sujet sont souvent très tranchées, il semble encore difficile à ce stade d'analyser correctement la dynamique de ces mouvements de fond. Ainsi, à l'occasion de la fermeture des salles, certains distributeurs ont renoncé à sortir des films en France du fait de leur disponibilité depuis de nombreux mois aux États-Unis. S'agit-il d'une analyse fondée ou d'une forme d'anticipation autoréalisatrice ? C'est difficile à dire... Car dans le même temps certains titres qui avaient été rendus disponibles en *home entertainment* ont retrouvé le chemin des salles lors de leur réouverture, avec un certain succès.

Le piratage est un mal qui ronge et menace le fondement de l'industrie cinématographique qu'est la propriété intellectuelle. Il y a un large consensus sur ce point. La question qui demeure et qui continue d'agiter les esprits, d'autant plus au lendemain de cette crise pandémique, est la suivante : le piratage est-il le symptôme d'un mal plus profond, une déconnexion croissante entre les attentes du public et le mode de fonctionnement de l'industrie ? Ou bien est-il une simple question d'ordre public, de lutte contre la fraude, au même titre que la lutte contre la fraude fiscale ? De cette réponse dépendra largement celle qui devra être apportée, globalement et au niveau de chaque territoire.

COMMENT LA TÉLÉVISION, LA VHS PUIS LE DVD ONT DÉJÀ « TUÉ LE CINÉMA » À DE NOMBREUSES REPRISES

« Les prophètes de la ruine du cinéma prédisent la mort de l'exploitation depuis bien plus longtemps que la plupart d'entre nous ne peuvent se souvenir, en citant chaque nouvelle innovation technologique dans l'industrie du divertissement comme sonnant le glas de l'exploitation », remarque Harley Lond, rédacteur en chef de *Boxoffice Pro*, en… mars 1986[11] ! En effet, la peur existentielle de nouveaux concurrents resurgit régulièrement depuis plus d'un siècle : la télévision dans les années 1950, le *Video Home System* (VHS) trente ans plus tard et le DVD dans les années 1990 et 2000 ont déjà « tué le cinéma » à plusieurs reprises. Et pourtant celui-ci résiste toujours. Si les discours catastrophiques s'avèrent souvent exagérés, leur impact sur la déstabilisation et la transformation du secteur ne peut être sous-estimé.

11 Harley Lond, « Opening Credits », *Boxoffice Pro (Boxoffice)*, mars 1986.

'Don't Sell Your Theatre Because of TV Threat'

MINNEAPOLIS—Exhibitors attending the NCA convention were urged at the opening session by Trueman T. Rembusch, national Allied States president, and Bennie Berger, NCA president, not to sell their theatres because of TV threat. Both predicted that showmanship would lick it. Rembusch assured listeners Allied States has laid down an action plan that will protect all exhibitors from television. Except for a plan to obtain five channels for theatre television 15,000 to 17,000 theatres never would get television, he said.

Trueman Rembusch

Rembusch also took occasion to train his guns on Herman Levy, TOA counsel, for opposing the Lewis bill in Congress to outlaw Ascap. He said he couldn't help wondering if Levy was representing exhibitors or distributor-owned music publishers.

Speaking on "public relations," Leon J. Bamberger, RKO public relations director, recommended Saturday children's shows as the best means of improving such relations. After his talk, a mild sensation was created when Don Buckley, Redwood Falls, Minn., circuit owner, jumped to his feet and said that "a company that has given us 'The Outlaw' and 'Stromboli' had a lot of gall to send one of their executives here to talk on that subject when those two pictures did more than any one other thing to damage such relations."

H. M. Richey of MGM, who assisted A. F. Myers in leading industry fight to kill off the federal admission tax, declared the industry is not satisfied with the 50 per cent cut recommended by ways and means committee and he, Rembusch and Berger declared exhibitors must not cease in their battle for complete elimination.

« NE VENDEZ PAS VOTRE CINÉMA À CAUSE DE LA MENACE DE LA TÉLÉVISION »

S'adressant aux exploitants assistant à la convention de la NCA à Minneapolis, Trueman Rembusch, président de l'association d'exploitants National Allied States, et Bennie Berger, président de la NCA, encouragent leurs auditeurs à ne pas vendre leurs cinémas car un plan d'attaque contre la télévision est en préparation.

Boxoffice Pro, 6 mai 1950

À la fin des années 1940, l'émergence de la télévision vient s'ajouter aux multiples menaces qui mettent déjà en péril la survie des cinémas. Aux États-Unis, les décrets Paramount, la hausse des coûts de production et le protectionnisme international plongent l'industrie dans une crise profonde. Mais rien ne la frappe plus durement que la télévision et sa popularité croissante. Le nombre de ménages américains possédant un poste passe d'à peu près un million en 1949 à 50 millions en 1959[12]. Émerveillés par l'eldorado que représente ce nouveau loisir et incités par la libéralisation de la télévision en 1952, les studios hollywoodiens investissent dans les chaînes télévisées. Paramount est particulièrement impliqué dans le développement expérimental de la télévision à la carte avec son *telemeter*. En octobre 1954, Disney, en partenariat avec ABC, devient le premier studio à créer des programmes télévisés. À la fin de la décennie, Hollywood produit 80 % de la programmation prime time. Suivant l'initiative de RKO en 1955, les studios changent de cap en autorisant la vente de leur catalogue pré-1948 à la télévision. Un an plus tard, RKO ouvre une fois de plus la voie avec le développement d'un département et d'une filiale dédiés à la télévision.

12 David Parkinson, *100 Ideas that Changed Film*, Londres, Laurence King Publishing, 2012, p. 132.

In Next 50 Years, Crises Will Be Met as Successfully as in Past

By ERIC JOHNSTON
President
Motion Picture Ass'n of America

It is now 50 years since that pristine moment when two harried men from Chicago got off a train in Los Angeles, hired an impoverished local hypnotist to help them and manfully completed an epic called the "Count of Monte Cristo"—which ran all of 1,000 hypnotic feet.

Few industries even in our fabulous country have started so humbly and risen so high. In these 50 years, we have grown into the world's greatest medium of popular entertainment—and we almost ran out of adjectives in the process. Along the way, we endured sudden crises and setbacks and always surmounted them with new vigor and growth.

Now, in 1957, we have met our century's technological challenge with technological skills: in sound, in color, in scope, our modern motion picture is still something brand new under the sun. We have met our century's compelling need for world communication: no other medium of entertainment or enlightenment is more welcome today by the world's people than our motion pictures.

Do we face problems ahead? Of course we do. We live in a changing world in which only change itself is predictable. But the problems ahead can scarcely be any more critical than the ones we've solved in the past and left behind. In our first 50 years, we have proved the lasting vitality of the motion picture. The next 50 years should be no less fascinating.

Will the movies be as good in the year 2007—a half century hence? I think not. They'll be—as someone has remarked before—even better than ever!

ERIC JOHNSTON
The Industry's Interests Are Global

« DANS LES 50 PROCHAINES ANNÉES, LES CRISES SERONT GÉRÉES AVEC LE MÊME SUCCÈS QUE PAR LE PASSÉ »

Le président de la MPAA, Eric Johnston, écrit que, dans ses premières cinquante années d'histoire, le cinéma a réussi à combattre les menaces grâce aux innovations technologiques. Les crises du futur ne peuvent pas être pires que les problèmes déjà rencontrés. En cinquante ans, la vitalité de l'industrie a été prouvée. Pour Johnston, le prochain demi-siècle va être tout aussi fascinant.

Boxoffice Pro, 23 mars 1957

BOXOFFICE *The Pulse of the Motion Picture Industry*

THE NATIONAL FILM WEEKLY
Published in Nine Sectional Editions
BEN SHLYEN
Editor-in-Chief and Publisher
JESSE SHLYEN ......Managing Editor
THOMAS PATRICK ..Equipment Editor
SYD CASSYD ....Western Editor
MORRIS SCHLOZMAN ....Business Mgr.

[illegible]

IN CANADA

[illegible]

JUNE 26, 1972
Vol. 101 No. 11

Guest Editorial

Revival? . . . or Bare Survival?

By AL BOUDOURIS

President of EPRAD, Inc.

WE have lived through a period of unprecedented mediocrity in our once-glamorous and outstanding business. We have seen the once-titanic and vibrant producers tottering on the edge of total collapse. We have endured lackadaisical and high-handed behavior by distributors.

Most of the big companies have survived, but only because these ponderous production organizations had built up enough momentum in past years to keep them moving, just moving, through a quagmire of lethargy and indecision.

We sympathize with some of this uncertainty in an age which seems most memorable for great social upheaval and unprecedented changes in attitudes. But was there any need to let imagination wither and stagnate? Was it sensible to cut back budgeted funds for promotion at a time when extra drive was desperately needed? And above all, was it economically justifiable to betray the theatre owners by selling good films to the free-TV networks for the sake of a little respite from financial disaster? This undermined the entire structure of our industry.

Exhibitors can hardly be blamed for losing heart in the face of these events. They were given poor material. They received less and less help in its promotion. They saw their audiences attracted into the arms of other entertainers, the TV networks, by release of their *own* material—films.

We are reminded of a good Samaritan giving blood to a man so he can become healthy enough to steal his money. The oddest part of the story, however, is that the doctors transferred the blood from the victim without so much as a by-your-leave.

Don't let us suffer from any delusions about "older films on TV having little effect upon boxoffice receipts." When a television antenna blew down in a western state, the movie theatres played to full houses, even on a Monday night, until the TV station returned to the air.

In spite of such evidence all around, most of the film companies persist in releasing their movies on *free TV*, in competition with their new releases in the theatres. By contrast, the Disney organization will not allow one of their movies to be shown second-run, *even in a theatre*, in a city in which a new Disney release is showing.

Never mind that now. "The Godfather" has arrived, and all is well. Or so many of us are saying.

Certainly, we are encouraged. Here, after long years of nothing much promoted with very little, we have a great movie presented to a properly prewarmed public. A flash of the old promotional brilliance has broken through! Maybe, just maybe a new day dawns.

But those of us who are on the receiving end, the exhibitors, had better not relax their vigilance or ease up on any pressure that can be exerted to keep the lights flashing and the ticket machines thumping. Only two out of ten pictures are successful by the most optimistic estimate. Why?

Because the moguls of the movie industry know the ingredients for success . . . intuitively. So they believe. But a batting average of two in ten belies their faith in subjective judgment.

In an age when all kinds of electronic hardware is at hand and plenty of brilliant minds to provide the software, it seems inexcusable that no attempt is made to apply a little science to the evaluation of a script's potential *before shooting begins*.

The pilot who flies by the seat of his pants ends up with them hanging in a tree. He has no more excuse than our producers for flying without instruments.

We owe it to our industry to urge producers and distributors to evaluate before shooting and promote before exhibiting. We must urge exhibitors to buy with discretion and to present with imagination and loving attention to the details that make an audience happy to return . . . again and again. A good, old-fashioned epic or two such as "The Godfather" can jolt our potential audiences out of their fireside chairs and away from those "free" movies. Then it's up to all of us to make sure they don't slip back into the addictive TV habit.

« RENAISSANCE ?... OU SIMPLE SURVIE ? »

Dans cet éditorial de collaboration spéciale, Al Boudouris déplore la situation difficile de l'industrie du cinéma, le manque d'imagination dans la production, et l'effet négatif sur le box-office de la diffusion des vieux films à la télévision. Il encourage les chefs de studios à développer de nouveau de bons films pour rompre les habitudes addictives de la télévision.

Boxoffice Pro, 26 juin 1972

Couverture de la nouvelle section de *Boxoffice Pro* couvrant les actualités liées à la vidéo.

Boxoffice Pro, novembre 1985

Ce tournant vers la télévision – de la part tant du public que des studios – enclenche une érosion structurelle de la fréquentation hebdomadaire des salles de cinéma américaines, qui passe de 80 millions d'entrées en 1940 à 60 millions en 1950, puis 40 millions en 1960 et seulement 18 millions en 1970[13]. La même tendance a lieu en France, où la fréquentation annuelle passe de 400 millions d'entrées en 1957 à 184 millions en 1970[14].

La question récurrente de l'exclusivité apparaît aussi à cette époque.

La diffusion des films de catalogue à la télévision menace surtout les cinémas *second-run*, qui ne peuvent plus justifier leurs prix (pourtant bas) pour un même produit disponible gratuitement sur le petit écran. Des crises ponctuelles suscitent aussi la panique des exploitants. C'est le cas de la diffusion à la télévision en première exclusivité de *The Power and the Glory* en 1961 et de *The Scarface Mob* en 1962, ou du projet (finalement abandonné) de National Broadcasting Co. et MCA de sortir leurs films en première exploitation à la télévision avant leur sortie au cinéma. Effectivement, la fenêtre d'exploitation exclusive est drastiquement réduite au cours des années 1960 : la décennie commence avec une fenêtre d'approximativement dix ans pour aboutir à une fenêtre de deux ans. Le choc est fort pour les cinémas, qui sont poussés à innover pour rester à flot. Les salles qui réussissent à ne pas fermer leurs portes se lancent dans les formats larges et la 3D ; d'autres recentrent leur programmation autour des films d'exploitation.

13 Michelle C. Pautz, « The Decline in Average Weekly Cinema Attendance, 1930-2000 », *Political Science Faculty Publications*, 2002, p. 25.
14 « L'évolution du secteur de l'exploitation cinématographique », Senat.fr, s. d.

CLARITY BEGINS AT HOME

Dear BOXOFFICE:

I read John F. Allen's recent article, "I'm Waiting For the Video" [BOXOFFICE, February 2001], with great joy, as I have always spoken [about] improving cinema sound and image whenever people would listen. Unfortunately, very few cinemas [have truly excellent] sound, a stunning image or a spectacular cinema design, making a trip to the cinema worth anything.

Now, with DVDs, laserdiscs and lots of JBL speakers in our home theatre, we rarely make it to the cinema anymore. We would like to, but often there's something wrong when we get there. I have been a projectionist for many years, so I'm particularly sensitive to errors. [And] in Denmark, I can find more advertisements for the "Big Wide-Screen Experience" promoting home cinema than [for] any [movie theatre]!

[Producer] Michael Todd said 45 years ago, "The audience is so far away, [distributors/exhibitors] can't even see them." How right he was.

Yours faithfully,

Thomas Hauerslev
Editor of "...in 70mm—The 70mm Newsletter"
Copenhagen, Denmark

Send letters to: BOXOFFICE, Mailroom
155 S. El Molino Ave., Suite 100
Pasadena, CA 91101, Fax: 626-396-0248
E-mail: editorial@boxoffice.com

« LA CLARTÉ COMMENCE À LA MAISON »

Dans une lettre adressée au magazine, un lecteur-projectionniste danois déplore la qualité inférieure de la projection au cinéma par rapport aux technologies disponibles à la maison. C'est cela qui empêche la reprise de la fréquentation. Lui-même se rend rarement au cinéma…

Boxoffice Pro, mai 2001

Mais voilà que, alors même que les blockbusters de la fin des années 1970 et 1980 donnent une bouffée d'oxygène à l'exploitation, Sony et Matsushita introduisent les vidéocassettes, l'un avec son Betamax, l'autre avec sa VHS. La décision de la Cour suprême des États-Unis en mars 1984, selon laquelle l'enregistrement sur vidéocassette ne constitue pas une infraction des droits d'auteur, permet la popularisation de cette innovation. En 1988, environ 60 % des ménages américains possèdent un lecteur VHS. Un an plus tôt, les ventes de VHS dépassent les 7,46 milliards de dollars, près du double du box-office de cette année[15]. Les cinémas se retrouvent une fois de plus en concurrence avec le *home entertainment* pour capter le temps du public aussi bien que son portefeuille. La fenêtre d'exploitation se réduit encore : déjà limitée à un an dans les années 1980, elle est abrégée pour certains succès comme *Purple Rain* à seulement six mois. Imitant la logique du *telecasting* des années 1950, certains exploitants tentent de s'approprier la technologie « destructrice » en louant des vidéocassettes au sein même de leurs cinémas. La concurrence stimule comme toujours l'innovation, à l'instar des multiplexes qui constituent la nouvelle offensive pour tenter d'attirer un public perdu.

15 « Exhibition Briefs », *Boxoffice Pro* (*Boxoffice*), mai 1989.

L'avènement de la vidéo digitale, des disques laser et du DVD ainsi que celui d'Internet renforcent la crise des années 1990. En 1995, le marché du *home entertainment* représente plus de la moitié du revenu global des studios hollywoodiens. En 2003, aux États-Unis, les locations de DVD dépassent pour la première fois celles de VHS. Les discours fatalistes sur la mort du cinéma reprennent alors. En 2005, une année particulièrement difficile au box-office, Bob Iger relance le débat sur la chronologie des médias en affirmant que les consommateurs préfèrent une sortie simultanée en salle et en DVD. Ce débat est amplifié deux ans plus tard, quand *Bubble* de Steven Soderbergh sort en *day-and-date*. Malgré cela, l'utilité économique d'un système de sortie en deux temps, d'abord en salle puis sur les autres formats, est reconnue par les exploitants et les studios, et contribue à la stabilisation de la fenêtre à un peu plus de quatre mois pendant cette période. En effet, l'interdépendance de l'exploitation et des DVD est mise en avant avec le déclin des ventes de ces derniers à partir de 2009. « Cela peut paraître paradoxal pour certains, mais les ventes de DVD aident l'exploitation de deux façons importantes », explique John Fithian, président de NATO, dans *Boxoffice Pro* en 2009[16]. Ces revenus permettent aux studios de dédier plus de ressources à la production et à la promotion de films tout en alimentant une culture cinéphile à la maison. Fithian recommande même aux membres de NATO de faire la publicité des DVD lors des avant-séances et dans leurs *lobbies*, à condition que ceux-là proviennent de distributeurs qui respectent la fenêtre d'exploitation.

16 John Fithian, « Home Entertainment Sounds an Alarm », *Boxoffice Pro* (*Boxoffice*), septembre 2009.

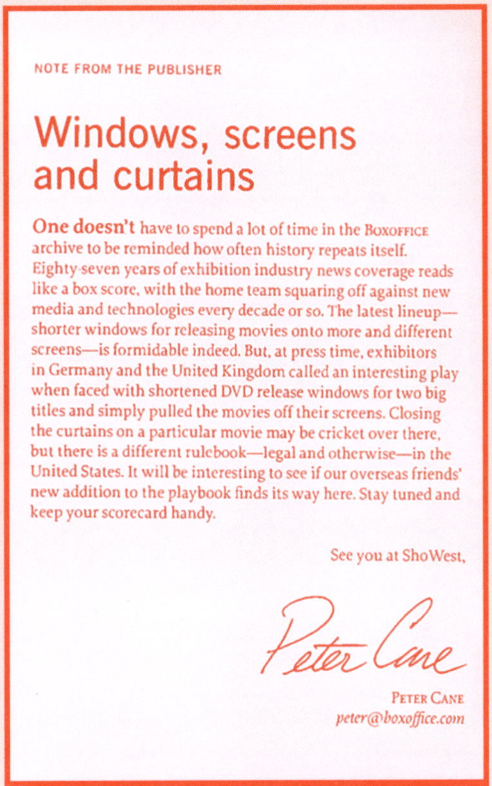
NOTE FROM THE PUBLISHER

Windows, screens and curtains

One doesn't have to spend a lot of time in the Boxoffice archive to be reminded how often history repeats itself. Eighty-seven years of exhibition industry news coverage reads like a box score, with the home team squaring off against new media and technologies every decade or so. The latest lineup—shorter windows for releasing movies onto more and different screens—is formidable indeed. But, at press time, exhibitors in Germany and the United Kingdom called an interesting play when faced with shortened DVD release windows for two big titles and simply pulled the movies off their screens. Closing the curtains on a particular movie may be cricket over there, but there is a different rulebook—legal and otherwise—in the United States. It will be interesting to see if our overseas friends' new addition to the playbook finds its way here. Stay tuned and keep your scorecard handy.

See you at ShoWest,

Peter Cane

Peter Cane
peter@boxoffice.com

« FENÊTRES, ÉCRANS ET RIDEAUX »

Le propiétaire du magazine, Peter Cane, rappelle que l'histoire se répète et que les pages de *Boxoffice Pro* témoignent de cela. La nouvelle menace venant du *home entertainment* arrive cette fois-ci du Royaume-Uni et d'Allemagne, où la fenêtre d'exclusivité pour les DVD a été écourtée.

Boxoffice Pro, mars 2007

Finalement, le cinéma survit à l'ascension et au déclin du DVD, comme il l'a fait auparavant avec toutes les innovations dangereuses. Mais la concurrence l'a souvent mené au bord du gouffre. Sa survie n'a jamais été ni gagnée d'avance ni miraculeuse… Au contraire, si l'industrie a pu persister, c'est grâce à sa capacité à identifier les dangers, les opportunités, la complémentarité et les innovations apportés par chaque nouveau rival.

THE SCREENING ROOM : QUAND LE FOSSOYEUR DU MARCHÉ DE LA MUSIQUE FAISAIT TREMBLER HOLLYWOOD

Napster, plateforme fondée en 1999, a été la bête noire de l'industrie musicale puisqu'elle permettait d'échanger sans limites (et illégalement !) des téléchargements de musiques en format MP3. Fondée par Sean Parker, la start-up a été un succès révolutionnaire : en 2000, des millions d'utilisateurs échangeaient en peer-to-peer près de 14 000 morceaux par minute[17]. Elle a ensuite été prise d'assaut et dénoncée pour ses pratiques illégales violant les droits d'auteur, ce qui a mené à la fermeture de la plateforme. Le nouveau projet initié en 2016 par Sean Parker et son associé Prem Akkaraju, The Screening Room, entend livrer les nouvelles sorties cinématographiques dans le salon des abonnés le jour même de la sortie des films en salle. La plateforme propose donc de contourner le modèle classique d'exclusivité des salles en offrant un modèle basé sur du *day-and-date*. Avec cette idée qui ne fait pas l'unanimité, l'entrepreneur s'est donc attiré une nouvelle fois les foudres de l'industrie artistique.

17 Alexandre Counis, « Napster vendu pour une bouchée de pain à une start-up britannique », *Les Échos*, 26 août 2020.

Le projet envisage de permettre l'accès aux œuvres cinématographiques encore en salle grâce à l'installation d'un boîtier connecté au prix de 150 dollars, équipé d'une technologie antipiratage pour éviter les diffusions illégales sur le Net[18]. Chaque film pourrait être loué pour 50 dollars et rester disponible pendant quarante-huit heures pour le visionnage. Afin de convaincre les exploitants, le *business model* de The Screening Room propose de faire bénéficier les utilisateurs de deux places de cinéma pour le même film loué, les incitant ainsi à aller revoir le film en salle. Les entrepreneurs proposent également de reverser 20 des 50 dollars de chaque location aux exploitants. Les distributeurs, quant à eux, seraient rémunérés à raison de 20 % de la somme de location, soit 10 dollars[19].

18 Anita Busch et Anthony D'Alessandro, « James Cameron & Jon Landau Speak Out Against The Screening Room's Day-And-Date Release Proposal », Deadline.com, 16 mars 2016.

19 Brent Lang, « Studios, Exhibitors Consider Revolutionary Plan for Day-and-Date Movies at Home », *Variety*, 9 mars 2016.

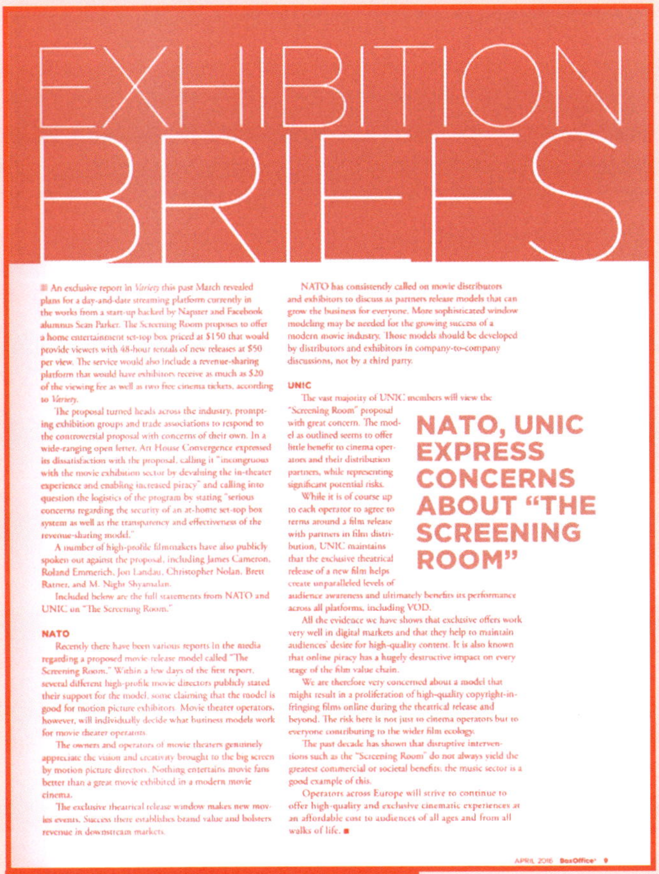

EXHIBITION BRIEFS

An exclusive report in *Variety* this past March revealed plans for a day-and-date streaming platform currently in the works from a start-up backed by Napster and Facebook alumnus Sean Parker. The Screening Room proposes to offer a home entertainment set-top box priced at $150 that would provide viewers with 48-hour rentals of new releases at $50 per view. The service would also include a revenue-sharing platform that would have exhibitors receive as much as $20 of the viewing fee as well as two free cinema tickets, according to *Variety*.

The proposal turned heads across the industry, prompting exhibition groups and trade associations to respond to the controversial proposal with concerns of their own. In a wide-ranging open letter, Art House Convergence expressed its dissatisfaction with the proposal, calling it "incongruous with the movie exhibition sector by devaluing the in-theater experience and enabling increased piracy" and calling into question the logistics of the program by stating "serious concerns regarding the security of an at-home set-top box system as well as the transparency and effectiveness of the revenue-sharing model."

A number of high-profile filmmakers have also publicly spoken out against the proposal, including James Cameron, Roland Emmerich, Jon Landau, Christopher Nolan, Brett Ratner, and M. Night Shyamalan.

Included below are the full statements from NATO and UNIC on "The Screening Room."

NATO, UNIC EXPRESS CONCERNS ABOUT "THE SCREENING ROOM"

NATO

Recently there have been various reports in the media regarding a proposed movie-release model called "The Screening Room." Within a few days of the first report, several different high-profile movie directors publicly stated their support for the model, some claiming that the model is good for motion picture exhibitors. Movie theater operators, however, will individually decide what business models work for movie theater operators.

The owners and operators of movie theaters genuinely appreciate the vision and creativity brought to the big screen by motion picture directors. Nothing entertains movie fans better than a great movie exhibited in a modern movie cinema.

The exclusive theatrical release window makes new movies events. Success there establishes brand value and bolsters revenue in downstream markets.

NATO has consistently called on movie distributors and exhibitors to discuss as partners release models that can grow the business for everyone. More sophisticated window modeling may be needed for the growing success of a modern movie industry. Those models should be developed by distributors and exhibitors in company-to-company discussions, not by a third party.

UNIC

The vast majority of UNIC members will view the "Screening Room" proposal with great concern. The model as outlined seems to offer little benefit to cinema operators and their distribution partners, while representing significant potential risks.

While it is of course up to each operator to agree to terms around a film release with partners in film distribution, UNIC maintains that the exclusive theatrical release of a new film helps create unparalleled levels of audience awareness and ultimately benefits its performance across all platforms, including VOD.

All the evidence we have shows that exclusive offers work very well in digital markets and that they help to maintain audiences' desire for high-quality content. It is also known that online piracy has a hugely destructive impact on every stage of the film value chain.

We are therefore very concerned about a model that might result in a proliferation of high-quality copyright-infringing films online during the theatrical release and beyond. The risk here is not just to cinema operators but to everyone contributing to the wider film ecology.

The past decade has shown that disruptive interventions such as the "Screening Room" do not always yield the greatest commercial or societal benefits: the music sector is a good example of this.

Operators across Europe will strive to continue to offer high-quality and exclusive cinematic experiences at an affordable cost to audiences of all ages and from all walks of life. ■

APRIL 2016 BoxOffice 9

« ACTUALITÉS BRÈVES : NATO, UNIC EXPRIMENT LEURS PRÉOCCUPATIONS AU SUJET DE THE SCREENING ROOM »

Suite à un reportage exclusif de *Variety* sur les projets de The Screening Room de proposer des films en *day-and-date* sur sa plateforme de streaming, NATO et UNIC défendent la préservation des fenêtres d'exclusivité et dénoncent l'intervention d'une tierce partie dans le processus contractuel entre distributeurs et exploitants.

Boxoffice Pro, avril 2016

The Screening Room n'est pas le premier projet qui fait trembler la chronologie des médias aux États-Unis, mais son fondateur, qui a déjà participé à l'effondrement du modèle de l'industrie musicale, n'inspire pas confiance. L'exemple le plus proche est celui de Prima Cinema, un service de luxe de vidéo à la demande qui permet de visionner des films chez soi dès la sortie en salle. Cependant, Prima Cinema facture le boîtier d'installation pour la somme astronomique de 35 000 dollars, avec une location de 500 à 1 000 dollars par film visionné[20]. The Screening Room, qui propose une plateforme bien moins onéreuse, a donc été sujet à plus de polémiques et de prises de parole par les acteurs de l'industrie.

20 Brent Lang, « Studios, Exhibitors Consider Revolutionary Plan for Day-and-Date Movies at Home », *Variety*, 9 mars 2016.

NATO, l'Union internationale des cinémas (UNIC)[21] et The Art House Convergence[22] se sont positionnés contre le modèle, arguant des risques démesurés pour les revenus du secteur, pour peu de réels bénéfices. Le réseau d'exploitation AMC a soutenu The Screening Room, tandis que Cinemark et Regal se sont montrés réticents à une collaboration avec la plateforme émergente. Des talents comme Christopher Nolan, James Cameron, Roland Emmerich ou encore M. Night Shyamalan se sont exprimés pour défendre le septième art et son exclusivité en salle. James Cameron résume ainsi : « Pour nous, l'expérience au cinéma est la source qui anime notre créativité. [...] Nous ne comprenons pas pourquoi l'industrie souhaiterait inciter le public à se passer de la meilleure expérience pour cet art pour lequel nous travaillons dur[23]. » Certains studios majeurs comme Universal, Fox et Sony ont montré un intérêt pour le projet et ont engendré des négociations, tandis que d'autres comme Disney en sont restés distants[24].

21 Organisation regroupant les salles de cinéma européennes.
22 Association promouvant les cinémas de proximité, « animés par une mission » (*mission driven*).
23 Philippe Bailly, « The Screening Room, un nouveau modèle de distribution qui divise Hollywood », Insight.npaconseil.com, 23 mars 2016.
24 Brent Lang, « Peter Jackson Says Screening Room Grows the Movie Business », *Variety*, 13 mars 2016.

Une partie importante du débat concernait la diffusion de The Screening Room en Europe par rapport aux États-Unis, puisque les enjeux et les maillages territoriaux des exploitants sont distincts. Aux États-Unis, certaines communes sont dépourvues de salles de cinéma à moins de deux heures de voiture[25]. Dans ce cas-là, le modèle de The Screening Room n'est pas totalement incohérent puisqu'il touche un public traditionnellement exclu des salles.
En France en revanche, la politique culturelle est axée sur la redynamisation des territoires grâce aux salles dans les communes de moins de 10 000 habitants, à tel point qu'une commune sur deux possède une salle en centre-ville.
L'argument d'une isolation complète de l'audience dans certains milieux ruraux d'Europe est donc moins valable.
Le modèle *day-and-date* pourrait fragiliser ces petits et moyens circuits d'exploitants, plus présents en Europe qu'aux États-Unis.

25 Alex Ritman, « Why The Screening Room Debate Could Prove "More Damaging" in Europe », *The Hollywood Reporter*, 17 juin 2016.

LES NOUVEAUX MAÎTRES D'HOLLYWOOD

LA SOURIS ET L'ÉLÉPHANT : L'ÈRE DISNEY

À l'aube de la crise, de nombreux ingrédients sont réunis qui annoncent une redéfinition des pouvoirs à Hollywood. Disney a mis la main sur Fox : la souris devient « *the elephant in the room* » (l'éléphant dans la pièce) pour reprendre le bon mot d'Andrew Cripps, alors patron de la distribution internationale de 20th Century Fox, sur la scène de CineAsia, le jour même de l'annonce du projet le 14 décembre 2017. 2019 a en effet été l'année de Disney au box-office. Six films de la société ont dépassé la barre du milliard de dollars et ont rapporté plus de 10 milliards de dollars au box-office mondial. Aux États-Unis, les films produits par Disney ont totalisé cette année-là plus de 3,72 milliards de dollars au box-office, battant le record établi en 2018 de 3,09 milliards de dollars, le plus élevé de toute l'histoire des studios hollywoodiens[1]. Les films produits par Disney représentent alors environ 33 % du marché total américain[2]. Si l'on combine les films produits par Disney et ceux de 20th Century Fox, que la société a acquis plus tôt dans l'année, Disney dans son ensemble a représenté 38 % de l'industrie cinématographique américaine en 2019, selon les données de Comscore ! Le concurrent le plus proche de Disney, Warner Bros., a représenté 13,8 %. Disney n'a cessé d'augmenter sa part de marché au cours de la dernière décennie. En 2008, il ne représentait que 10,5 % du box-office américain[3]. Un certain nombre d'acquisitions stratégiques, notamment l'achat de Marvel et de Lucasfilm, ont fait de la société la superpuissance qu'elle est devenue. En 2019 toujours, sept des dix films sortis sous la bannière de Disney figurent parmi les huit films les plus rentables de l'année. Ainsi, *Spider-Man : Far From Home* est le seul film du top huit qui n'est pas distribué par Disney.

1 Adam B. Vary, « Disney Explodes Box Office Records With $11.1 Billion Worldwide for 2019 », *Variety*, 2 janvier 2020.
2 Sarah Whitten, « Disney accounted for nearly 40 % of the 2019 US box office », Cnbc.fr, 29 décembre 2019.
3 Sarah Whitten, « Disney accounted for nearly 40 % of the 2019 US box office », Cnbc.fr, 29 décembre 2019.

Toutefois, Marvel Studios, propriété de Disney, a participé à la production du film aux côtés de Sony…

2020 promettait donc d'être une autre année record avec une nouvelle série de superproductions : *Jungle Cruise*, *Mulan*, *Black Widow*, *Les Éternels*, *Onward*, *Soul* et *Raya et le Dernier Dragon*, entre autres… Et bien sûr plusieurs films de Fox comme *Free Guy*, *West Side Story* et *The King's Man*…

Mais alors que l'on attendait un Disney qui dominerait le marché mondial de la distribution en salle, c'est finalement par le succès stratosphérique de Disney+ que la firme de Burbank a « disrupté » de l'intérieur un marché qui voyait plutôt poindre la menace du côté des « nouveaux barbares[4] ».

Disney représente 33 % du marché nord-américain en 2019, une part qui monte à 38 % avec son acquisition de 20th Century Fox.

Disney « disrupte » de l'intérieur avec le lancement de sa propre plateforme de streaming, Disney+, en novembre 2019. Disney+ compte plus de 100 millions d'abonnés en 2021.

4 François Druel et Guillaume Gombert, *GAFANOMICS : comprendre les super-pouvoirs des GAFA pour jouer à armes égales*, Fabernovel, Eyrolles, 2020.

LA GUERRE DU STREAMING : « NOUVEAUX BARBARES » ET STUDIOS HISTORIQUES

Les « nouveaux barbares » font irruption dans une industrie bien organisée et volontiers conservatrice. Les coups de boutoir de Netflix, qui avaient commencé depuis quelques années, se combinent désormais à ceux d'Amazon Prime, mais la nouveauté, c'est l'entrée dans cette danse des acteurs historiques de la distribution, avec Disney+, HBO Max, Paramount+...

Disney a ouvert le bal fin 2019 avec le lancement de sa plateforme de streaming Disney+, ultime projet porté par Bob Iger, qui quitte l'entreprise en février 2020, quelques jours avant l'explosion de la crise. L'entreprise célèbre alors une année 2019 record et nul ne saurait, à ce moment précis, prédire que la plupart des activités du groupe allaient être mises à l'arrêt (films en salle, croisières, parcs d'attractions), tandis que le nouveau service de VOD par abonnement (SVOD), plus qu'une simple planche de salut, allait devenir un vecteur de transformation stratégique profonde. En à peine seize mois, Disney+ atteint le seuil symbolique des 100 millions d'abonnés, seuil que le précurseur Netflix aura mis dix ans à atteindre ! Dans cette course au gigantisme, il y a donc les gagnants Netflix (plus de 200 millions d'abonnés en avril 2021), Amazon Prime (plus de 175 millions d'abonnés, Amazon Prime ayant eu recours aux services de streaming) et, dorénavant, Disney.

Il y a aussi les dommages collatéraux, en particulier du côté de Warner. Le groupe AT&T annonce en effet mi-mai 2021 son intention de se séparer de sa filiale WarnerMedia en la fusionnant avec Discovery. Cette opération marque l'échec d'une acquisition conclue trois ans plus tôt pour la bagatelle de 85 milliards de dollars. « Dans l'environnement médiatique actuel, il faut avoir une taille suffisante sur un marché spécifique pour être à la fois assez grand et assez agile afin de s'adapter aux changements technologiques et se tailler un espace significatif dans un paysage dominé par les plateformes », explique l'analyste Richard Greenfield dans un blog à l'occasion de cette annonce.

Pour contourner cette face nord presque infranchissable de la SVOD, d'autres préfèrent miser sur l'innovation dans le modèle, à l'instar de Paramount (avec Paramount+, Pluto TV...) ou Universal (Peacock), qui ont fait le choix de la VOD financée par la publicité, l'AVOD. À l'heure de la surconsommation de contenus sur différents équipements à la maison en mobilité, ces plateformes font le pari d'une économie différente, parfois assortie d'une formule *premium*. En somme, avec la relinéarisation de certaines offres comme Pluto TV, on assiste à la renaissance d'un modèle hybride mariant la bonne vieille télévision d'antan avec ses coupures publicitaires et le nouveau monde de la consommation en *replay*. On peut certes s'effrayer du foisonnement de tous ces acronymes en -VOD, de ces terminologies de rattrapage... Mais ils sont autant de signes d'un modèle qui se redéfinit et se réinvente sous nos yeux, avec ses mastodontes (Netflix, Youtube...), mais aussi ses nouveaux acteurs un peu partout dans le monde, qu'ils s'appellent Sling, Molotov ou même Arte...

Cette bataille du streaming ne se joue cependant pas seulement sur le front des abonnés et du modèle de distribution ; c'est bien entendu la question du contenu qui est également au centre du jeu. En la matière, l'événement le plus emblématique de cette période de crise est sans aucun doute l'acquisition en mai 2021 des studios MGM par Amazon pour 8,45 milliards de dollars, signant alors la deuxième plus grosse acquisition pour le groupe de Seattle derrière les 13 milliards de dollars déboursés pour racheter la chaîne de magasins Whole Foods. Amazon met ainsi la main sur un catalogue de classiques (*Raging Bull*, *Douze hommes en colère*, *Fargo*...) et sur un ensemble de « marques-contenus » des « IPs » (Rocky, RoboCop et bien évidemment James Bond). Avec cette acquisition pour un prix que les analystes s'accordent à considérer comme élevé, Amazon indique que, parmi ses priorités stratégiques, l'importance de continuer à alimenter et à maintenir l'intérêt de ses abonnés Prime se trouve sur le haut de la pile. Un signal clair pour ses concurrents.

Les conséquences de cet investissement stratégique méritent d'être observées avec d'autant plus d'attention que la stratégie d'Amazon autour du cinéma se distingue en bien des points de celle de Netflix, que l'on présente, peut-être un peu hâtivement, comme le concurrent principal en la matière. En effet, si Netflix se dégage bien évidemment comme la référence majeure en matière de SVOD, la présence d'Amazon dans le secteur est à la fois plus complexe, ancienne et, d'une certaine manière, moins lisible. Quatre dates peuvent – arbitrairement – être retenues pour comprendre les mouvements, d'ampleurs très différentes, qui préfigurent et éclairent l'acquisition de MGM en 2021. L'aventure cinéma commence en 1998 avec l'acquisition d'IMDb, une base de données référente pour le cinéma. En 2008, Amazon rachète Box Office Mojo, un site de professionnels et d'amateurs éclairés qui recense consciencieusement la performance des films au box-office aux États-Unis et à travers le monde. Avec ces deux premières acquisitions, Amazon pose les fondations d'une indexation encyclopédique, nourrissant tous les fantasmes quant à la puissance des algorithmes de la firme de Jeff Bezos (jusqu'en 2021). En 2010, Amazon franchit une nouvelle étape avec le lancement d'Amazon Studios, sa structure de distribution.

De manière tout à fait évidente, Amazon Studios opte assez rapidement pour une démarche très amicale à l'égard des salles de cinéma américaines. À l'exact opposé des déclarations fracassantes des dirigeants de Netflix, les dirigeants d'Amazon Studios répètent à l'envi, au cours des années pré-Covid, leur attachement à une fenêtre d'exclusivité pour les salles, ils donnent des gages de bonne volonté en participant aux grand-messes des salles de cinéma comme CinemaCon… Enfin, en 2016, c'est le lancement d'Amazon Prime Video, enrichissant l'offre gigantesque d'e-commerce par abonnement d'une offre de divertissement solide. En reprenant cette chronologie des événements, il apparaît qu'Amazon dispose de nombreux atouts dans son jeu pour participer de manière innovante à la réinvention de l'industrie. Jusqu'à acquérir un circuit de salles et devenir un acteur de ce maillon, comme il l'a fait dans le secteur de la distribution alimentaire avec Whole Foods ? C'est une intention qu'on prête souvent à Amazon… En tout cas, que ce soit par le biais de l'exploitation ou par d'autres formes d'innovations, il y a fort à parier que cette marque incontournable jouera un rôle déterminant dans la recomposition d'un « monde d'après » qui pourrait être plus souriant pour les salles que la version de Reed Hastings et Ted Sarandos. Un point de vue que semble partager Tim Richards, le patron du circuit Vue et du British Film Institute, dans un entretien au *Financial Times* le 27 juillet 2021 : « Amazon n'a pas peur de la distribution physique. Ils ont Whole Foods. Et Apple a aussi ses propres magasins. Je peux tout à fait imaginer Apple investir dans l'exploitation. […] Je pense sincèrement que nous sommes sur le point d'entrer dans un deuxième âge d'or du cinéma. »

Warner Bros., NBCUniversal et Paramount suivent Disney dans la course aux plateformes de streaming et lancent leurs propres offres en 2020-2021.

Amazon acquiert le studio historique MGM en 2021.

PARAMOUNT DECREES : NOUVELLES RÈGLES DU JEU EN VUE

C'est au beau milieu de l'année 2020, à l'heure où les distributeurs de films et les cinémas sont confrontés à des défis sans précédent, que le gouvernement fédéral américain prend une décision que beaucoup considèrent comme un mauvais coup.

En effet, au début du mois d'août 2020, un juge fédéral de New York a approuvé une requête du département américain de la justice visant à mettre fin aux *Paramount Decrees*, qui ont dicté certaines des règles essentielles de l'industrie cinématographique pendant plus de soixante-dix ans. « Compte tenu de l'évolution du marché, la Cour estime qu'il est peu probable que les défendeurs restants s'entendent pour limiter à nouveau la distribution de leurs films à un groupe restreint de cinémas en l'absence des décrets et conclut donc que la résiliation est dans l'intérêt du public », a écrit la juge Analisa Torres, du tribunal de district de New York, dans un avis de dix-sept pages[5].

La décision historique rendue en 1948 dans l'affaire *United States v. Paramount Pictures* avait en effet mis fin au système classique des studios d'Hollywood, obligeant les principaux protagonistes de l'époque, dont Paramount, RKO, MGM, Universal, Columbia et 20th Century Fox, à renoncer à leur stratégie d'intégration verticale. À l'époque de la décision, il était en effet courant pour ces studios de posséder les principaux circuits de salles de cinéma américains, qu'ils remplissaient avec leurs propres productions.

Avec les décrets Paramount de 1948 (voir le Coup de projecteur « *Paramount Decrees* [1948], la décision de justice qui redessine le visage de l'industrie au lendemain de la Seconde Guerre mondiale »), les studios avaient reçu

5 « United States v. Paramount Pictures, Inc., United States District Court Southern District of New York », gov.uscourts.nysd, 7 août 2020.

l'ordre de séparer leurs activités de distribution de leurs salles, les conduisant dans la plupart des cas à vendre leurs salles à des sociétés indépendantes. Ils ont également été contraints de mettre un terme à la pratique du *block booking*, qui consistait à regrouper plusieurs films dans une même négociation avec les cinémas, ce qui obligeait ces derniers à accepter des petits films moins attractifs pour ne pas passer à côté des grandes sorties, ou encore au *circuit dealing*, qui consistait à négocier la diffusion d'un film avec tous les cinémas d'un circuit plutôt que de le faire salle par salle.

La remise en cause des *Paramount Decrees* fait suite à la revue des législations antitrust conduite par l'Administration Trump à partir de 2019. Dans ce cadre, le ministère de la Justice avait proposé d'abolir ces décrets en faisant valoir qu'ils n'étaient plus pertinents du fait de l'évolution du marché. La juge Torres semble donc s'être rangée à cet argument. « Dans le paysage actuel, bien qu'il puisse y avoir certaines zones géographiques où il n'y a qu'un seul cinéma mono-écran, la plupart des marchés ont plusieurs cinémas avec plusieurs écrans qui proposent simultanément plusieurs films provenant de plusieurs distributeurs », indique l'ordonnance[6]. « Il existe également de nombreuses autres plateformes de distribution de films, comme la télévision, Internet et les DVD, qui n'existaient pas dans les années 1930 et 1940. Compte tenu de ces changements importants sur le marché, il y a moins de risque qu'un accord de *block booking* crée une barrière à l'entrée qui empêcherait les distributeurs de films indépendants d'avoir un accès suffisant au marché[7]. »

6 « United States v. Paramount Pictures, Inc., United States District Court Southern District of New York », gov.uscourts.nysd, 7 août 2020.
7 « United States v. Paramount Pictures, Inc., United States District Court Southern District of New York », gov.uscourts.nysd, 7 août 2020.

L'ordonnance souligne en outre que nombre de nouveaux acteurs de la distribution n'étaient techniquement pas soumis à ces décrets et que les lois antitrust fédérales et étatiques existantes devraient suffire à se protéger contre de futurs abus.

S'il est vrai que des studios comme Disney, Amazon et Netflix n'étaient pas soumis aux décrets au sens technique, il était généralement admis que tous les studios étaient guidés par ces lois. Au cœur d'une période de mutation accélérée et imprévisible, une transformation supplémentaire vient donc s'ajouter, du fait du législateur cette fois. Cette décision part en effet du principe que l'ensemble des acteurs de la distribution, y compris les GAFA parfois qualifiés de « nouveaux barbares », va dorénavant se conduire de bonne foi dans le meilleur intérêt d'un marché délesté de ses lois antitrust...

Pourtant, comme on l'a vu précédemment, le contexte de l'été 2020 marqué par le bras de fer entre circuits et distributeurs autour de la chronologie des médias ne plaide pas forcément en faveur de cet optimisme. La remise en cause des *Paramount Decrees* donne essentiellement une nouvelle carte aux studios. Dans un contexte où des chaînes de cinémas affaiblies financièrement pourraient chercher de nouvelles sources de financement (sans même parler des faillites qui commencent à se multiplier), ce nouveau cadre pourrait ouvrir la porte à l'acquisition d'un circuit par un studio, historique ou GAFA, hypothèse qui agite régulièrement les chroniques du secteur...

En réalité, ce modèle existe déjà en miniature à Los Angeles, où Disney possède le cinéma El Capitan. Ce cinéma, connu notamment pour son architecture Art déco, offre des expériences cinématographiques à l'ancienne, avec un spectacle en première partie comme on peut en trouver au Grand Rex à Paris. Mais, à moins d'un événement exceptionnel, il n'est possible d'y voir que des films Disney... un peu comme les anciens cinémas Fox et Warner des années 1930 et 1940 qui se concentraient exclusivement sur les offres de leurs studios. Il n'est donc pas impossible d'imaginer un jour le retour de l'intégration verticale, un futur dans lequel certains acteurs du contenu possèdent leurs propres chaînes de cinémas ne passant que leurs films et contenus originaux.

Mais ce modèle existe aussi en grand – et depuis bien longtemps – en France, où deux des principaux circuits, Les Cinémas Pathé Gaumont et UGC, font partie des mêmes groupes que des sociétés de distribution de premier plan. Certes les films des sociétés sœurs y sont bien traités, mais sans que cela nuise significativement à la diversité d'exposition des œuvres. Comparaison n'est pas raison. Les règles propres au marché français, particulièrement en ce qui concerne la multiprogrammation[8], sont très différentes de celles des États-Unis. Et Pathé et UGC ne sont ni Netflix ni Amazon. Pourtant, l'honnêteté intellectuelle doit conduire à regarder du côté de ces exemples dans lesquels l'intégration verticale n'a pas nécessairement conduit à la mise en place de pratiques monopolistiques.

La décision du tribunal cite également la législation antitrust en vigueur, qui exige que les fusions et acquisitions soient évaluées du point de vue de la concurrence avant d'être approuvées, pour éviter les abus potentiels. Mais considérons la fusion entre Disney et Fox, qui donne à Disney les clés de plusieurs énormes franchises et d'une formidable bibliothèque de titres, après avoir déjà regroupé

8 La multiprogrammation décrit la programmation d'un film sur plusieurs écrans d'un même établissement en parallèle. Extrêmement répandue aux États-Unis, où il n'est pas rare de voir un film capter 30 à 50 % des séances, elle est très limitée en France, où cette pratique est strictement encadrée.

sous sa bannière des franchises lucratives comme Star Wars et le Marvel Cinematic Universe (MCU). Avec une telle part de marché, Disney serait dans de nombreux cas en situation de dicter sa loi.

Il est intéressant de se pencher sur les nouveaux modèles des plateformes de vidéo par abonnement (SVOD) pour rechercher des similarités avec les précédents historiques qui ont conduit le législateur à intervenir au lendemain de la Seconde Guerre mondiale. À mesure que les plateformes de streaming se développent et sont de plus en plus liées aux studios – dans le cas de plateformes comme Disney+, HBO Max de Warner et Peacock de NBCUniversal –, n'exercent-elles pas un monopole de contenu en miniature ? Les abonnés paient un forfait mensuel pour une sorte de *block booking* personnel – pour accéder aux blockbusters, le client doit aussi accepter de payer pour d'autres contenus de qualité plus discutable, équivalent dans le nouveau monde du streaming du bon vieux *direct to video* des années VHS et DVD. Est-ce intellectuellement si différent des pratiques qui furent il y a bien longtemps à l'origine des *Paramount Decrees* ?

Dans l'ensemble des bouleversements qui auront marqué cette période de crise, ce bouleversement législatif américain est presque passé au second plan. Nul doute pourtant que nous n'avons pas fini d'en percevoir l'onde de choc… Un phénomène sismique de plus !

En août 2020, la décision d'un juge fédéral met fin aux *Paramount Decrees*, qui empêchent la concentration verticale dans l'industrie du cinéma pendant plus de soixante-dix ans.

La remise en cause des *Paramount Decrees* pourrait ouvrir la porte à une nouvelle vague d'intégration et de pratiques de distribution monopolistiques : rachat d'un circuit par un studio historique ou GAFA, *block booking* sur les plateformes de streaming…

PARAMOUNT DECREES (1948), LA DÉCISION DE JUSTICE QUI REDESSINE LE VISAGE DE L'INDUSTRIE AU LENDEMAIN DE LA SECONDE GUERRE MONDIALE

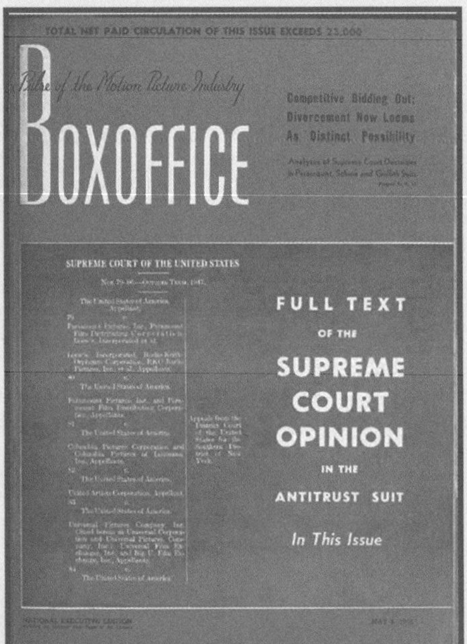

« TEXTE INTÉGRAL DE L'AVIS DE LA COUR SUPRÊME SUR LE CAS ANTITRUST »

Couverture de *Boxoffice Pro* au lendemain de la décision historique de la Cour suprême donnant naissance aux décrets Paramount.

Boxoffice Pro, 8 mai 1948

Au lendemain de la Seconde Guerre mondiale, un nouveau tremblement de terre secoue l'industrie du cinéma. En 1948, la Cour suprême des États-Unis se prononce sur le cas *United States v. Paramount Pictures* : avec sa décision historique, également connue sous le terme « décrets Paramount », la Cour estime que l'intégration verticale des studios hollywoodiens, qui jusqu'alors possédaient leurs propres chaînes de cinémas, est une violation des règles anticoncurrentielles. C'est le début de la fin du *studio system*.

La consolidation de l'industrie après la Première Guerre mondiale et la grippe espagnole est régulièrement mise en examen par le Department of Justice. En effet, les décrets Paramount sont l'aboutissement de près de deux décennies de batailles juridiques interrompues ponctuellement d'abord par la Grande Dépression, puis par la Seconde Guerre mondiale. Déjà, en 1928, la Commission fédérale du commerce des États-Unis (Federal Trade Commission) porte plainte contre le géant de la distribution et de l'exploitation Famous Players-Lasky ainsi que contre neuf autres studios. Pourtant, bien que jugés coupables de violations des règles anticoncurrentielles, les studios poursuivent leur intégration verticale sans relâche, grâce à la conclusion d'un accord avec le gouvernement Roosevelt dans le cadre du *National Industrial Recovery Act* pour vaincre la dépression. Le premier coup réellement fatal frappe les studios en 1938. Le Department of Justice dépose alors une plainte contre les huit studios principaux – Paramount, 20th Century Fox, Lowes, RKO, Warner Bros., Columbia, Universal et United Artists –, les accusant de conspiration pour contrôler l'industrie à travers la possession de canaux de distribution et d'exploitation. En effet, pendant cette période, l'oligopole des studios contrôle l'ensemble de l'industrie américaine, de la production jusqu'aux salles. Cette mainmise totale sur l'industrie ne se limite pas seulement à la possession de circuits de cinémas mais s'exerce aussi à travers des pratiques de distribution discriminatoires et déloyales. Parmi celles-ci, la fameuse pratique du *block booking* utilisée par les studios pour imposer aux exploitants indépendants des contrats exigeant la diffusion d'un nombre donné de films. L'affaire est finalement portée devant le tribunal fédéral de New York en 1940. Un accord est alors rapidement conclu entre le gouvernement et les studios, garantissant la conservation des chaînes de cinémas en échange d'une simple limitation du *block booking*. Après une décennie et 793 plaintes portées par les exploitants, le problème persiste donc.

Acts of "Oppression" by Majors Are Listed by the Government

NEW YORK—The acts of "oppression" by major distributors in six western states, as reported by plaintiff independents, were listed by the department of justice in response to majors' and affiliated circuits' demands for fuller particulars in the all-industry anti-trust suit. The details list time, theatre, location, principals involved, distress methods and manner employed. They follow:

ARIZONA

1938-39—Unknown, Bisbee; Paramount Pictures, Inc.; Nick Diamos.

Paramount endeavored to force Diamos to sell his theatre to it by threatening to build in opposition to him.

CALIFORNIA

1935—Nile, Bakersfield; 20th Century-Fox Film Corp.; Russell Rogers.

A 50 per cent interest was acquired in independent exhibitor's theatre because of unfair zoning and clearance, and because he was deprived of desired product.

1935—Palace, Long Beach; 20th Century-Fox Film Corp.; Russell Rogers.

A 50 per cent interest was acquired in independent exhibitor's theatre because of unfair zoning and clearance, and because he was deprived of desired product.

1936—Long Beach, Long Beach; 20th Century-Fox Film Corp.; Arnold Schaak.

A 51 per cent interest in independent exhibitor's theatre was acquired because of threats to deprive him of desired product.

1933—Leimert, Los Angeles; 20th Century-Fox Film Corp.; Dave Bershon.

A 50 per cent interest was acquired in independent exhibitor's theatre because of the imposition of unfair and discriminatory zoning and clearance.

1932—Melrose, Ravenna and Parisian, Los Angeles; 20th Century-Fox Film Corp.; Max Chotiner.

Unable to get product from the majors and was forced to lease theatre to Fox West Coast.

1935—Iris, Los Angeles; 20th Century-Fox Film Corp.; A. L. Gore and Mike Gore.

A 51 per cent interest in independent exhibitors' theatre was acquired because of threats to deprive them of desired and necessary product.

1935—Tower, Los Angees; 20th Century-Fox Film Corp.; Robert Gumbiner.

Unable to get product from majors and leased theatre to Fox West Coast for five years.

1934—Arroyo and Western, Los Angeles; 20th Century-Fox Film Corp.; H. Herond and Mark M. Hanson.

A 51 per cent interest in independent exhibitor's theatres was acquired because he was deprived of desired product, and because of unfair and discriminatory zoning and clearance.

1933-38—Los Angeles, Los Angeles; 20th Century-Fox Film Corp.; Joe Leo.

Fox West Coast has been trying to buy his theatre and he has been unable to get product from any majors except Columbia and Universal.

1933—Fairfax, Los Angeles; 20th Century-Fox Film Corp.; Gus Metzer.

A 51 per cent interest in independent exhibitor's theatre was acquired because of the imposition of unfair and discriminatory zoning and clearance.

1936—Lyric, Monrovia; 20th Century-Fox Film Corp.; Simon Lazarus.

A 51 per cent interest was acquired in independent exhibitor's theatres because of unfair and discriminatory zoning and clearance, and because he was deprived of desired product.

1933—Golden Gate, Riverside and Rubidoux, Riverside; 20th Century-Fox Film Corp.; Roy Hunt.

A 50 per cent interest was acquired in independent exhibitor's theatres because he was deprived of desired product.

1935—Mission, Plaza and Aztec, San Diego; 20th Century-Fox Film Corp.; Russell Rogers.

A 50 per cent interest was acquired in independent exhibitor's theatre because of unfair zoning and clearance, and because he was deprived of desired product.

1932-39—New Mission and New Fillmore, San Francisco; 20th Century-Fox Film Corp.; George Nasser.

Fox West Coast tried to consolidate his theatres and had majors sell away product.

1936—Rialto and Ritz, South Pasadena; 20th Century-Fox Film Corp.; Simon Lazarus.

A 51 per cent interest was acquired in independent exhibitor's theatres because of unfair and discriminatory zoning and clearance, and because he was deprived of desired product.

COLORADO

1932-35—Webber, Denver; 20th Century-Fox Film Corp.; DeWitt C. Webber.

Refused product by majors and was forced to lease theatre to Fox Intermountain.

1932-33—America, Sterling; 20th Century-Fox Film Corp.; Charles McIntire.

Unable to secure product and was forced to lease to Fox Intermountain.

IDAHO

1929—Rio, Idaho Falls; 20th Century-Fox Film Corp.; Joseph George.

Told by Fox West Coast that unless lease theatre, they would build a new one in Idaho Falls.

1930-35—Rialto and Capitol, Pocatello; 20th Century-Fox Film Corp.; N. B. Grosman.

Unable to get first run product after Fox Intermountain came into the territory and forced to sell Capitol and Rialto.

NEW MEXICO

1932-35—Sunshine and Chief, Albuquerque; Paramount Pictures, Inc.; Joseph Barnett.

(Continued on page 43)

39

« LES ACTES D'"OPPRESSION" DES MAJORS SONT ÉNUMÉRÉS PAR LE GOUVERNEMENT »

Le Department of Justice publie une liste avec les actions anticoncurrentielles menées par les grands studios dans six États.

Boxoffice Pro, 6 avril 1940

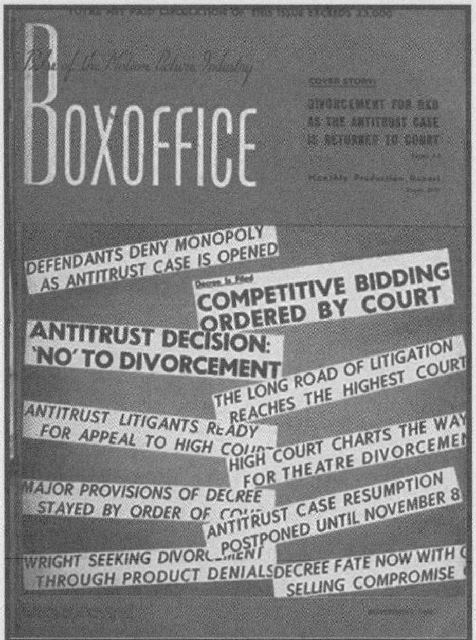

« ARTICLE DE COUVERTURE : DIVORCE POUR RKO ALORS QUE LE CAS ANTICONCURRENTIEL EST RENVOYÉ DEVANT LA COUR »

Couverture de *Boxoffice Pro* lorsque le cas Paramount est renvoyé devant la Cour. Des coupures de presse révèlent le long combat juridique qui préoccupe l'industrie pendant des décennies.

Boxoffice Pro, 6 novembre 1948

La fin de la Seconde Guerre mondiale voit le renouvellement des tentatives de réglementation du Department of Justice. Cette fois-ci, le département bénéficie d'un nouvel allié : la Société des producteurs de cinéma indépendants (Society of Independent Motion Picture Producers). Cette dernière naît en réponse à la décision du tribunal de New York, jugée inadéquate. Parmi ses membres, Charlie Chaplin, Walt Disney, Orson Welles, Mary Pickford, Samuel Goldwyn et David O. Selznick, qui se battent pour défendre le cinéma indépendant. Grâce à leurs efforts, l'affaire est renvoyée devant le tribunal en 1945. Cependant, après le procès, les avocats des deux côtés déposent un recours qui mène finalement à la Cour suprême en février 1948. En mai, la Cour réaffirme les verdicts précédents. Les studios sont contraints de vendre leurs chaînes de cinémas ou de les transformer en entités légales séparées. La décision de la Cour suprême interdit également les pratiques anticoncurrentielles telles que le *block booking*. Un à un, les studios signent des décrets individuels : RKO en novembre 1948, Paramount en mai 1949 et Lowes, Fox et Warner en juillet 1949.

Entre l'indignation des distributeurs et le soulagement des indépendants, la réaction des différentes parties prenantes varie considérablement. Du côté institutionnel, les décrets sont appréhendés avec ambivalence. Ainsi, E.L. Kuykendall, le président de l'Association américaine des exploitants (Motion Picture Theater Owners of America), favorise une solution intra-sectorielle pour restreindre le monopole des studios. Comme Kuykendall, Ben Shlyen craint que l'implication du gouvernement fédéral, au lieu d'une autorégulation, puisse endommager l'industrie à long terme. En mars 1949, il déplore aussi les dépenses financières qui, pendant vingt ans, ont « vidé l'industrie de millions de dollars et de temps et d'idées qui auraient pu être consacrés à l'amélioration de la production et du marchandisage[9] ».

9 Ben Shlyen, « The New Day », *Boxoffice Pro* (Boxoffice), 12 mars 1949.

PARAMOUNT FORMALLY SPLIT AS STOCKHOLDERS VOTE OK

78.18% Favor Settlement: Balaban Paints Bright Future for New Firms

By WALTER WALDMAN

NEW YORK—The Paramount consent decree establishing separate production-distribution and theatre companies was formally approved this week (12) when 78.18 per cent of the stockholders voted for the settlement. More than 79 per cent of the 6,653,785 outstanding shares of common eligible to vote were represented by proxy statements or in person.

The voting took place at a special New York meeting that was televised over the large screen Paramount projection system. It was shown over a closed circuit for the stockholders' benefit only. There were 5,202,183 shares for the plan and 76,567 shares, or 1.15 per cent against.

BALABAN LEADS DISCUSSION

Before the votes were tallied Barney Balaban, president of Paramount, led off the meeting with a brief analysis of the plan, remarks on the future of the two new companies, and discussions of television and of the foreign situation as they will affect the new companies.

There also was a lively session started by a minority stockholder, as to why Paramount signed a consent decree instead of continuing the court fight like 20th Century-Fox and Loew's. Balaban, Leonard Goldenson, theatre head; Edwin L. Weisl, member of the board, and Austin Keough, general counsel, defended the company's decision to sign.

Most of the 200 to 400 stockholders present appeared chiefly concerned about the voting trust set up for the new theatre stock; the effects of television on theatre attendance; the future earning powers of the new theatre company, and the comparative value of theatre company versus production-distribution company shares. They wanted to know which stock to hold and which stock to sell.

CAN'T PREDICT THE RESULTS

Some of these points were covered in Balaban's speech. He declared that he could not predict with certainty what Paramount would have done over the next several years if it had not been split by the decree. "That depends a great deal upon future economic conditions which neither I nor anyone else can foresee. However, I believe that the two new companies will do as well as Paramount would have done if it had been permitted to continue. In other words, I do not think that the separation under the plan of reorganization of Paramount (to be carried out by Dec. 31, 1949) will weaken either portion of the assets or earning power. Of course, if capital assets are disposed of, the assets will be correspondingly reduced and earning power may be lowered."

Balaban then went into the problem of theatre sales. He declared that he did not think the market will be flooded with theatres as a result of the decree provisions.

"Indeed, one of the principal advantages of the consent judgment is the avoidance of a forced sale of a large portion of our theatre interests," he said. "We have the widest flexibility under the terms of the consent judgment in the selection of a method for conforming our theatre interests to its requirements. We may either sell our interests in the partly owned theatres or buy the interest of the co-owners and thereafter sell the theatres which we are not permitted to retain under the terms of the consent judgment."

He went on to say that Paramount can divide the theatre assets with its co-owners. "We believe that a large number of the joint interests which we have in approximately 1,000 theatres can be worked out through the division of assets route."

Balaban then turned to the subject of television. He said there is a great deal of speculation about television as a threat to our future prosperity. "Television may turn out to be our companion rather than our antagonist. Just as radio developed our greatest personalities such as Crosby and Hope, I believe that television will be an important medium for the development of talent for motion pictures. It will also be an unprecedented facility for the showing of trailers in the homes to stimulate the interest of those who are regular patrons of motion pictures and likewise of those who are not patrons at all now," he said.

In this connection he had Goldenson summarize a recent study made by the company which showed that television trailers have been highly effective in stimulating interest in coming attractions. Weisl then mentioned the success the circus has had with television. People who have seen parts of the circus televised later bought tickets to the spectacle.

REVIEWS THEATRE TELEVISION

Balaban then discussed theatre television and reviewed Paramount's work in developing the large screen indirect film method used in the Paramount Theatre, New York, and soon to be installed in the Chicago Theatre, Chicago.

"Motion picture attendance has fallen off in the past on evenings of broadcasts of some major event, such as the addresses of the late President Roosevelt, which kept people home to listen. With our large screen television, people need not stay home, because they will know that they can see the regular program and the special event at their motion picture theatre."

Examples of large screen telecasts viewed at the New York Paramount were shown. These included shots of the national conventions, the Louis-Walcott fight and Winston Churchill's recent MIT speech.

From television, Balaban switched to the foreign situation and earnings. The chief production-distribution problems today center in "rising costs and diminishing foreign revenues, principally those from England and some sterling area countries," he said.

ON THE FOREIGN MARKET

"We enjoyed 100 per cent of the revenues from our business in England during the first six months of 1948, but for the last six months we had only our share as one company, under the terms of the agreement with the English, of $17,000,000 plus the amount which is remittable to England from the showing of English pictures in America. The withholdings applied for only six months in 1948. They will apply for the full year in 1949. We believe that we have scraped bottom in the foreign field, and it is not likely to become worse. We are doing everything we can, with our government's assistance, to modify and soften the restrictions which have been imposed on the American motion pic-

(Continued on page 13)

Expect 10 Million a Year From Theatre Company

NEW YORK—Paramount is moving fast to carry out the theatre ownership provisions of the decree approved by the stockholders this week (12).

Leonard H. Goldenson, who will be head of the new theatre company, told the shareholders that deals have been set with two partners. One deal will give Paramount full ownership of 14 theatres now operated as part of a 72-theatre chain. The other will give Paramount three theatres now operated as part of a 15-theatre chain. In both cases Paramount will acquire the theatres that have provided 50 per cent of the entire revenues of each circuit, said Goldenson. He declined to name the circuits or other circuits with which negotiations are under way.

This news came out in the course of a spirited discussion on the advantages and disadvantages of the decree.

Edwin C. Weisl, a director, and Austin Keough, general counsel, then defended the decree as the best settlement Paramount could have gotten from the Department of Justice. They said that the department insisted on the voting trust for Paramount theatre stock and restrictions on dividend payments as conditions for permission to retain a wholly-owned circuit of 650 theatres. When it was pointed out that the RKO decree had no such restrictions except for the Howard Hughes 24 per cent interest, Weisl stated that the RKO circuit is limited to a maximum of 109 theatres.

Goldenson said he expects the new wholly owned theatre company to earn about $10,000,000 a year if conditions do not change, compared to the present theatre earnings of about $11,000,000.

Goldenson also said the theatre company will take in more cash than it spends on transactions, because more theatres will be sold than bought. He said that announcements will be made through tradepapers notifying prospective buyers of theatres up for sale. These notices will not cover theatres to be exchanged with partners in stock transfer deals.

8

BOXOFFICE :: April 16, 1949

« PARAMOUNT EST OFFICIELLEMENT SCINDÉ, AVEC SES ACTIONNAIRES QUI VOTENT POUR »

Après la décision de la Cour suprême, lors d'un meeting à New York, les actionnaires de Paramount approuvent formellement la séparation des activités de distribution et d'exploitation du studio.

Boxoffice Pro, 16 avril 1949

Si la décision de la Cour fait controverse, ses conséquences deviennent vite claires comme de l'eau de roche. Les décrets Paramount affaiblissent considérablement les studios et précipitent le déclin progressif de leur dominance jusqu'à l'effondrement total du *studio system* dans les années 1960. De plus, le divorce avec les salles de cinéma redéfinit profondément leurs relations. Avec des intérêts, dans une certaine mesure au moins, différents de ceux des salles, les studios se tournent ainsi de plus en plus vers la télévision dans l'espoir de rediffuser dans de meilleures conditions leurs films de catalogue. De leur côté, les cinémas et producteurs indépendants fleurissent de façon stable au cours des trois décennies suivantes, affaiblissant encore plus le pouvoir des studios. Soixante-dix ans plus tard, la refonte de l'écosystème cinématographique américain se fait encore sentir. Avec la remise en cause en 2020 des décrets par l'Administration Trump, tout pourrait être sur le point de changer.

CES NOUVEAUX ENTRANTS QUI DEVAIENT CHANGER LE VISAGE DE L'INDUSTRIE : COCA-COLA ET SONY

Coca-Cola Buys Columbia Pictures

The Coca-Cola Company, looking to the "potential growth" the entertainment industry offers the company, has purchased Columbia Pictures for a reported $750 million.

Present Columbia management will be retained, according to spokesmen for The Coca-Cola Company. Under the agreement, shareholders of Columbia will receive 1.2 common shares of The Coca-Cola Company plus $32.625 in cash for each common share of Columbia stock subject to certain limited rights to elect to receive all cash or all stock.

Owners of Columbia stock stand to reap windfall profits from the transaction. Two of the biggest stockholders, exhibitors Michael and Sumner M. Redstone, stand to earn $48.8 million in Coca-Cola shares and cash from their combined holdings of 8.2 percent of Columbia common stock.

The Coca-Cola Company cites Columbia's video game division and general expertise in commercial broadcasting as the areas which most piqued the company's interest, while Columbia officials are pleased to now be able to take advantage of The Coca-Cola Company's worldwide marketing operations.

This takeover of a major Hollywood studio by a civilian conglomerate is the first since Kinney National Services acquired Warner Bros-Seven Arts in 1969. Shortly before the Kinney purchase, Paramount had been bought by Gulf & Western Industries and United Artists by Transamerica.

« COCA-COLA ACHÈTE COLUMBIA PICTURES »

The Coca-Cola Company, intéressée par le « potentiel de croissance » du studio, rachète Columbia Pictures pour 750 millions de dollars.

Boxoffice Pro, juin 1982

En 1982, Coca-Cola lance un nouveau produit révolutionnaire : le *Diet Coke*. C'est une année d'innovation pour le géant américain. Quelques semaines plus tôt, en juin 1982, il surprenait déjà le monde des affaires avec une décision controversée et énigmatique : le rachat de Columbia Pictures, un des studios les plus emblématiques d'Hollywood, secouant le monde du cinéma.

Mais qu'est-ce qui pousse donc une entreprise de boissons à s'aventurer dans l'univers du divertissement ? L'entrée de Coca-Cola dans Hollywood s'inscrit dans un mouvement d'acquisitions de studios par des conglomérats non médiatiques, mouvement déjà entamé avec l'effondrement du *studio system* dans les années 1960 : Paramount fut racheté par Gulf+Western, United Artists par Transamerica, Warner par Kinney National Services. Pourtant, l'acquisition de Columbia par Coca-Cola, une première dans le genre depuis les années 1960, a lieu dans un contexte différent, marqué par une libéralisation de la finance encourageant la consolidation sous Ronald Reagan. Le rachat arrive aussi au terme d'une des décennies les plus difficiles au cours des cent ans d'existence de Coca-Cola. Avec un ralentissement de la croissance du marché des boissons non alcoolisées, son patron, Roberto Goizueta, espère ouvrir un nouveau chapitre de croissance par la diversification. Columbia est particulièrement attrayant pour Goizueta, déjà « séduit par Hollywood en tant que jeune écolier[10] », grâce à son catalogue de plus de 1 800 films classiques : une véritable mine d'or pendant le boom de la télévision câblée et des vidéocassettes. Coca-Cola vise également le pôle jeux vidéo et l'expertise du studio dans la diffusion commerciale. Par ailleurs, l'entreprise, qui prétend ne pas influencer le contenu produit par le studio, profite d'un accès direct au placement de produit tout en sécurisant l'absence de visibilité de ses concurrents, Pepsi Co. et Philip Morris.

10 Mark Pendergrast, *For God, Country & Coca-Cola. The Definitive History of the Great American Soft Drink and the Company That Makes It*, New York, Basic Books, 2013, p. 468.

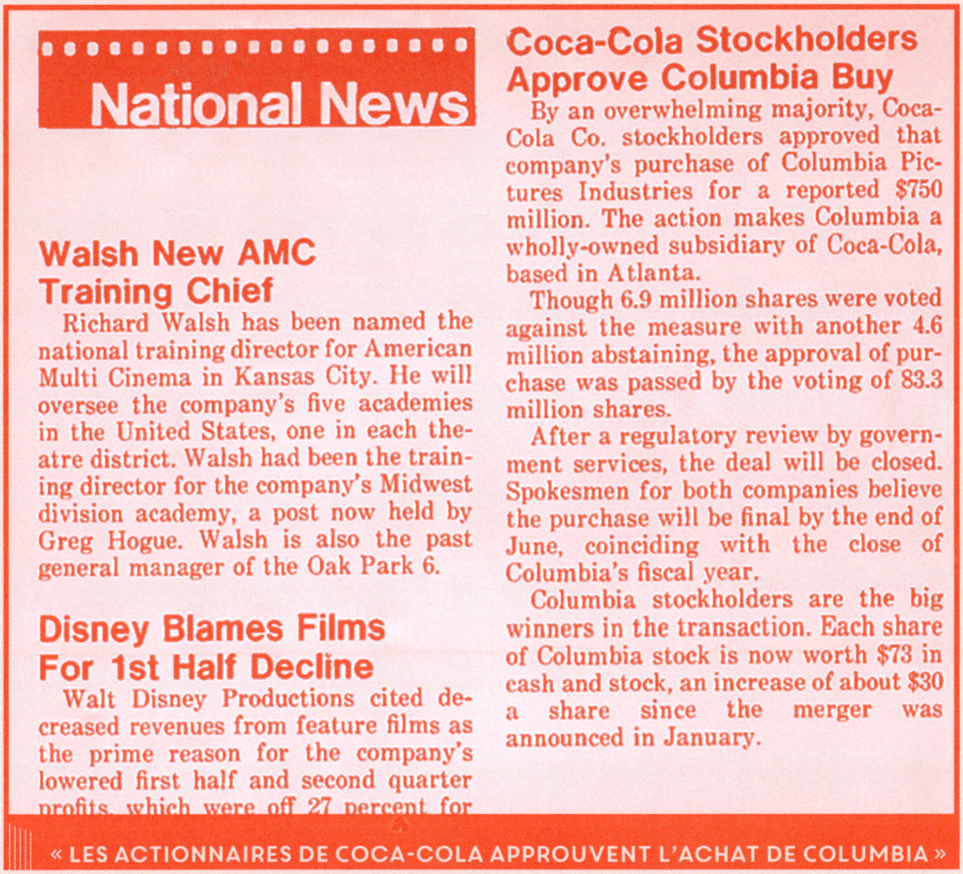

National News

Walsh New AMC Training Chief

Richard Walsh has been named the national training director for American Multi Cinema in Kansas City. He will oversee the company's five academies in the United States, one in each theatre district. Walsh had been the training director for the company's Midwest division academy, a post now held by Greg Hogue. Walsh is also the past general manager of the Oak Park 6.

Disney Blames Films For 1st Half Decline

Walt Disney Productions cited decreased revenues from feature films as the prime reason for the company's lowered first half and second quarter profits, which were off 27 percent for

Coca-Cola Stockholders Approve Columbia Buy

By an overwhelming majority, Coca-Cola Co. stockholders approved that company's purchase of Columbia Pictures Industries for a reported $750 million. The action makes Columbia a wholly-owned subsidiary of Coca-Cola, based in Atlanta.

Though 6.9 million shares were voted against the measure with another 4.6 million abstaining, the approval of purchase was passed by the voting of 83.3 million shares.

After a regulatory review by government services, the deal will be closed. Spokesmen for both companies believe the purchase will be final by the end of June, coinciding with the close of Columbia's fiscal year.

Columbia stockholders are the big winners in the transaction. Each share of Columbia stock is now worth $73 in cash and stock, an increase of about $30 a share since the merger was announced in January.

« LES ACTIONNAIRES DE COCA-COLA APPROUVENT L'ACHAT DE COLUMBIA »

Les actionnaires de Coca-Cola approuvent l'acquisition de Columbia Pictures par une majorité écrasante. L'affaire sera conclue suite à un examen réglementaire. Les actionnaires de Columbia sont présentés comme les grands gagnants de cet accord.

Boxoffice Pro, juin 1982

L'acquisition fait initialement l'objet d'appréhension mais aussi de moqueries. Les analystes financiers méprisent le coût massif de l'achat : les 750 millions de dollars dépensés par Coca-Cola sont le double de la valeur boursière du studio. Bien que Columbia se trouve derrière de grands succès, tels que *E.T., l'extraterrestre*, sa réputation souffre encore d'un scandale de détournement de fonds en 1978 et d'une menace de poursuite en justice en 1981. Les actions de Coca-Cola perdent 10 % de leur valeur quelques jours après l'accord[11]. Cependant, les critiques sont rapidement balayées. En 1982, Columbia produit trois succès consécutifs avec *Tootsie*, *Gandhi* et *The Toy*. Le studio signe aussi un accord avec Home Box Office (HBO), lui permettant d'amortir ses coûts de production en plus de l'accès à la chaîne *premium*, avant de former un nouveau studio, TriStar Pictures, avec HBO et CBS. Coca-Cola réoriente résolument le studio vers le *home entertainment*. En 1985, Columbia rachète Embassy Communications, responsable des séries télévisées cultes telles que *Days of Our Lives* et *The Young and the Restless*, ainsi que, en 1986, le producteur des émissions de jeux populaires *Wheel of Fortune* et *Jeopardy!*, Merv Griffin Enterprises.

11 Mark Pendergrast, *For God, Country & Coca-Cola. The Definitive History of the Great American Soft Drink and the Company That Makes It*, New York, Basic Books, 2013, p. 468.

« COLUMBIA PICTURES, FILIALE DE THE COCA-COLA COMPANY »

Publicité de Columbia Pictures suite à son acquisition par Coca-Cola.

Boxoffice Pro, mars 1986

Pourtant, la transition dans ce nouveau secteur n'est pas toujours simple. Goizueta nomme Peter Saley, spécialiste du marketing chez Coca-Cola, au poste de chef du marketing et de la distribution de Columbia. Saley apporte avec lui les codes et le jargon exotiques de l'industrie de la boisson. Il raconte ainsi sa rencontre avec Bill Murray lors de sa première semaine : « Je suis assis derrière mon bureau avec une veste et une cravate et, lui, il porte un bermuda, buvant une Budweiser. Il me voit comme le boss[12]. » Saley et Coca-Cola sont contraints de s'adapter à la culture d'entreprise des studios. Mais des flops au box-office, notamment l'échec colossal d'*Ishtar* en 1987, contribuent au désengagement progressif de l'entreprise d'Atlanta : Coca-Cola réduit sa participation dans le studio de 80 à 49 % en 1987.

12 « The Reel Thing : Coke's Brief-Yet-Profitable Foray into Show Business », Journey NZ Staff, Coca-Cola Journey, 29 août 2016.

L'aventure de Coca-Cola à Hollywood dure sept ans. Le 28 septembre 1989, à 8h30 du matin, le conseil d'administration de Columbia Pictures Entertainment vote en faveur de l'achat du studio par un autre nouvel entrant venant de l'électronique, Sony. L'accord est signé une heure plus tard. Mais, tout comme en 1982, il suscite une vague de réactions négatives. Elles concernent de nouveau la question du prix, jugé une fois de plus trop élevé, mais découlent aussi d'une peur de la « japonisation » de l'économie et de la culture américaines. En 1987, Sony Corp. scandalisait déjà avec le rachat de CBS Records et son catalogue de chansons américaines cultes. Un commentateur notait alors que les Japonais avaient « acheté une partie de l'esprit de l'Amérique[13] ».

13 Mark Pendergrast, *For God, Country & Coca-Cola. The Definitive History of the Great American Soft Drink and the Company That Makes It*, New York, Basic Books, 2013, p. 528.

La transaction de 3,4 milliards de dollars rapporte à Coca-Cola un profit gigantesque, et à Sony Columbia Pictures TriStar, les 820 écrans du circuit Lowes et un avantage compétitif unique sur le marché. En effet, l'achat permet à Sony de se transformer en un conglomérat médiatique totalement intégré, contrôlant la production, la distribution ainsi que le « hardware » du *home entertainment* avec ses vidéocassettes.

Un cinéma du nouvel entrant Sony Theatres apparaît sur la couverture de *Boxoffice Pro*.

Boxoffice Pro, mars 1995

Mais l'arrivée du nouvel acteur ne manque pas de créer des tensions intra-sectorielles. Au centre de celles-ci, les deux nouveaux dirigeants de production nommés par Sony, Peter Guber et Jon Peters, qui rompent leur contrat à peine signé avec Warner Bros. En plus des 200 millions de dollars dépensés pour racheter leur entreprise Entertainment Company, Sony doit maintenant faire face à une plainte déposée par le P-DG de Warner s'élevant à un milliard de dollars. Alors que ces dépenses, ainsi que les démissions, s'accumulent, les retours sont maigres pendant les cinq années suivantes. En 1994, après des mois de communiqués positifs, Sony reconnaît une perte de 3,2 milliards de dollars sur son acquisition. En novembre, Sony annonce une radiation de 2,7 milliards de dollars. Mais malgré ses troubles financiers, Sony ne quitte pas l'industrie. Contrairement à Coca-Cola, cet outsider persiste et, grâce à des changements en matière de gestion et des restructurations à partir de la seconde moitié des années 1990, réussit à s'établir comme un acteur majeur d'Hollywood.

LE MODÈLE DU *VIRTUAL PRINT FEE* (VPF) : QUAND EXPLOITANTS ET STUDIOS RÉSOLVENT ENSEMBLE L'ÉQUATION DU PASSAGE AU NUMÉRIQUE

La transformation de l'expérience du spectateur avec la numérisation de la projection dans les salles de cinéma n'est que la partie visible de l'iceberg. Cette mutation technologique est un enjeu financier, politique et technique colossal pour l'industrie. La numérisation a inspiré méfiance et contestation à ses débuts, par peur d'abîmer le rendu artistique des projections ou de transformer les relations économiques entre les acteurs, et sur des questions de conservation des œuvres cinématographiques sur le long terme et d'attachement émotionnel à la pellicule 35 mm. Le conflit des formats oppose d'un côté les réalisateurs qui, comme Christopher Nolan, veulent protéger les cent ans d'histoire traditionnelle du 35 mm et du 70 mm et de l'autre ceux qui prônent la technologie numérique et digitale, plus rapide, accessible et moins chère sur le long terme.

DIGITAL DEVELOPMENTS

Throwing their hats into the ring with a proposal to facilitate the deployment of digital cinema nationwide, **Access Integrated Technologies** and **Christie Digital Systems** have unveiled a two-year plan to digitize 2,500 screens, bringing more than 200 online by year's end. Under the deal, AccessIT has formed subsidiary Christie/AIX to fund and administer the turnkey digital cinema solution that includes Christie's 2k CP2000 DLP Cinema projectors, all related hardware systems and AccessIT's server software, called Theatre Command Center. If the deployment continues beyond this year, Christie/AIX will also work with additional hardware vendors.

AccessIT and other interested third parties will put up the capital, with distributors paying a virtual print fee and exhibitors financing installation costs, software license fees and a 10-year maintenance contract. The companies claim term sheets have been signed by "key" Hollywood studios and interest has been expressed by national exhibitors, but none of these players' names were disclosed. Earlier this year, the Hollywood Reporter leaked a rival studio-backed pact involving Disney, Sony, Warner Bros. and Technicolor Digital Cinema (see Supply Side, June).

Meanwhile, AccessIT posted a net loss of $2.8 million for the fourth fiscal quarter ended March 31, down from $2.5 million in red ink during the same timeframe in 2004, on revenues of $3.5 million, up by half from $2.3 million during the comparable period last year. Year-end net losses totaled $6.8 million, down from $6.6 million the year before, on revenues of $10.7 million, an increase of 48 percent over $7.2 million in 2004.

On the heels of the AccessIT/Christie announcement, **Barco** and **Kodak** have likewise struck an alliance. Combining Kodak's preshow systems and server technology with Barco's feature-quality digital projectors, the partnership enables each company to sell complete integrated digital cinema packages and collaborate on future solutions. Under the deal, the two companies will be able to offer a full menu of products, systems and services, including installation and support, and collaborate on sales and marketing and systems deployment. In addition, Barco will tap Kodak's color science and image management to improve its cinema projectors, deployed on 200 screens worldwide. The exclusive pact does not prevent the companies from vending their wares separately, and they plan to continue to support compatibility with competitors.

Meanwhile, inspired by the enthusiasm generated by 3-D digital cinema technology demonstrated at ShoWest, the Mouse House will launch **Disney Digital 3-D** in November with the release of "Chicken Little," the studio's first non-Pixar computer-animated film. Employing new software developed at Disney's request, **Industrial Light & Magic** will render the movie in three dimensions using the animators' 3-D models and graphics.

Also contributing to the nonexclusive, multifirm project is **Dolby**, which will invest $10 million to $15 million to install its digital cinema system in 100 high-profile theatres in 25 top markets for the 3-D presentation. In addition, digital 3-D firm **Real D** will outfit the venues with silver screens capable of screening both digital and traditional 35mm films and modify digital projectors with the hardware and software necessary to project 3-D as well as contribute disposable circular polarized glasses required for 3-D viewing.

The move capitalizes on clear consumer interest in 3-D, as the IMAX 3-D version of Warner Bros.' "The Polar Express" contributed $40 million to the motion-capture film's $283 million worldwide gross.

In other digital developments, following up a ShoWest progress report on its Cross-Continent Digital Content Transmission, **Infocomm Development Authority of Singapore**, supported by GDC, has successfully transmitted a digital content package including DCI's StEM test footage and unnamed feature films in the DCI-standard MXF format.... In addition to executing the digital premieres of "Star Wars: Episode III—Revenge of the Sith" in Cannes, Madrid and Rome, **XDC** has screened the pic more than 6,000 times in its 71 digital cinema-equipped European screens.... "Sith" also catalyzed the commercial launch of **Dolby Digital Cinema** in Japan, where the system has been installed in numerous cinemas and utilized for the country's first industry screenings and official premiere.... **QuVis** successfully demonstrated the decryption, decoding and playback of DCI's StEM JPEG2000 reference material at the Digital Cinema Lab in LA.... Eight movie theatres in New York, Pennsylvania, Texas and Washington have installed **Doremi**'s DCP-2 digital cinema server.... In an effort to expand its digital cinema theatre chain, South Korea's **CJ Entertainment** will produce a slate of low-budget digital movies.

« DÉVELOPPEMENTS DIGITAUX »

Pour faciliter la transition digitale, Access Integrated Technologies et Christie Digital Systems dévoilent un plan de digitalisation de 2 500 écrans jusqu'à la fin de l'année 2005. Cet accord inaugure une nouvelle entreprise, Christie/AIX ; un modèle de financement, AccessIT, mettra à profit les capitaux ; les distributeurs assumeront un « coût d'impression virtuelle » (VPF) ; et les exploitants financeront l'installation. Les sociétés soutiennent que les studios ainsi que les grands circuits d'exploitation ont approuvé ces termes.

Boxoffice Pro, août 2005

La première démonstration du projecteur numérique a eu lieu en juin 1999 à Los Angeles lors de la sortie de l'épisode 1 de *Star Wars*[14]. Les pionniers de la numérisation vantaient un modèle économique autosuffisant grâce aux nouveaux types de contenus rendus disponibles par cette technologie. Une copie argentique de 35 mm coûte alors entre 800 et 1 500 dollars par film et par salle, alors qu'une copie numérique revient à environ 100 dollars. L'installation initiale du projecteur numérique vaut en moyenne 100 000 dollars par écran, alors que le projecteur de films en 35 mm coûte 25 000 dollars, avec une plus longue durée de vie[15]. Le passage au numérique reste une étape cruciale pour l'industrie afin d'accroître l'efficacité des diffusions grâce à l'utilisation de logiciels de gestion de salles de cinéma (TMS) pour automatiser le contenu, la programmation et les opérations de diffusion. De plus, le numérique promet une meilleure qualité de visionnage et la possibilité de projection de contenus stéréoscopiques (3D…). Les exploitants considèrent cependant que cette mutation technologique, qui ne change pas fondamentalement l'expérience de leur public, ne serait pas associée à une augmentation de revenus, et donc qu'ils ne devraient pas être le parti qui finance la transition numérique. Dans l'espoir de donner confiance aux exploitants, Disney, Paramount, Sony Pictures Entertainment, Universal et Warner Bros. ont fondé en 2002 une coentreprise, The Digital Cinema Initiative, dont le but principal est de définir collectivement un modèle pour le cinéma numérique.

14 Charles S. Swartz, *Understanding Digital Cinema*, Routledge, 2004, p. 159.
15 Rich Phillips, « VPF : The End of an Era », Artsalliancemedia.com, 22 mars 2018.

FOX, UNI PACT FOR DC OUTPUT

Adding momentum to the nationwide deployment of digital cinema, Twentieth Century Fox and Universal Pictures have inked to supply feature films to the digital cinema projection systems installed by Christie/AIX. Under its deal Fox will provide an increasing number of titles from its Twentieth Century Fox, Fox 2000, animation and Searchlight units. The studio pay a virtual print fee to the joint venture between AccessIT and Christie that aims to outfit 4,000 North American screens with DLP Cinema technology over the next two years, with 150 installed by the end of the year. The number of films available in digital will increase as the footprint of digital cinema systems enlarges, with the goal that ultimately all Fox movies will be released in digital format.

Meanwhile, Universal will likewise provide a steadily increasing number of feature films in digital format and pay a virtual print fee. Projects from its Focus Features and Rogue Pictures divisions may be available for digital distribution in the future under similar terms. These moves follow a previously announced arrangement with Buena Vista (see Supply Side, November).

"With [the studios'] commitment to this rollout, digital cinema is no longer a dream but a practical reality that will benefit the Hollywood community and the exhibitors, making them partners in bringing this exciting new technology to theatres," says Jack Kline, president and COO of Christie. "It is a win-win situation that will provide moviegoers with the highest quality visual experience today."

The other half of the equation, exhibitors, has yet to sign on, but AccessIT chairman and CEO Bud Mayo has indicated that such deals are in the final stages of negotiation. Meanwhile, Fox is also in "advanced" talks with other groups working on their digital cinema rollout plans, including one led by Technicolor.

« FOX ET UNIVERSAL CONCLUENT UN PACTE POUR LES SORTIES DC »

20th Century Fox et Universal Pictures signent un accord avec Christie/AIX pour fournir des films qui pourront être diffusés grâce aux projecteurs numériques de Christie/AIX. Les studios s'engagent aussi à payer un VPF.

Boxoffice Pro, décembre 2005

La première série d'accords VPF (*Virtual Print Fee* ou « frais de copie virtuelle ») est annoncée par Christie/AIX en novembre 2005[16]. À partir de ce moment, le VPF s'impose comme la solution la plus viable pour numériser les salles. Le principe consiste à compenser une partie des économies faites par les distributeurs lors du passage au numérique en leur imposant une taxe reversée aux exploitants. La valeur de la taxe est virtuelle, ce qui signifie qu'elle ne reflète pas le prix exact d'un passage au numérique mais se rapproche du prix de copie de la pellicule 35 mm que les distributeurs payaient avant la transition technologique. Souvent, le rapport distributeur-exploitant nécessite l'intervention d'un tiers-investisseur (par exemple une entreprise comme Ymagis). Le tiers-investisseur apporte directement ou via des banques l'investissement initial à l'exploitant. Il permet aussi d'assurer la qualité et la sécurité du matériel numérique aux distributeurs, et il assure l'encaissement du VPF en remboursant l'investissement premier[17]. Le système est donc simple en principe mais complexe dans ses détails. La relation économique entre le distributeur et l'exploitant est inédite avec le VPF puisque c'est une collaboration du secteur pour répondre à une mutation technologique qui bénéficie à tous. Le VPF n'a cependant qu'une vocation temporaire d'adaptation ayant pour but de catalyser la numérisation des salles, et non pas de l'entretenir. Aujourd'hui, la transition numérique a largement eu lieu, et les engagements des distributeurs sur le système du VPF touchent à leur fin. Les prochaines années définiront si un nouveau modèle de répartition du poids financier, avec une plus lourde charge pour les exploitants, verra le jour.

16 Daniel Goudineau, « Adieu la pellicule ? Les enjeux de la projection numérique », Cnc.fr, août 2006, p. 17.
17 Daniel Goudineau, « Adieu la pellicule ? Les enjeux de la projection numérique », Cnc.fr, août 2006, p. 80.

Sur la scène européenne, la France prend les devants de la transition numérique en novembre 2007, lorsque CGR Cinémas devient la première chaîne d'exploitants à passer entièrement au numérique sur la totalité de ses salles[18]. Son directeur général, Jocelyn Bouyssy, amasse la reconnaissance de la profession tout entière, qui le désigne comme « exploitant européen de l'année » lors de la convention CineEurope en 2008. *Avatar* paraît le 16 décembre 2009 sur les écrans français. La sortie du film, promu et vendu sous un format 3D, est un tournant décisif pour la mutation numérique des salles de cinéma françaises. En effet, la 3D est un argument majeur pour une transition vers le numérique puisque c'est une technologie qui augmente drastiquement les revenus du box-office. À la sortie d'*Avatar*, 900 écrans seulement sont équipés de projecteurs numériques 3D. L'engagement de James Cameron en faveur de la numérisation des salles et, en parallèle, le franc succès d'*Avatar* avec 14,7 millions d'entrées déclenchent la première vague de numérisation des salles en France[19]. Le VPF y a été encadré par la loi du 30 septembre 2010 relative à l'équipement numérique des établissements de spectacles cinématographiques[20]. Cette loi impose une taxe obligatoire des différents utilisateurs des équipements de projection numérique (distributeurs de longs métrages en salle, diffuseurs de programmes complémentaires, régies publicitaires, ou encore personnes louant la salle de cinéma) et elle illustre la capacité d'acteurs cinématographiques aux intérêts divergents à relever un défi technologique exogène.

18 CGR Cinémas.
19 Clémence Allamand, « La face cachée du passage à la projection numérique », *Réseaux*, janvier 2019.
20 « Aide à la numérisation des salles de cinéma », Cnc.fr, juillet 2010.

PROJECTION: D-Cinema Deployment

ON A ROLL

Domestic D-Cinema Deployment Sees the Light of Day

With the completion of Digital Cinema Initiatives' technology specification guidelines, equipment tested and proven in the marketplace and business model proposals that have attracted the participation of both distributors and exhibitors, 2005 marked a momentum shift for an industry that has anticipated digital cinema for the better part of a decade. In 2006 moviegoers will likely start to see real-world results, as a handful of consortiums—including Dolby/Disney/Real D, Christie/AIX, Technicolor Digital Cinema and National CineMedia—are ramping up rollout of the emerging technology. **BOXOFFICE** *surveyed the key players of these deployment efforts to see what the New Year has in store.*—***Annlee Ellingson***

DOLBY

100 Potrero Ave., San Francisco, CA 94103
415-645-5000, info@dolby.com, www.dolby.com

The first real-world test of digital cinema deployment was perhaps the 84-system rollout announced in June 2005 by Disney, Real D and Dolby for the 3-D release of "Chicken Little" in early November. Although the firm is not engineering a financing plan for digital cinema installation along the lines of what Christie/AIX, TDC or NCM are offering, Dolby's experience in such a swift deployment has yielded valuable insight to what lies ahead.

What challenges has Dolby encountered, and what did the company learn from the experience?

Tim Partridge, Senior VP and General Manager Professional Division: The first challenge was simply procuring the equipment. We knew that we had the manufacturing capacity to build all the digital cinema servers and ancillary equipment, but the projector manufacturers had understandably not yet ramped up to volume production since this was the first large deployment. We literally bought every 2K projector that was available, which only came to 84. Lenses were also an issue since there is currently only one manufacturer, and in some installations we needed multiple lenses to make sure we had the correct size pictures on the screen for 3-D and 2-D, cinemascope and flat formats.

Many of the chosen sites wished to keep the 35mm running alongside the digital, so some onsite pre-work was required in terms of extra power, ventilation and an extra port window. We did a site survey in every case to make sure this work could be done and was done correctly. Once we had all the equipment, it was delivered to the sites (no easy task since Hurricanes Katrina and Rita hit the Southeast during this period), and the onsite prep work was done, the installations went very smoothly—which was critical since we were running up to the wire.

How did the 3-D release of "Chicken Little" perform, and what role will 3-D play in the rollout of digital cinema?

Partridge: Industry reports indicate that "Chicken Little" in digital 3-D outperformed 2-D screens three-to-one. The digital 3-D feature certainly provides a "wow factor" that will keep audiences clamoring for more. Most of the 84 screens showed "Chicken Little" in digital 3-D through the winter holiday season since it remained popular with audiences. In addition, the benefits of digital cinema for studios and exhibitors offer a level of cost-effectiveness and flexibility in distribution that is not possible with film. In the long run, this is what we believe is driving a lot of the investments and adoption we're seeing now.

How was the initial rollout financed, and how will future deployments be funded?

Partridge: Dolby and Disney financed the rollout, with Dolby drawing compensation from the studios via virtual print fees. That is the other groundbreaking thing about this deployment. It was the first time a viable business model was crafted that allowed for the film distributors to subsidize the cost of the equipment through the payment of virtual print fees.

What timeline are we looking at for the rollout of digital cinema?

Patridge: We're in the midst of a very strong spirit of cooperation among studios, exhibitors and manufacturers. There is still a lot of work to be done to ensure the promise of a universal standard is fulfilled, and we are working hard to get there. A complete transition is still many years away, but, if ever there was a time to be optimistic, it's now.

CHRISTIE/AIX

1604 N. Cahuenga Blvd., Ste. 115, Hollywood, CA 90028
323-463-2144, cgoldwater@accessitx.com, www.accessitx.com

Likewise announced last June was a joint venture between Access Integrated Technologies and Christie Digital Systems to digitize 2,500 screens over two years via a funding vehicle and administrator dubbed Christie/AIX. Securing content contracts with Disney, Fox, Universal, Sony and DreamWorks, the entity later expanded its deployment goal to 4,000 screens. Initial installation of 150 systems began in late October in Emagine theatres in Detroit, Mich., and Ultrastar multiplexes in San Diego and Riverside County in California.

Most recently, Christie/AIX has inked with the country's third-largest circuit to outfit 2,300 Carmike screens with digital cinema. Under the 10-year deal, Christie/AIX will provide Christie projectors, AccessIT software and regular service to the Columbus, Ga.-based exhibitor, which operates 2,469 screens in 307 theatres in 37 states. The rollout is scheduled to commence in January 2006 and be completed by October 31, 2007, with 300 installations by March 31 and 1,150, or half of the total deployment, in place by year-end. Christie is prepared to provide as many as 150 systems per month.

Key to the pact, Carmike chairman of the board, president and CEO Michael W. Patrick has said, is access to product that his theatres in small- to midsize communities have been denied until several weeks into the run of a title. According to industry trade reports, the first round of installations will outfit about eight theatres at a time. Patrick's initial plan is to trade out half of the 35mm film projectors for digital systems at each location. Then, after a second rollout phase, he intends to hang onto three film projectors per site to play product unavailable in digital formats. The circuit, which may brand screens outfitted with Christie/AIX technology, won't raise prices for digital showings.

With this latest exhibition deal, Christie/AIX is now aiming for 10,000 screens by 2010, or one-quarter of current domestic screens. The current price point for digital cinema systems is $100,000 per screen, but, because of economies of scale, the Carmike pact could drive that price down.

Describe Christie/AIX's business model for d-cinema deployment.

Chuck Goldwater, President and COO: Essentially the studios, through their deals with Christie/AIX, pay for the digital cinema equipment by paying a virtual print fee every time they show a digital version of a movie on a digitally equipped screen. Exhibitors pay for the installation and an annual maintenance agreement that is designed to be comparable to their 35mm maintenance program in cost and service—except that under the Christie/AIX program it covers all parts (except xenon bulbs) and labor for 10 years.

What is the significance of studio and exhibitor commitments?

Goldwater: The studios, along with the exhibitors, are clearly vital to the implementation of digital cinema. They are the major source of financing to help pay for digital cinema as well as the primary providers of digital content for the theatres. The studios recognize that digital cinema is ready for commercial rollout based on the DCI specs coming to fruition and the fact that exhibitors are ready and willing to begin the implementation of digital cinema in their theatres. With a fair business model now in place, exhibitors are looking to begin the conversion to a technology that can bring great benefits to their theatres, including improved consistent image quality for their patrons; potential operating cost savings, and revenue-enhancing opportunities from alternate content and 3-D, which are uniquely enabled by digital cinema.

February, 2006 21

« SUR LA LANCÉE : LE DÉPLOIEMENT INTÉRIEUR DU CINÉMA DIGITAL VOIT LE JOUR »

Avec l'introduction des directives technologiques de Digital Cinema Initiatives, achevée après des mois de négociations, 2005 marque un tournant pour la transition digitale. *Boxoffice Pro* recense les plus importants acteurs de cette révolution : Dolby, Christie/AIX, Technicolor Digital Cinema et National Cinemedia.

Boxoffice Pro, février 2006

Is there room for more than one deployment entity?

Goldwater: Yes, at least [from] what we know about Technicolor's plans as another deployment entity. The presence of a second deployment entity should accelerate installations of digital systems in theatres, which ultimately can be beneficial for AccessIT as a potential provider of content delivery services to digitally equipped theatres. Re: NCM, since they haven't announced details of their plan, we have to wait and see what they will do. We would even welcome the opportunity to talk with them and see if there would be an opportunity for Christie/AIX to work with them on a deployment plan.

What timeline are we looking at for the rollout of digital cinema?

Goldwater: Christie/AIX will complete its planned deployment of 4,000 screens by the end of October 2007. We hope to expand our deployment to a total of 10,000 screens in the next two to three years after that. At the same time, if Technicolor and NCM move ahead with their announced deployment intentions, the entire domestic market could be converted within the next five to seven years.

TECHNICOLOR DIGITAL CINEMA

2233 N. Ontario St., Ste. 300, Burbank, CA 91504
818-260-3700, info@technicolor.com, www.technicolordigital.com

Subsequently Technicolor Digital Cinema unveiled digital cinema usage agreements with four major Hollywood studios—DreamWorks, Sony, Universal and Warner Bros., followed most recently by a similar pact with Fox—and late-stage negotiations with New Line and the Weinstein Co. to provide content for screens equipped with TDC systems. The Thomson subsidiary's digital cinema deployment is slated to commence in the first quarter of 2006 with a technology-agnostic beta test of both 2K and 4K systems. Under the plan, 5,000 screens will be outfitted with digital cinema systems over the next three to four years, for a total of 15,000 installations in the U.S. and Canada over the course of the next decade.

Just after the New Year, TDC revealed the first exhibitor to take part in its initial beta test, pacting with Century Theatres to install DCI-compatible digital projection systems in cinemas owned and operated by the San Rafael, Calif.-headquartered circuit. Under the deal, TDC will launch the initial testing phase in 90 to 120 Century screens in the first quarter of 2006, with an eye toward outfitting the chain's entire network of 1,000-plus screens in 12 states upon successful completion of this initial rollout.

According to the trade press, the trial flight will be divided into three or four pods that will test competing technologies, experimenting with different configurations of 2K and 4K projection, server, compression, security and delivery technologies. At least one pod will use Sony's 4K projectors.

Describe TDC's business plan for d-cinema deployment.

Joe Berchtold, President Electronic Distribution Services: The TDC systems will be primarily financed by the studios via virtual print fees. That will also support paying for the installation and management of the systems. Many people make the assumption that these systems are just installed and exhibitors are then left to fend for themselves. In reality these systems need 24/7/365 oversight to quickly address any operating or security issues that may arise—this is a key part of what we are doing. The exhibitors are being asked to make a much smaller contribution, reflecting the fact that they can use these systems for screen advertising and therefore avoiding redundant capital investments. Financing of these systems is the least important part of the rollout—capital is a commodity and will flow to good ideas. We've had a large number of capital providers approach us to finance our rollout, and we expect the systems will be financed as a lease or other similar structure.

What challenges has TDC encountered, and what has the company learned from the experience so far?

Berchtold: TDC's primary challenge was when it tried to move ahead of the market several years ago. At that point standards did not exist, and there was concern that any proprietary technology could lead to an intermediary becoming a gatekeeper. From this experience we grounded ourselves in several basic principles, which underlie our approach to the market: 1) technology neutrality—the market should decide between 2K and 4K systems, so we will offer both; 2) digital cinema can't be done at the expense of the box office, so we are running a beta test to prove the systems work, and they can be operated in the field; and 3) no gatekeepers—so we are clearly separating our rollout efforts from our distribution offering to the studios.

What is the significance of studio and exhibitor commitments?

Berchtold: [Because we announced] with the support of seven studios, representing 75% of Hollywood content, the exhibitors can sign up with us with the confidence the digital content will be there. Ultimately we need to get all key players—both exhibitors and studios—to agree to the specifics we are promoting, and our exhibitor commitments will be the appropriate complement to the studio announcements.

Is there room for more than one deployment entity?

Berchtold: The market—both studios and exhibitors—will demand that competition exist in all parts of the value chain, and we plan accordingly. With regard to the NCM proposal, I think it is too early to tell exactly what it means.

What timeline are we looking at for the rollout of digital cinema?

Berchtold: Timing is always difficult to predict, as it depends at least as much on human behavior and decisions as it does on technology. That said, I would expect significant market deployment in 07/08, and full deployment anywhere from five to 10 years in the US.

NATIONAL CINEMEDIA

9110 E. Nichols Ave., Ste. 200, Centennial, CO 80112
303-792-3600, intheatre@, www.nationalcinemedia.com

Drawing on its experience designing, deploying and operating its national Digital Content Network, National CineMedia has announced plans to develop its own digital cinema business plan. Still in development, the model—proposed by NCM founders AMC, Cinemark and Regal but open to all exhibitors—likely will be funded by a virtual print fee paid by the studios to distribute their content via the theatres' digital equipment. Moreover, NCM will leverage its 13,000 screens—plus additional participating circuits' screens—to reduce the cost of digital cinema equipment through volume purchasing.

Describe NCM's business plan for digital cinema deployment.

Kurt Hall, President and CEO: As we are currently in discussions with manufacturers, financing sources and distributors, I would rather not comment on the details of our business plan. However, I can tell you that it is our intent to create a financing model that is open to other exhibitors and that is "open book," providing complete visibility to the participating exhibitors, financing sources and distributors so that everyone can feel comfortable about the investments being made in equipment and deployment, the financing costs and the funding sources for those investments. We are confident that through volume purchasing of the equipment across the more than 13,000 screens that are part of NCM's network, we will be able to create a financing model that is supported by only a portion of the film and trailer distribution cost savings realized by the film distributors. We are also very focused on ensuring that only one set of operationally efficient and secure digital cinema equipment is required in a theatre and that that digital cinema system will be able to receive digital films and other forms of digital content from all owners/distributors over an open, secure satellite network or on physical media that comes through the theatre front door.

So far proposed business plans have come from the supply side of the business. How might the NCM proposal work differently from these, and what are the benefits of an exhibitor-managed digital cinema rollout?

Hall: The biggest difference I believe is the "open book" nature of our plan. By eliminating the "middleman" between exhibitors and distributors, the financing, procurement and deployment of the Digital Cinema Systems become much cleaner—it won't get commingled with other business plans or agendas.

How will NCM's experience with its Digital Content Network inform its work on a digital cinema deployment?

Hall: It is a critical factor. As of this spring, when the Cinemark network deployment is complete, we will have designed and deployed a digital distribution system in nearly 8,500 theatre screens and integrated another 2,500 screens that are part of the AMC network. The operation of this 11,000-screen national network has taught us many things that will be very helpful as we upgrade it to handle digital cinema quality projection and secure the content. There is no replacement for experience when it comes to technology development and deployment.

Is there room for more than one deployment entity?

Hall: That will really be up to the studios and the financial markets to decide. We believe that the base of theatres that are included in our network provide a very attractive group to both financing sources and to the distribution companies.

What timeline are we looking at for the rollout of digital cinema?

Hall: The timing of a full-scale deployment will be very much tied to the results of the various testing phases. While we are moving ahead very aggressively, we will not compromise the system design and related operating efficiency and security. We will spend as much time as needed to make sure we get it right!

« SUR LA LANCÉE : LE DÉPLOIEMENT INTÉRIEUR DU CINÉMA DIGITAL VOIT LE JOUR » (SUITE)

INNOVATION

ET « PREMIUMISATION »

LE CINÉMA *PREMIUM*

Alors que l'expérience de la salle de cinéma, dans un contexte de crise qui a dopé la SVOD, s'est trouvée reléguée, voire menacée, il est naturel que se pose en priorité la question de la différenciation. Or, depuis un certain nombre d'années, la recherche d'une offre plus *premium* semble être la réponse principale apportée à cet enjeu. Ce n'est pas la seule approche possible et elle ne fait pas nécessairement consensus, mais le sujet est suffisamment prédominant dans le secteur pour qu'on s'y intéresse en priorité.

Il convient tout d'abord de souligner qu'il n'y a pas une définition des formats *premium* qui fasse autorité. C'est déjà en tant que tel un élément de réflexion intéressant. Là où le secteur aérien, par exemple, a su bâtir un système lisible et homogène avec les classes économiques, *premium*, business et première tout en maintenant une concurrence saine, une telle norme n'existe pas dans le secteur du cinéma. Chaque exploitant définit ce qui améliore suffisamment l'expérience du spectateur pour justifier un prix plus élevé. La dimension technologique est souvent prédominante avec un accent mis sur les formats image et son, et notamment le laser et l'audio immersif. Parmi les professionnels, on utilise d'ailleurs souvent l'acronyme (un de plus) *PLF* pour « *Premium Large Format* ». Derrière cette terminologie se cachent une combinaison d'expériences résolument différentes de ce que peuvent offrir même les meilleurs systèmes de home cinéma et une surcharge tarifaire qui signifie clairement au spectateur qu'il n'est pas en train de vivre une expérience standard.

Pour une marque comme Dolby, bien connue du grand public, les salles obscures continuent de constituer la meilleure vitrine, gage d'excellence dans l'expérience. Pourtant, une expérience *premium* ne se résume pas à une qualité d'expérience audiovisuelle que le spectateur « moyen » peinera souvent à percevoir. Le confort des sièges est également un élément très important, que ce soit avec les sièges inclinables (« *recliners* ») qui ont déferlé sur les salles des circuits américains ou avec les sièges à mouvement que proposent des sociétés tels le coréen 4DX ou le canadien D-BOX par exemple. Cette emphase sur la qualité des fauteuils est certes perceptible en France également mais culturellement plus importante aux États-Unis, où les chaînes de cinémas ont investi au cours des dernières années des centaines de millions de dollars pour offrir un confort de grande qualité. Ce confort est d'ailleurs le résultat d'un mix savamment orchestré puisqu'un circuit comme AMC a fait le choix de réduire de manière significative le nombre de fauteuils par salle pour proposer des emplacements plus *premium* à un tarif naturellement plus élevé.

Certains exploitants offrent également une expérience qualifiée de « luxe » avec service à la place. D'autres vont jouer sur la présence d'écrans périphériques. Le design et l'image de marque peuvent donc également remplir un rôle important. Certaines marques comme Dolby Cinema et le français ICE Theaters (filiale du groupe rochelais CGR Cinémas) vont jusqu'à concevoir un couloir d'accès à la salle constituant en tant que tel le début de l'expérience immersive. Enfin, avec IMAX ou Dolby, l'offre technologique ne se cantonne pas à la salle mais débute dès le tournage et la production du film. Celui-ci peut être tourné avec des caméras IMAX, le *mastering* peut se faire sur des écrans Dolby... Cette dimension de l'offre contribue naturellement à la notoriété de ces marques, notoriété qui se trouve ainsi portée par certains des plus prestigieux réalisateurs...

Une fois posé ces éléments de définition, on peut s'intéresser à ce que représentent ces offres sur le marché global et à l'impact de la pandémie sur leur développement. D'après l'institut Omdia, fin 2020, il y avait environ 6 400 écrans *premium* dans le monde, soit 2,3 % des quelque 203 000 écrans mondiaux. Cela représente une augmentation globale d'environ 7 % par rapport à l'année précédente. Ce marché a donc poursuivi sa croissance en 2020, bien qu'avec un certain ralentissement puisque, l'année précédente, il avait enregistré une augmentation d'environ 17 %. Les raisons de ce ralentissement sont assez évidentes du fait des situations de confinement et de fermeture d'établissements, mais également du fait des soucis de financement et de reports de travaux pour nombre d'exploitants de cinémas.

Le marché du *premium* se partage entre une douzaine de marques proposées par des sociétés spécialisées telles que 4DX, IMAX, Dolby, D-BOX ou encore ICE Theaters, et une quarantaine de marques développées par les exploitants eux-mêmes. Enfin, la 3D, dominée par la société RealD, demeure l'expérience *premium* la plus répandue.

Comme dans le domaine de la billetterie en ligne, on observe des stratégies très différentes de la part des exploitants selon les régions où ils opèrent. Mais, de manière surprenante, la stratégie se fait à front renversé dans nombre de cas. Ainsi, les exploitants européens très jaloux de leur exclusivité quand il s'agit de billetterie en ligne sont en revanche très ouverts à des marques telles que IMAX, Dolby ou 4DX. Au contraire, les exploitants nord-américains, et plus encore sud-américains, font un effort significatif dans le développement de leurs propres marques de PLF. Comme dans le domaine de la billetterie en ligne, la Chine est le premier marché au monde.

Au-delà de la posture « philosophique » entre l'internationalisation et l'externalisation, le fameux « *make versus buy* », il y a un choix structurant en termes de marketing pour les cinémas. Choisir un format comme IMAX ou Dolby, c'est s'appuyer sur une marque forte, un « repère » pour les spectateurs, et capitaliser sur cette notoriété et cette crédibilité qui, du coup, valent bien la licence payée par l'exploitant à son fournisseur de technologie. À contrario, développer son propre format *premium*, c'est choisir de capitaliser sur sa marque et accepter de porter de manière autonome l'ensemble de l'effort marketing pour faire connaître la marque aux spectateurs.

Les formats *premium* se sont multipliés et constituent un élément central dans la stratégie de rebond du secteur.

Le concept souffre cependant d'un manque d'homogénéité dans la manière dont il est présenté au public et ne fait pas consensus au sein même de l'industrie.

Dans un contexte post-Covid où il faut convaincre les spectateurs de revenir dans les salles obscures, cette hétérogénéité dans la communication sur ce qui est *premium* ou non constitue un défi important. On conçoit aisément que la démarche de celui qui souhaite dîner pendant son film n'a pas grand-chose à voir avec celle du spectateur qui veut absolument voir son film avec un son immersif. Pourtant, trouver aisément de telles séances et être capable de les comparer relève de la gageure.

« PREMIUMISATION » ET STRATÉGIES TARIFAIRES

Le corollaire de la « premiumisation » est naturellement la hausse du prix du billet. Il s'agit là d'un sujet « serpent de mer » qui revient bien vite sur la table quand on parle cinéma. Pour résumer les positions classiques sur le sujet, des spectateurs soulignent régulièrement la hausse du prix qu'ils constatent et qui est bien réelle dans leur expérience. L'industrie leur rétorque, à juste titre également, que le cinéma reste sans conteste la sortie la plus abordable quand on la compare, notamment, aux événements sportifs, aux concerts, sans parler des restaurants. De plus, la réalité du prix moyen du billet est bien loin de la perception que les spectateurs en ont du fait de tarifs réduits pour de nombreuses plages horaires et de multiples catégories de spectateurs, ainsi que du fait de l'existence d'abonnements, particulièrement en France.

Pour autant, le sujet de la stratégie tarifaire est une question centrale de la sortie de crise sur laquelle s'opposent assez fortement les visions américaine et française. La différence la plus évidente et la plus structurante est l'indicateur de marché que regardent en priorité les professionnels : le box-office mesuré en dollars aux États-Unis, en entrées en France. Ainsi, dans l'Hexagone, la fréquentation des cinémas est passée de 184 à 213 millions d'entrées entre 2002 et 2019[1], soit une progression de plus de 15 % du nombre de billets vendus. Sur la même période, outre-Atlantique, le nombre de billets vendus est passé de 1,58 à 1,23 milliard, soit une baisse de 22 %[2], mais le box-office américain a bondi de 9,2 à 11,4 milliards de dollars, soit une hausse de 24 % grâce à une augmentation du prix moyen du billet qui a largement excédé l'érosion du nombre de places. Ces chiffres montrent que les marchés français et américain de la salle de cinéma, qui soulignent année après année la même tendance haussière, décrivent en fait deux réalités très différentes voire opposées.

1 Source : CNC.
2 Source : The Numbers.

C'est ce qui amène certains exploitants français comme Nathanaël Karmitz, président du directoire de mk2, à considérer la « premiumisation » comme une « erreur[3] », à l'opposé de l'idée d'un cinéma pluriel qui doit avant tout rester un art populaire et accessible, particulièrement pour les jeunes. Pour les tenants de cette vision, il existe en effet une approche fondamentalement française, très différente d'un cinéma américain qui pousse à ce que certains appellent la « blockbustérisation » du marché du cinéma.

Lors des communications financières des circuits américains à l'été 2021, on observe bien cette approche assez pragmatique concernant le prix du billet de cinéma qui augmente significativement pour accompagner et doper la reprise d'un marché difficile. Des salles de meilleure qualité, des expériences *premium* qui se multiplient, le tout justifiant un prix billet de cinéma à la hausse (mais qui reste toujours l'offre de sortie la moins onéreuse), telle semble être la formule gagnante jusqu'à présent des circuits américains, qui entendent poursuivre dans cette voie.

S'il existe des manières différentes de mesurer le marché selon les pays, cette observation s'applique aussi au marché du streaming comparé à celui de la salle de cinéma. À mesure que ces marchés se rapprochent et se complètent, la différence d'approche semble plus criante encore puisque ces géants de l'abonnement comptent leur nombre d'utilisateurs et se montrent peu diserts en ce qui concerne le détail de la consommation réelle de contenus. Netflix, par exemple, prend en compte une lecture avec seulement deux minutes de temps de visionnage d'un certain contenu, car c'est « assez de temps pour montrer que le choix était intentionnel[4] ». Cette différence d'approche, au-delà d'une certaine complexité qu'elle engendre, est significative.

3 « L'Émission », *Boxoffice Pro*, 24 juin 2021.
4 « Quelle a été la série/film Netflix le plus regardé au deuxième trimestre 2021 ? », 45secondes.fr.

Une industrie qui se focalise sur les consommateurs, leur profil, leurs usages, aura une approche marketing différente et sans doute plus engageante qu'une industrie qui se concentre sur ses contenus et les actes de vente isolés. On peut penser que le développement des formules d'abonnement aux États-Unis depuis quelques années est de nature à faire évoluer positivement ce paradigme.

Entre le marché américain qui se mesure en chiffre d'affaires et le marché français qui compte les billets, les évolutions de marché ont été très différentes malgré les apparences.

Le marché de la VOD remet en cause ces approches avec des stratégies qui mettent l'abonné au centre de la mesure.

LE DÉFI DU JEUNE PUBLIC

Derrière cette course effrénée à l'expérience *premium* et aux nouvelles technologies garantes de sensations fortes, il y a en filigrane l'objectif de conquérir ou de reconquérir le cœur de jeunes spectateurs dont les comportements semblent évoluer de plus en plus vite. Nombre d'observateurs ont souligné le traumatisme majeur que constitue pour des jeunes en plein développement l'expérience du confinement prolongé. Pour le cinéma, le constat est un peu plus ambivalent. Cette période les a privés de l'opportunité de se rendre en salle au moment précis où se développe cette habitude, ce qui constitue une véritable bombe à retardement pour le secteur. Dans le même temps, la consommation à domicile a dans un certain nombre de cas permis une surconsommation qui a pu créer une certaine forme de cinéphilie.

Si les salles de cinéma confrontées à la crise du Covid, à la fermeture de leurs établissements et à l'explosion concomitante de la consommation de streaming à domicile ont pu avoir tendance à regarder le *home entertainment* comme la menace à combattre, nombre d'études donnent à penser qu'une telle approche manque sans doute la bonne cible.

Ainsi, en avril 2021, quelques semaines avant la seconde réouverture des salles françaises, une étude d'AlloCiné et The Boxoffice Company[5] indiquait que le développement des pratiques VOD/SVOD semblait ne pas affecter l'envie des répondants de retourner en salle. En effet, 92 % des « néo/extras SVOD » – à savoir les répondants ayant souscrit un premier abonnement SVOD ou un/des abonnement(s) supplémentaire(s) pendant la fermeture des salles – et 95 % des « néo/extras VOD » affichent un fort désir de retour en salle. Et malgré l'explosion des plateformes, les spectateurs interrogés déclarent que le streaming est une alternative complémentaire et non une substitution à la salle de cinéma, avec 29 % des « néo/extras VOD » et 26 % des « néo/extras SVOD » prévoyant de s'y rendre plus régulièrement sans pour autant résilier leurs nouveaux abonnements aux plateformes. La bonne dynamique de la reprise de mai à juillet 2021 en France devait confirmer ces indications.

Au même mois d'avril 2021, une étude du cabinet Deloitte[6] a en revanche amené un éclairage plus préoccupant quant à l'attitude du jeune public américain à l'égard du film et des séries parmi l'ensemble des propositions de divertissement à sa disposition. Selon l'étude, pour la génération Z, définie comme l'ensemble des personnes nées entre 1997 et 2007, la vidéo – qu'il s'agisse de films ou d'émissions de télévision – n'est pas une priorité. 26 % des membres de la génération Z interrogés dans le cadre de l'enquête ont cité les jeux vidéo comme leur activité de divertissement préférée, contre 14 % pour l'écoute de musique, 12 % pour la navigation sur Internet et 11 % pour l'utilisation des médias sociaux. Seuls 10 % ont déclaré qu'ils préféraient regarder un film ou une émission de télévision à la maison. En comparaison, les *millenials*

5 « Cinéma et COVID – Épisode 3 : La Revanche des Salles », The Boxoffice Company, avril 2021.
6 « Digital media trends, 15th edition. Courting the consumer in a world of choice », Deloitte Insights, avril 2021.

(nés entre 1983 et 1996) sont 18 % à préférer regarder un film ou une émission de télévision. Les jeux vidéo étaient l'option de divertissement de choix pour seulement 16 % de cette classe d'âge. « Si ces tendances se confirment, cela pourrait signifier que la vidéo deviendra moins importante pour les consommateurs », détaille à propos de cette étude Jana Arbanas, vice-présidente et responsable des télécommunications, des médias et du divertissement aux États-Unis chez Deloitte. « Pour les jeunes consommateurs en particulier, les jeux interactifs en ligne occupent une place de plus en plus importante dans la façon dont les gens interagissent. »

Il y a donc là un défi majeur pour le secteur du cinéma dans son ensemble, en salle comme à la maison. Il s'agit de faire aimer et découvrir le plaisir de regarder un film ou une série, de se forger une opinion à son propos, de confronter son point de vue à d'autres. Face à des propositions de divertissement de plus en plus diverses, immersives, instantanées, le film oblige à s'arrêter, à prendre le temps, peut-être même à se déconnecter... À quelles concessions, à quels efforts l'industrie du cinéma doit-elle consentir pour faire venir le jeune public en salle ? C'est une question qui taraude nombre de professionnels à travers le monde.

Il y a la logique volontariste qui passe par l'incitation tarifaire, par l'éducation à l'image avec l'idée que, les mêmes causes produisant les mêmes effets, si le jeune public d'aujourd'hui est soumis aux mêmes expériences que celui d'hier, le charme agira de la même façon. C'est dans cette logique que s'inscrit l'initiative française du Pass Culture. Pour le cinéma comme pour les autres formes d'art dont le *pass* accompagne le développement, notamment la lecture, les musées ou la musique, rien ne remplace la découverte par l'expérience.

D'autres peuvent aussi penser qu'il faut prendre acte de l'évolution des mentalités et des comportements, et adapter l'expérience de la salle, peut-être aussi l'expérience de la vidéo à la maison, à ces nouveaux publics. Le P-DG d'AMC y a laissé quelques plumes… En 2016, quelques mois après son arrivée chez AMC et tout auréolé de son acquisition du circuit Carmike Cinemas, il avait émis l'idée que certaines salles ou certaines séances pourraient autoriser l'usage des téléphones portables… Mais, tout comme lorsque la P-DG de Regal avait proposé la même idée en 2012, cette simple suggestion a immédiatement suscité une levée de boucliers générale le conduisant à une retraite rapide. Les spectateurs ne souhaitent pas voir s'installer à côté d'eux des voisins accrochés à leur téléphone, on le conçoit. Si l'alternative est de voir se multiplier les fauteuils vides, peut-être que la réflexion n'est pas tout à fait parvenue à son terme.

Le défi de reconquête du jeune public est un défi partagé entre les salles et les acteurs du *home entertainment*.

La vraie concurrence vient de l'explosion de l'usage et de la culture du jeu vidéo et des réseaux sociaux.

LES VIEILLES RECETTES REMISES AU GOÛT DU JOUR

Des ventes à emporter aux drive-in, le débordement d'idées et d'initiatives dont le secteur a fait preuve pour surmonter et compenser autant que possible la période de crise a parfois puisé dans de vieilles recettes... De manière surprenante et remarquable à la fois, l'une des méthodes les plus efficaces pour maintenir les cinémas à flot pendant la période de reprise aux États-Unis, identifiée par *Boxoffice Pro US* comme la plus importante tendance de l'année dans son baromètre annuel, a été la privatisation de cinémas et le développement de microcinémas.

Cinemark a été la première des principales chaînes d'Amérique du Nord à se lancer avec ce que la société décrivait alors comme un « programme de privatisation de salles en ligne, optimisé dans une logique *direct to consumer* ». La chaîne texane, la troisième plus grande en Amérique du Nord, a annoncé son programme « Private Watch Parties » en juillet 2020, permettant aux cinéphiles de louer un auditorium pour un maximum de vingt invités. En août, Alamo Drafthouse a commencé à faire de même avec des sites à Austin et Denver. AMC a lancé un programme bêta en octobre de la même année, puis officiellement ses « Private Theatre Rentals » en novembre. Le communiqué de presse de lancement soulignait que les quatre semaines de la période bêta avaient donné lieu à 110 000 demandes d'invités, soit plus de quatre fois le nombre total pour toute l'année 2019, « sans aucune annonce marketing et presse significative ».

Dans les quatre mois qui ont suivi le lancement du programme de Cinemark, le groupe a vendu près de 50 000 événements privés auxquels ont assisté plus de 600 000 personnes, « dont une grande partie a déclaré que c'était la première fois qu'[elles] revenaient dans le cinéma depuis la fermeture », soulignait le P-DG Mark Zoradi lors d'une conférence téléphonique avec les investisseurs en novembre 2020. À la fin du premier trimestre 2021, Cinemark avait accueilli plus de 3 millions de spectateurs dans plus de 235 000 locations privées, ce qui représentait 20 % des recettes d'entrées de la chaîne aux États-Unis pour ce trimestre.

Selon Ryan Noonan, vice-président de la communication d'entreprise d'AMC Theatres, dans les colonnes de *Boxoffice Pro*, « le sentiment des consommateurs à l'égard des locations de cinéma a changé. Elles n'étaient plus considérées comme réservées à des événements spéciaux comme les fêtes d'anniversaire ou les sorties d'entreprise. Il s'agissait désormais d'amis et de familles qui sortaient de chez eux, tout en profitant de l'expérience commune du cinéma d'une manière qui les mettait à l'aise ».

Au-delà de cette activité propre à la pandémie qui a vu des millions de cinéphiles assister pour la première fois à une séance de cinéma privée, les spectateurs de certains pays peuvent louer des salles de cinéma en petits groupes depuis déjà plusieurs années. Selon le vice-président de GDC Technology of America, Tony Adamson, le marché de la location de salles de cinéma est en gestation depuis des années et ce n'est pas tant son décollage que son accélération qui est rendue possible par la pandémie.

Lors d'un *webinaire* Boxoffice Pro organisé en avril 2021 sur le thème des salles de cinéma privées, cet observateur attentif des marchés américain et asiatique proposait le résumé suivant de l'évolution du format des cinémas : « Au début du XXe siècle, c'était le grand palais du cinéma. En 1963, l'ère des multiplexes a commencé avec un premier établissement à deux écrans, pour aboutir aux 14, 16, 18 écrans... Puis, en 1995, l'ère des mégaplexes a commencé avec les complexes de 24, 30 salles. Et maintenant, beaucoup diraient que nous sommes dans l'ère du *dine-in* ou du centre de divertissement. Alors, quelle est la prochaine étape dans l'évolution du cinéma ? Nous sommes convaincus que c'est le minicinéma. » Adamson affirme qu'un cinéma plus petit, louable par un petit groupe, offre aux cinéphiles de la génération Z et de celle du millénaire en particulier l'expérience qu'ils souhaitent : « Ils veulent être avec leurs amis. Ils veulent être avec leurs familles. Ils veulent envoyer des SMS. » En bref, ils veulent des séances à la carte, selon les règles du jeu qu'ils se sont choisies.

Le concept a déjà fait son chemin dans certaines parties de l'Asie, où « l'introduction d'une nouvelle loi sur les médias en Chine en avril 2017 par le régulateur des médias SAPPRFT a donné le coup d'envoi de la tendance des cinémas privés (microcinémas) dans l'empire du Milieu. La loi a reconnu les cinémas privés comme des cinémas de seconde exploitation dont les recettes sont désormais incluses dans le box-office national ». Ces modèles bien loin de la pratique du cinéma telle qu'elle existe dans des pays comme la France constituent l'une des réalités de l'évolution de la salle, dont le moins que l'on puisse dire est qu'elle est très protéiforme. Dans l'Hexagone, une forme de « privatisation » bien particulière apporte également une bouffée d'oxygène bienvenue pour nombre d'établissements : les séances scolaires...

En conclusion sur cette innovation qui relève plutôt du « retour vers le futur », que restera-t-il de ces initiatives dans l'exploitation normale des salles au lendemain de la crise ? Beaucoup de salles américaines ont déjà commencé à restreindre significativement le nombre et les conditions des séances privées proposées à l'été 2021 pour faire de la place aux blockbusters qui, timidement, commencent à faire leur retour. Pourtant, les outils qui ont été développés pour permettre, en ligne et sur mobile, la location pour des groupes ne vont pas disparaître mais ouvrir de nouvelles opportunités pour l'avenir. À l'heure de l'enseignement et de la formation à distance, ces auditoriums vides en journée ne manqueront pas d'éveiller l'appétit et la créativité de certains.

Le Covid a conduit à faire du neuf avec du vieux : drive-in, vente à emporter, privatisation de salles.

Les *process* mis en place pour faciliter ces innovations sont certes temporaires mais porteurs de promesses pour l'avenir.

L'INNOVATION AU CŒUR DE L'ADN DU CINÉMA DEPUIS UN SIÈCLE

Malgré la chaleur de l'été, une foule de cinéphiles pleins d'entrain attend patiemment pendant des heures, séance après séance, devant le Blue Mouse Theatre de Seattle. Les queues interminables devant les cinémas américains tels que le Blue Mouse, mais aussi l'Embassy Theatre à San Francisco ou le Warner Theater à Hollywood, étaient un spectacle commun pendant l'été 1928[7] et le signe d'une révolution qui allait transformer l'industrie du cinéma à jamais. Ces spectateurs curieux et enthousiastes bravaient ainsi les longues files d'attente pour découvrir le nouveau film de Warner Bros., *Lights of New York*, qui se distinguait d'une nouveauté singulière : le parlant.

7 Ben Shlyen, « A New Era Has Arrived », *Boxoffice Pro (Motion Picture Times)*, 11 août 1928.

Le succès de *Lights of New York*, premier film entièrement parlant, témoigne du rôle central de l'innovation dans le développement, la réinvention et la survie même du cinéma. Le parlant fut une des premières innovations majeures ayant bouleversé le secteur et visant, comme tant d'autres au fil d'un siècle, l'amélioration de l'expérience cinématographique. Cette révolution commença en 1926, lorsque *Don Juan* de Warner Bros. devint le premier film sonore à être diffusé utilisant le procédé Vitaphone. La première du film au Warner Theater de New York fut sensationnelle, tout étant source de confusion.
Les spectateurs entendaient pour la première fois des effets sonores enregistrés, tout en écoutant pendant près de la moitié de l'événement des explications sur le fonctionnement de cette technologie miraculeuse. Face à la menace de la radio, le parlant a ravivé la fréquentation des cinémas. Le directeur et fondateur de *Boxoffice Pro*, Ben Shlyen, notait en août 1928 – une année tournant pour la popularisation du parlant aux États-Unis – que ces films ont « généralement tant ravivé l'intérêt du public pour le cinéma qu'il faut leur donner du crédit pour avoir fait entrer ce secteur, qui perdait rapidement la mainmise, dans une nouvelle ère de prospérité[8] ».

8 Ben Shlyen, « A New Era Has Arrived », *Boxoffice Pro (Motion Picture Times)*, 11 août 1928.

Published Weekly by
ASSOCIATED PUBLICATIONS, Inc.

Subscription Price $2.00 per year
Single Copies 10 cents.

MOTION PICTURE
TIMES

V. W. CRISP........Editor & Mgr.
313 South Harwood St.
Dallas, Texas
Telephone—7-3553

A New Era Has Arrived

A FEW weeks ago we declared on this page that talking pictures were here to stay. And, having just returned from a trip to the West Coast where the writer witnessed not only what was going on in the studios in preparation for the production of sound pictures, but also saw what remarkable business was being done by theatres along the West Coast from Seattle down to Hollywood, we reiterate our statement—"talking pictures are here to stay!"

It was a revelation to see the crowds lined up three and four abreast and waiting patiently for an hour or more to gain admittance to see "Lights of New York," Warner Bros.' first 100 per cent talking picture. This was the case in Seattle at the Blue Mouse Theatre and in San Francisco at the Embassy Theatre and again at Warner's Theatre in Hollywood. At this latter theatre two lines were formed, each extending from the box-office in the middle of the block around the corner for a length of two blocks. This was not the case just at one show, but all day long from the opening of the house for the first matinee performance. After the first four days' showing the matinee was started at an earlier hour to permit an extra performance and to take care of the waiting patronage. That's real business—much like the good old days, when the movies were in their infancy!

The writer did not get an opportunity to see this picture, but from the comments heard from many who did see it and from the wide interest that the public at large manifested in it, we know that it must have merited its unusual drawing power.

Not alone was this picture doing a big business. Paramount's first sound picture, "Warming Up," was also doing nicely all along the Coast and, we understand from reports, in other cities where it is showing. This is not a talking picture, but it is synchronized musically and real atmosphere is given to the baseball scenes by the acclamations of the crowd in the baseball stands, the cheering for players, the razzing of the umpire, the click of the bats, etc. And while the picture is in itself highly entertaining its entertainment value is tremendously increased by its synchronization.

This great public interest might be attributed to the novelty of the "talkie" pictures. True enough the novelty will draw them at first. But it has so generally revived the public interest in the motion picture that it must be given due credit for having entered this business, which was rapidly losing hold, into a new era of prosperity.

Of course, some of the first efforts in this new endeavor will be crude. Development will come slowly. And while the rapidity with which have come announcements from various producers that they would employ sound in a number of their pictures for the next season has seemed to indicate a mad rush and scramble, their later statements definitely show the executives of these various companies to be level-headed business men, who are quick to realize that a new opportunity is here and who are going into this new endeavor with the greatest of caution. They are investing hundreds of thousands of dollars and may be relied upon to safeguard their investments with the sanest of care.

The possibilities for real history making and money making are at hand with the advent of the "talkies." And these possibilities, while not so at present, will be as great, if not greater, for the small town showman as for the large first-run houses. Of course the first-run houses will reap the benefit at the beginning. But the little fellows will come in for their share later, when delivery and installation of equipment can be made more quickly and when cost of these installations is more within their reach. In the meantime the right kind of showmanship, and it needs now to be exerted more than ever; the proper advertising of pictures that are still "silent"; these efforts will still continue to bring patronage to the box-office.

This trade paper is published by Associated Publications, Inc. General Offices, Third Floor Glover Bldg., Kansas City, Mo., New York office, 651 Fifth Ave. Ben Shlyen, president; C. D. Struble, vice president and treasurer; C. C. Tucker, secretary. Ben Shlyen, editorial director; C. D. Struble, business manager; J. A. Milligan, New York representative; Albert J. Blasko, Chicago representative.

THE FILM GROUP — ASSOCIATED PUBLICATIONS

Associated Publications are: The Reel Journal, Kansas City, Mo.; Movie Age, Omaha, Nebr.; Michigan Film Review, Detroit, Mich.; Motion Picture Digest, Chicago, Ill.; Film Trade Topics, Denver, Colo.; Exhibitors' Tribune, Oklahoma City, Oklahoma.; The Ohio Showman, Cleveland, Ohio; Motion Picture Times, Dallas, Texas; New England Film News, Boston, Mass.; Exhibitors' Forum, Pittsburgh, Pa

« UNE NOUVELLE ÈRE EST ARRIVÉE »

Ben Shlyen, fondateur et éditeur de *Boxoffice Pro*, écrit dans cette édition de *Motion Picture Times* (publié par Associated Publications, qui regroupe l'ensemble des magazines régionaux formant à l'époque *Boxoffice Pro*) que le succès des films parlants tels que *Lights of New York* confirme que cette innovation est potentiellement réellement historique et pourrait attirer plus de monde au cinéma.

Boxoffice Pro, 11 août 1928

« PRÉPAREZ-VOUS À UNE PLUIE D'OR : *LE FANTÔME DE L'OPÉRA* EST ICI AVEC DU SON »

Affiche publicitaire du film parlant d'Universal *Le Fantôme de l'Opéra*.

Boxoffice Pro, 6 novembre 1929

Une deuxième transformation a lieu dans les années 1930. La généralisation des films en couleurs reproduit le même effet stupéfiant sur les cinéphiles et le box-office. Après une série d'expérimentations à succès mitigé pendant la décennie précédente, le procédé Technicolor trichrome, permettant de reproduire toutes les couleurs, est mis au point en 1928. Mais c'est l'intérêt particulier de Walt Disney qui donne un nouvel élan à cette innovation. Ainsi, les films d'animation, dont les courts métrages issus des *Silly Symphonies*, deviennent le terrain d'essai principal pour le développement du Technicolor trichrome. Ces essais aboutissent en 1937 avec *Blanche-Neige et les Sept Nains*, le premier long métrage de Disney. Le film connaît un succès énorme, dépassant 4,2 millions de dollars au box-office nord-américain pendant sa première sortie[9].

9 Alex Ben Block et Lucy Autrey Wilson, *George Lucas's Blockbusting : A Decade-by-Decade Survey of Timeless Movies Including Untold Secrets of Their Financial and Cultural Success*, New York, itBooks, 2010, p. 206.

La force de l'innovation est mise une fois de plus en avant dans les années 1950, cette fois-ci pour répondre à une crise quasi existentielle engendrée par la montée en puissance de la télévision. L'introduction de l'écran large et incurvé de Cinérama le 6 mai 1950 lance une véritable course aux formats larges et aux formats en relief, à laquelle participent les distributeurs aussi bien que les exploitants. Paramount met par exemple en place sa propre technologie 3D dès 1953, alors que le circuit Balaban & Katz développe un *Magnascreen* en 1951. Mais c'est l'introduction du format CinemaScope avec la première du film de 20th Century Fox *The Robe*, au Grauman Chinese Theater en septembre 1953, qui marque un tournant décisif. Suite à l'événement, Ben Shlyen déclare : « Il est certain que l'ère des formats larges n'a pas seulement commencé, elle est ici pour rester[10]. » Pourtant, la prophétie de Shlyen n'est pas réalisée. Malgré un *boost* initial au box-office, le succès de ces innovations est de courte durée. À long terme, les formats spectaculaires n'ont pas réussi à devenir une panacée pour les maux de l'industrie, n'empêchant pas le déclin de la fréquentation pendant les décennies suivantes.

10 Ben Shlyen, « An Epochal Event », *Boxoffice Pro*, 19 septembre 1953.

« *FÉLIX LE CHAT* REJOINT LE DÉFILÉ ARC-EN-CIEL DES DESSINS ANIMÉS EN COULEURS »

Affiche publicitaire pour le dessin animé *Félix le Chat* de RKO mettant en avant la technologie trichromatique de Technicolor.

Boxoffice Pro, 7 mars 1936

Il a fallu attendre le nouveau millénaire pour une nouvelle révolution, unique par son caractère digital, bien que produite une fois de plus dans un contexte de crise et de compétition accrue par le *home entertainment* et le piratage. À partir de 1999, les studios hollywoodiens se lancent à pleine vapeur dans leurs efforts de digitalisation. Le 18 juin, *Star Wars : Episode I - The Phantom Menace* est projeté avec la technologie digitale DLP Cinema de Texas Instruments à Los Angeles et New York, provoquant l'enthousiasme des spectateurs. Leur engouement est tel que les fans lancent une pétition sur le site TheForce.net pour demander aux exploitants locaux d'équiper leurs salles avec cette nouvelle technologie. Pourtant, comme pour le son quelques décennies plus tôt, les problèmes techniques, notamment concernant l'interchangeabilité de l'équipement ainsi que le coût exorbitant de leur installation, retardent la généralisation du digital. Ce n'est qu'à partir de 2005 que la révolution digitale s'accélère, aux États-Unis et mondialement, apportant de nouveaux profits et engendrant un nouveau cycle d'innovation, dont la 3D.

SEES DANGER IN RUSH TO COLOR

DOUGLAS FAIRBANKS cares very little for color in motion pictures. "The use of color in features is dangerous," he said in a New York interview before sailing for Europe on Wednesday for a two months' holiday with Mrs. Fairbanks, the former Lady Sylvia Ashley. "Only a few people in the industry know color combinations or the proper use of color to secure dramatic effect," he said. For this reason Fairbanks' $1,500,000 budgeted film, "The Adventures of Marco Polo," to be produced on a one-picture partnership deal with Samuel Goldwyn, will be in black and white. Present plans are to have Gary Cooper star in "Marco Polo" with Fairbanks supervising but otherwise taking no active part. The adaptation will be by Robert E. Sherwood from a story by Fairbanks, developed from an idea by Captain A. Pogson, with whom he will confer in London. Although many backgrounds will be filmed in China, actual production starts on the Goldwyn lot late in May or early in June, with release during the 1937-38 season.

« IL VOIT UN DANGER DANS LA PRÉCIPITATION VERS LA COULEUR »

Le grand acteur de l'époque Douglas Fairbanks explique son manque d'intérêt pour la couleur : très peu de personnes ont pu perfectionner les bonnes combinaisons et leur bon usage pour créer un effet dramatique.

Boxoffice Pro, 7 novembre 1936

Si les innovations ont été largement salutaires, celles-ci n'ont pas toujours été acceptées sans questionnement par une industrie souvent conservatrice. Ainsi, Joseph Schenck, président de United Artists, et D. W. Griffith figuraient parmi les sceptiques face au parlant. « Je suis certain que lorsqu'un siècle sera écoulé, toute pensée autour des soi-disant films parlants sera abandonnée[11] », disait D. W. Griffith en 1924. Quant à l'acteur Douglas Fairbanks, il déclarait dans *Boxoffice Pro* en novembre 1936 que l'utilisation de la couleur pourrait être potentiellement dangereuse à cause du manque d'expertise sur les bonnes combinaisons à employer. Entre l'amour de certains « traditionalistes » pour la pellicule cinématographique et des préoccupations sur la faisabilité technique de la digitalisation, celle-ci fit aussi débat à ses débuts. Pourtant, même des génies du cinéma comme Griffith et Fairbanks ont été démentis. Le scepticisme n'a pu empêcher le développement d'innovations visionnaires qui repoussent en permanence les frontières de l'expérience cinématographique depuis près d'un siècle.

11 « The Movies 100 Years from Now », qui paraît dans *Boxoffice Pro* en mai 1994 avec la permission de David Shepard et Film Preservation Associates.

CINEMASCOPE

Fox reçoit un oscar honorifique pour CinemaScope : « En reconnaissance pour leur imagination, leur sens du spectacle et leur prévoyance, un prix honorifique a été voté pour 20th Century Fox Film Corporation pour l'introduction de CinemaScope. »

Boxoffice Pro, 3 avril 1954

« CE N'EST PAS UNE RÉVOLUTION. C'EST UNE ÉVOLUTION. »

Publicité de Texas Instruments pour promouvoir ses projecteurs numériques.

Boxoffice Pro, octobre 2004

COMMENT L'INVENTION DU MULTIPLEXE A SAUVÉ UN SECTEUR CONDAMNÉ

La dernière décennie du XXe siècle s'ouvre sombrement pour le cinéma. Elle annonce la fin d'un millénaire et, avec elle, la mort presque certaine d'une industrie n'ayant pas encore fêté ses cent ans. En effet, après une hausse tendancielle de la fréquentation cinématographique en France jusqu'à la fin des années 1950, celle-ci plonge progressivement dans l'abîme pendant quarante ans, passant de 411 millions d'entrées en 1957 à seulement 116 millions en 1992[12]. Des deux côtés de l'Atlantique, la concurrence de la télévision ainsi qu'un public qui recherche de plus en plus de confort coûtent cher aux petites salles… qui se transforment en supermarchés, garages ou restaurants. Sur le petit écran des téléspectateurs français : *La Dernière Séance*, un hommage à l'âge d'or des grands studios américains, vestige d'une époque révolue. Et pourtant, en 1993, le cinéma renaît. Au cœur de cette renaissance se trouve une innovation qui réinvente l'expérience cinématographique : le multiplexe.

12 « L'évolution du secteur de l'exploitation cinématographique », Senat.fr, s. d.

« STUDIO 28 DE JACK LOEKS : LE PLUS GRAND CINÉMA DU MONDE »

Couverture de *Boxoffice Pro* avec le « mégaplexe » Studio 28 de Jack Loeks.

Boxoffice Pro, août 1988

Déjà apparu dans les années 1960 aux États-Unis et développé par Garth Drabinsky et Cineplex en Amérique du Nord dans les années 1970 et 1980, le concept du multiplexe est inventé en Belgique. Lorsque la crise des années 1970 atteint l'industrie belge, Albert Bert, fils d'exploitant, a soixante et onze ans. La salle qu'il dirige, héritée de son père, dans la petite ville de Harelbeke, peine à survivre à la chute de la fréquentation, passant de 148 millions d'entrées en 1945 à 30 millions en 1970[13]. Bert fait face à la crise de façon surprenante : il ajoute un deuxième écran et crée le premier duplex belge, qui plus est équipé d'un parking. Ce succès conduit Bert à l'ouverture d'un multiplexe à 12 écrans à Gand en 1981, une révolution selon les standards aussi bien belges qu'américains. Le coup de force survient en octobre 1988, lorsque le groupe Bert, allié au groupe de la famille Claeys, construit le Kinepolis Bruxelles sur l'ancien site de l'usine General Motors. Avec ses 25 écrans et 6 642 sièges, c'est le premier « mégaplexe » européen. Situé à la périphérie de Bruxelles, il est facilement accessible grâce à une rampe pour voiture placée autour du cinéma. Mais celle-ci provoque le rire des concurrents. La rampe serait là pour faciliter la reconversion du cinéma en parking si le multiplexe fonctionnait mal ! En plus d'une rampe à la fonction certes contestée, le cinéma est doté, à l'instar des palaces luxueux des années 1920, de salles aux fauteuils confortables et des dernières technologies. Il propose également des services de restauration rapide, des bars et des loisirs. Le succès de ce nouveau concept s'appuie en effet sur trois piliers. Le premier se base sur une rationalisation économique, grâce aux effets d'échelle permis, entre autres, par l'existence d'une seule cabine de projection, par des coûts de main-d'œuvre réduits et par la possibilité de projeter les films sur plusieurs écrans sans avoir plusieurs copies. Le deuxième pilier concerne la flexibilité de la programmation, qui permet non seulement de diffuser plus de films pour un public élargi, mais aussi d'amortir le coût des films faisant preuve d'une performance décevante. Enfin, la focalisation sur la « premiumisation » de l'expérience et l'intégration de loisirs transforment ainsi l'expérience même du cinéma. Il s'agit désormais d'une sortie motivée non plus seulement par l'intérêt porté au produit diffusé, mais également par la poursuite d'une expérience luxueuse, complète et variée.

13 « Mega-ambitious », *Forbes*, 26 juillet 1999.

« ALLER AU CINÉMA NE SERA PLUS JAMAIS LA MÊME CHOSE ! »

Publicité de la chaîne de multiplexes Cineplex Odeon.

Boxoffice Pro, décembre 1988

Le premier multiplexe d'Europe ne se transforme finalement pas en parking. Au contraire, il fonctionne extrêmement bien et réussit à moderniser les parcs de salles et à relancer l'intérêt des spectateurs pour le cinéma. La formule Kinepolis est donc reprise à travers le monde.

SPECIAL REPORT

INTERNATIONAL EXHIBITION AN OVERVIEW

A SMALL WORLD AFTER ALL

The Multiplex Invasion Strikes Europe

By Kim Williamson

Believe it or not, an idea that is just now revolutionizing exhibition practices along the rues, strasses and calles of Europe was born along a suburban street in the American midwest some 30 years ago. It was then, during a slow week at a one-screen theatre showing an Abbott and Costello title, that Stan Durwood had a brainstorm: the multiplex.

A Warner Bros. International Theatre in Newcastle, U.K.

AMC's chairman and CEO would see his idea reach fruition in 1963, above a Kroger supermarket at Kansas City's then-new Ward Parkway Mall, as the first-ever twinplex, the Parkway II, screened the Steve McQueen action film, "The Great Escape.". (Paradoxically, this same film was on both screens.). Just six years later, AMC raised its flag over the first sixplex—Omaha's Six West complex at the Westroads Shopping Center. Durwood's multiscreen approach was to alter America's movie marketplace forever.

And also, it seems, the world's. As Durwood proclaimed last year, in a phrase that speaks for the priorities of other North American giants, "We're taking it global." Just as America's downtown movie palaces are virtually extinct, Europe's grand single-screen showcases, like Amsterdam's opera house-like Tuschinski Cinema, have become dinosaurs from a distant era.

But this time AMC will not be entering virgin territory. The company, which also launched the multiscreen movement overseas with its 1985 opening of a 10-screen theatre in Milton Keynes, England, was forced to exit the international scene just three years later due to stateside cash-flow problems. Now, as the European Community's first multiplex decade nears its close, it's clear that Warner Bros. International Theatres, National Amusements and United Cinemas International have used their American-bred expertise to become well-entrenched in Europe's cinemascape.

At Warner International's offices in Woodbury, New York (soon moving to Burbank, California), the biggest news of recent months has been its estimated $206 million investment in a movie theme park and studio near Essen, Germany. Another highlight: the addition of 50 overseas stores in 1994 to the Warner Bros. retail chain. But Warner has also been enlivening Europe's moviehouse scene. Case in point: the debut last September of its nine-screen London flagship, going head-to-head with other West End theatres run by UCI, MGM Holdings (no longer affiliated with its namesake studio) and Rank Odeon.

"The economics of building theatres today just don't work for single screens."

And Warner intends to stay competitive. "We're in Germany, Portugal and Denmark, and we have one [multiplex] under construction in Holland at The Hague," says Tom Elefante, senior vice president of operations. That places Warner's current EC count at nine locations (84 screens) in the United Kingdom and another five cinemas (36 screens) across the Channel.

"We've got another 10 units planned—84 more screens," Elefante says. "All these units should be operational by the end of 1995.". That tally will also place Spain in Warner's address book and give the company increased heft in the United Kingdom, which will see 51 of the new screens. Longer range, its German outlets could grow to include the likes of Hamburg, Munich and Dusseldorf.

Just before exiting his post as chief executive and managing director for Dedham, Massechusetts-based National Amusements, Ira Korff told BOXOFFICE that the

26 BOXOFFICE

« UN PETIT MONDE, APRÈS TOUT : L'INVASION DU MULTIPLEXE FRAPPE L'EUROPE »

Après avoir commencé en Amérique du Nord dans les années 1960, les circuits américains se précipitent en Europe pour construire leurs multiplexes, aux côtés de ceux que développent déjà les acteurs locaux.

Boxoffice Pro, juillet 1994

INTERNATIONAL NEWS BRIEFS

EUROVIEWS

European News Notes *by Kim Williamson*

LEAD STORY: MEGA MERGER

BRUSSELS—Following a November ruling by Belgium's Competition Commission that the move was not anti-competitive, the Kinepolis companies—high-profile Belgian megaplex operators the Bert Group and the Claeys Group, which together account for half the country's annual boxoffice—on Dec. 5 formally merged into one as Kinepolis Group Holding. The Bert and Claeys families, which are related not only monetarily but by marriage, plan to take the formalized Kinepolis operation public in the near future to help fund expansion plans, and its new corporate profile should prove more investor-friendly. Primarily through joint ventures, the 133-screen Kinepolis is involved in theatre builds in nearby France, Holland and Luxembourg and in such further climes as Spain, Hungary and India.

DUTCH TREAT

AMSTERDAM—With Minerva Theaters owner Jo van Willigen retiring, Polygram Filmed Entertainment Germany managing director Haig Balian and financial consultant Jan Willem Verhoef have acquired the 38-screen circuit, which is Holland's third largest and is known for its low-key strategy of upgrading aging sites and for building smaller plexes in medium-sized cities like Arnhem.

capita annually, that could change. The 81-screen Finnkino circuit has announced it plans to build a 10-plex in college town Tampere by spring 1999 and to open a 14-plex in downtown Helsinki later this year, and Sandrews Metronome also is targeting the capital, with a 10-screener planned for 1998.

CRACKING A SMILE

OSLO—Timo Lahtinen, an eight-year veteran of Nordisk Film, where he was chief buyer for the Danish colossus, plans to bow Smile Entertainment in March. To be involved in distribution and consulting, the pan-Scandinavian operation will concentrate on importing international fare. Smile enters a marketplace that's a little moody: Formerly affiliated with SF Norge, Columbia TriStar Intl. this month launches its new venture with Danish giant the Egmont Group (which acquired Nordisk in 1992), with ex-SF Norge director Bjorn Hoenvoll at the head.

« ARTICLE DE TÊTE : MEGA FUSION »

Les groupes Bert et Claeys, unis aussi par des liens de mariage, annoncent leur fusion formelle pour créer Kinepolis Group Holding, qui possède alors 113 écrans.

Boxoffice Pro, février 1998

L'exploitant belge exporte aussi directement son modèle en inaugurant notamment le plus grand « mégaplexe » du monde, le Kinepolis Madrid Ciudad de la Imagen, en 1998. L'euphorie des multiplexes se fait sentir partout dans le monde dès les années 1980. Sauf en France. L'Hexagone accueille ses premiers multiplexes, le Pathé Grand Ciel à La Garde et le Pathé Belle Épine au sud de Paris, avec un peu de retard, en 1993. Leur arrivée ne manque pas de déclencher des controverses. En effet, les exploitants français craignent que les multiplexes, vus comme les porte-avions du cinéma américain, ne tuent le cinéma français. Un arsenal de réglementation émerge ainsi pour réguler les multiplexes, alors que le CDAC et le CNAC tentent de faire blocus à leur montée. Mais le succès des multiplexes s'avère contagieux et l'industrie redémarre dès 1993, quand la France commence à se recouvrir d'un manteau de multiplexes : en comptant à peine deux en 1993, elle en possède 232 en 2019[14]. Tout comme en Belgique, la fréquentation française reprend donc à partir de 1993 avec plus de 132 millions d'entrées, jusqu'à dépasser le barrage des 200 millions en 2009[15]. Le poids des multiplexes reste à ce jour incontestable, ceux-ci représentant près de 60 % des entrées réalisées[16]. Inversant une courbe de quarante ans, le multiplexe a procuré à l'industrie un nouvel élan, qui alimentera la croissance des deux décennies suivantes.

14 « L'évolution du secteur de l'exploitation cinématographique », Senat.fr, s. d.
15 « L'évolution du secteur de l'exploitation cinématographique », Senat.fr, s. d.
16 « Bilan du CNC : le cinéma très attractif en 2019 », *Boxoffice Pro*, 26 mai 2020.

L'HEURE DU MARKETING DIGITAL

LES FACTEURS DE DÉMATÉRIALISATION DE LA BILLETTERIE CINÉMA

La Californie est à la fois le cœur du divertissement mondial sur les collines de Burbank et celui de la technologie du côté de Palo Alto. Mais Los Angeles est finalement assez loin de San Francisco, et cela se ressent... Lorsque la crise a éclaté, les marchés américains et européens (à l'exception notable de certains marchés d'Europe du Nord) étaient très en retard en termes de marketing digital. Une étude publiée en 2018 par The Boxoffice Company mettait en évidence que moins de 20 % des billets de cinéma aux États-Unis étaient vendus en ligne[1]. Dans nombre de marchés européens, particulièrement en France, on était alors autour de 10 %. Là encore, la crise du Covid va modifier en profondeur les comportements des consommateurs, obligeant par la même occasion le secteur à s'adapter.

Pour étudier et commencer à anticiper cette transformation en cours, il convient d'abord de récapituler le parcours habituel du spectateur de cinéma dans la préparation de sa sortie. Pour faire simple, on peut considérer qu'il y a aujourd'hui trois sources d'information principales pour le spectateur : les sites ou applications mobiles des grands éditeurs du secteur (AlloCiné, IMDb, Fandango...), les sites ou applications mobiles des cinémas eux-mêmes et les moteurs de recherche, c'est-à-dire, en pratique, Google. Toutes les études conduites au cours des cinq dernières années, en France comme aux États-Unis, montrent que la grande majorité des parcours spectateurs démarre en ligne, même quand l'achat de billet se fait finalement, dans la plupart des cas, « *offline* », à la caisse du cinéma.

Comme pour tout marché, un élément central à prendre en compte est celui de la rareté. Avec des taux moyens d'occupation des fauteuils oscillant entre 15 et 20 % sur la

1 « From Discovery to Purchase : The Moviegoing Experience Begins Online », *Boxoffice Profile*, mars 2019.

plupart des grands marchés, on tient là un facteur d'explication central du très lent décollage de la billetterie cinéma en ligne. Il n'y a pas, en moyenne et hors des périodes de pics de fréquentation, de problème de disponibilité, et les spectateurs le perçoivent.

Le deuxième paramètre à prendre en compte est celui du prix. Traditionnellement, les cinémas aux États-Unis comme en Europe ont opté pour un modèle dans lequel le billet en ligne est plus cher que le billet dans le cinéma du fait de l'application de frais de réservation. Aux États-Unis, ce *booking fee* est même au cœur du modèle des *pure players* de la billetterie cinéma en ligne que sont Fandango ou Atom Tickets. Il y a toutes sortes d'explications très valables derrière ce choix, en particulier la réalité d'un surcoût lié au processeur de paiement. Pourtant, quand on combine ce facteur surcoût au facteur disponibilité exposé précédemment, on commence à voir se mettre en place les ingrédients d'une offre au final peu attractive : acheter à l'avance pour un prix plus élevé un bien que le consommateur pourra acheter à la dernière minute sans souci de disponibilité.

Le troisième frein majeur est l'appétit somme toute assez faible des exploitants de cinémas pour le passage à la billetterie en ligne. Il suffit pour s'en convaincre de constater que Regal, le numéro deux de l'exploitation américaine (aujourd'hui au sein du groupe Cineworld), a attendu le printemps 2017 pour proposer la billetterie en ligne sur son propre site ; jusqu'à cette date, le spectateur était renvoyé vers Fandango. On pourrait multiplier les exemples d'offres limitées, de tarifs indisponibles en ligne... Tout cela témoigne d'une chose simple : jusque très récemment, les exploitants n'avaient pas très envie de passer à la billetterie en ligne et, pour certains, notamment du côté de l'exploitation indépendante et des cinémas Art et essai en France, ce manque d'entrain était lié à une posture assumée selon laquelle la billetterie en ligne risquait de déshumaniser l'expérience des spectateurs cinéma.

Tous ces aspects ont commencé à se transformer dans les années précédant la crise, mais ils méritent d'être soulignés car ils étaient encore très présents en mars 2020. La transformation est venue d'abord de l'évolution de plusieurs aspects clés de l'offre des salles, à commencer par un élément central : le siège. À partir de 2016, l'évolution de l'offre de sièges devient une composante importante de la stratégie du leader mondial des salles AMC, qui décide de généraliser une offre de sièges inclinables (*recliners*) et bien sûr numérotés. Ce sont des centaines de millions de dollars que le groupe d'Adam Aaron investit dans cette nouvelle offre, qui s'inscrit dans une stratégie d'ensemble de montée en gamme, dont fait également partie la billetterie en ligne. Voilà l'équation gagnante de la billetterie en ligne : sans créer artificiellement la rareté, les places numérotées donnent une bonne raison de réserver à l'avance, à l'instar de la révolution que les voyageurs français ont intégré depuis de nombreuses années quand il s'agit d'acheter ses billets de train. Le leader français (et hollandais) Les Cinémas Pathé Gaumont s'inscrit pleinement dans cette mouvance. Dans un pays que beaucoup considèrent comme culturellement – et viscéralement – réfractaire à la discipline que requiert la place numérotée, le groupe de Jérôme Seydoux a fait le pari de sa généralisation, couplée à la disparition des frais de réservation et à la possibilité d'annuler. Avec cet ensemble de mesures simples et lisibles, le leader français est rapidement devenu un des seuls groupes français à vendre majoritairement ses billets en ligne.

La pandémie, et plus précisément la phase de réouverture, marque un point d'inflexion majeur sur ce sujet central de la billetterie en ligne. Pourquoi un « sujet central » ? Parce que, en faisant passer dans le monde du digital la relation avec les spectateurs, cette modification porte en germes d'autres transformations à venir du secteur. Cela fait presque deux décennies que la question du *click & mortar* (rôle de l'e-commerce dans le modèle d'affaires des groupes exploitant un réseau de magasins) est considérée comme un enjeu stratégique de premier plan par la plupart des acteurs de la grande distribution et de la distribution spécialisée. Et voilà qu'elle devient presque subrepticement un élément du modèle des salles de cinéma.

Le faible taux d'occupation des salles, les frais de réservation et une certaine réticence des exploitants expliquent le décollage tardif de la billetterie cinéma en ligne.

La tendance change avec la généralisation de la place numérotée aux États-Unis sur la période 2016-2020.

LA CHINE, LABORATOIRE DE LA BILLETTERIE CINÉMA EN LIGNE

Nous disposons d'ailleurs d'un « laboratoire » (et quel laboratoire !) de ce que pourrait donner dans la durée et à grande échelle le passage à la billetterie en ligne totale. Il s'agit de la Chine. Le marché chinois, dont nous avons vu qu'il est devenu le premier marché mondial en 2020, est un marché extrêmement jeune puisqu'il disposait d'à peine plus de 3 500 écrans en 2007 (30 % de moins que le marché français) pour dépasser les 75 000 écrans en 2020[2]. Sur cette seule année 2020, et malgré le contexte si particulier, ce sont près de 6 000 nouveaux écrans qui ont été construits[3] !

La Chine donc, au-delà de sa croissance spectaculaire, s'est distinguée en adoptant très vite un modèle tout numérique – et même principalement mobile – pour la billetterie cinéma en ligne, qui s'est imposée comme un produit phare pour les principaux acteurs du *m-commerce*. Voilà donc près de dix ans que nous disposons d'un exemple de marché qui a oublié l'existence même des guichets physiques. Au-delà des spécificités propres au marché chinois, on retiendra d'abord que le rôle central des plateformes d'e-commerce modifie les rapports de force entre distributeurs de films et exploitants de salles, ces derniers risquant de voir leur métier relégué à la simple location de salles si l'on n'y prend garde... On retiendra également que l'accélération qui va de pair avec la billetterie en ligne entraîne aussi une accélération de la circulation de l'information entre professionnels : lorsque l'on vend une grande partie de ses produits en ligne, la fourniture de données de vente en temps réel devient presque une évidence.

La Chine est un exemple de marché qui a généralisé la digitalisation de la vente de billets de cinéma depuis une dizaine d'années.

Cette dynamique modifie les relations entre les distributeurs et les exploitants, puisqu'un nouvel acteur, les plateformes de vente en ligne, intègre le marché.

2 Lai Lin Thomala, « Annual growth in the number of cinema screens in China 2006-2020 », Statista.com, 21 août 2020.
3 Rebecca Davis, « China's Cinema Screen Count Leaps Despite COVID Closures », *Variety*, 16 février 2021.

LE COVID, UN POINT D'INFLEXION POUR L'ADOPTION GÉNÉRALISÉE DE LA BILLETTERIE EN LIGNE

Il y a d'abord un phénomène d'évolution des consommateurs qui dépasse largement le marché du cinéma. Une des grandes nouveautés de la période du Covid, c'est l'énorme bond en avant en termes de pratiques digitales des personnes plus âgées, traditionnellement moins connectées. Tous ces spectateurs de cinéma qui n'avaient jamais envisagé d'acheter leurs billets sur Internet ou sur leur mobile viennent de passer de longs mois à faire leurs courses en ligne, retrouver leurs proches en visioconférence, commander un dîner en *click & collect*... Dans ce contexte, la billetterie en ligne s'impose comme une forme d'évidence. Ne pas privilégier le canal de vente en ligne et mobile reviendrait à enfermer les salles dans un décalage par rapport aux attentes des consommateurs.

Par ailleurs, la longue période de pandémie a durablement changé la connotation de l'idée même de « sans contact ». À l'heure des protocoles sanitaires et de CinemaSafe[4], après des phases de réouverture accompagnées de jauge, de registres de présence et de *pass* sanitaires, les exploitants ont opéré une volte-face dans la communication auprès des spectateurs sur l'achat de billets en ligne. Le dématérialisé synonyme de déshumanisation à la veille de la pandémie devient un gage de sécurité sanitaire depuis les réouvertures. Les populations les plus âgées traditionnellement plus réfractaires à l'acte d'achat en ligne deviennent celles qu'il faut convaincre en priorité. Et voilà comment, soudainement, tout un pan du discours anti-billetterie en ligne a disparu, sacrifié sur l'autel des protocoles sanitaires ; voilà comment la conversion digitale des salles a franchi un nouveau cap !

4 Protocole de directives uniformes en matière de santé et de sécurité mis en place par 315 exploitants de cinémas (www.cinemasafe.org).

Là encore, les impacts de la crise s'analyseront dans la durée, mais l'observation des premières périodes de réouverture permet d'ores et déjà d'établir que cet épisode marque un point d'inflexion dans l'adoption de la billetterie en ligne en termes d'équipement, de communication et, partant, d'adoption par le public. La France, de ce point de vue, constitue un marché test intéressant puisque c'est l'un des pays où les mouvements de fermeture et de réouverture ont été le plus nets : tous les établissements, à de rares exceptions près, ont fermé et rouvert en même temps. On peut donc observer de manière claire l'effet avant-après. Sur ce marché où, comme l'avait pointé le CNC dans une étude avant la crise, l'exploitation indépendante était très en retard par rapport aux grands circuits, Pathé Gaumont en tête, l'effet observé dès l'été 2021 est spectaculaire. Les observations conduites auprès de nombreux exploitants indépendants en France montrent que le taux de billetterie en ligne qui plafonnait entre 5 et 8 % s'établit désormais entre 20 et 25 %. Des observations similaires ont pu être faites auprès des cinémas américains, même si les fermetures et ouvertures partielles et progressives rendent les conclusions moins lisibles.

La phase pandémique marque un point de bascule car c'est la population dans son ensemble qui est devenue beaucoup plus compétente sur le digital.

La question sanitaire a totalement transformé la connotation des expériences d'achat en ligne ou sans contact.

L'effet sur le pourcentage de billets vendus en ligne est spectaculaire dès l'été 2021.

L'avenir dira jusqu'où cette étape mènera l'industrie, mais la pandémie aura permis à certains marchés, tel celui des Pays-Bas, de constater que la bascule vers une billetterie 100 % en ligne est possible. Comme dans d'autres domaines, cette crise aura provoqué des évolutions qu'on croyait inenvisageables – ou alors seulement sur le long terme –, et sans délai !

DE NOUVEAUX ACTEURS POUR LE FUTUR DE LA BILLETTERIE CINÉMA EN LIGNE ?

La révolution de la billetterie en ligne pourrait connaître d'autres transformations et accélérations si les géants Amazon, Facebook et Google se mêlaient aussi de fournir un service d'e-billets. On peut aisément imaginer que, dans un futur pas si lointain, les billets de cinéma ne soient plus disponibles seulement sur des plateformes spécifiques au secteur, mais qu'ils le soient partout. La direction marketing d'AMC avait d'ailleurs résumé il y a quelques années son approche du sujet par la formule « *ticketing everywhere* » : être toujours le plus proche possible des clients pour leur permettre de convertir leur intérêt en billet, où qu'ils se trouvent. Quand on observe le développement de l'e-commerce sur les grandes plateformes digitales, on se dit qu'il n'y a qu'un pas pour que Google soit plus qu'un simple entremetteur qui redirige vers les sites traditionnels, et pour qu'il commence à vendre directement des billets et de l'information[5]. Et que dire d'Amazon, dont on a décrit plus haut la position dans le secteur avec des sites populaires comme IMDb ou Box Office Mojo ? Amazon pourrait logiquement vendre directement des e-billets, de la même manière qu'il vend le reste de ses produits sur son site. Facebook, quant à lui, a développé la possibilité de voir les horaires des séances sur les pages des films, et redirige vers les plateformes de vente en ligne. Snap a également présenté en 2020 des dispositifs innovants en partenariat avec Atom Tickets.

Ce sont bien les exploitants de cinémas, grands groupes en tête, qui ont la main pour décider de la manière d'entamer ou non cette transformation. En la matière, les réseaux européens et nord-américains ont des doctrines très différentes. Comme expliqué dans le Coup de projecteur « Fandango et MovieTickets, origines du modèle américain

5 Daniel Loria et Rebecca Pahle, « The Digital Box Office : How E-Commerce Is Impacting the Movie Theater Business », *Boxoffice Pro*, 19 septembre 2019.

qui structure la billetterie en ligne », les exploitants américains ont opté il y a une vingtaine d'années pour l'externalisation et l'intermédiation à travers des acteurs comme Fandango, MovieTickets (racheté par Fandango) et désormais Atom Tickets. À l'opposé, les grands circuits européens ont, dans la grande majorité des cas, choisi de conserver jalousement ce privilège exclusif de la vente de billets. À l'heure où l'e-commerce se développe fortement sur les plateformes, il ne faudrait pas que l'absence de solution centralisée pour le marché de la billetterie cinéma fasse prendre du retard au secteur par rapport aux usages dominants.

L'ÉCONOMIE DE L'ABONNEMENT

L'explosion du streaming et plus particulièrement de la vidéo à la demande par abonnement (SVOD) est un autre phénomène marquant de cette crise. Ainsi, selon le CNC, en avril 2021, 27,5 % des internautes français ont visionné un programme en SVOD contre seulement 21,7 % à la fin de 2019[6]. Au moment où la réouverture des salles s'amorce, la SVOD représente 85,8 % du marché de la vidéo. Cette même tendance se confirme également côté États-Unis, où Nielsen a annoncé en juin 2021 que les services de SVOD représentent désormais 26 % du temps passé sur la télévision dans son ensemble[7].

Il ne s'agit pas d'un épiphénomène lié à la circonstance si particulière du confinement. C'est bien la concrétisation et l'amplification d'une tendance de fond qui était déjà observable dans les années précédant la crise. Ainsi, entre 2014 et 2019, une étude Harris pour le marché américain montrait que le nombre d'adultes disposant d'un abonnement était passé de 53 à 71 %. Ce que la crise met au jour,

6 « Baromètre de la vidéo à la demande (VàD/VàDA) - avril 2021 », Cnc.fr, 8 juin 2021.
7 Jill Goldsmith, « New Nielsen Measurement Shows Streaming Usage Outrunning Broadcast TV in May », Deadline.com, 17 juin 2021.

c'est le fait que, par la relation de long terme que le modèle construit entre une enseigne et son client, l'abonnement se montre particulièrement résilient en période de difficulté. Même les chaînes de cinémas qui ont dû suspendre leurs formules d'abonnement trouvent ainsi un canal de communication supplémentaire avec leurs spectateurs à l'heure de leur faire retrouver le chemin des salles. Comme l'écrit dans une contribution pour *Forbes* le *country manager* France d'un groupe spécialisé dans les métiers de l'abonnement, « 2020 pourrait bien être, de ce point de vue, l'année zéro d'une accélération vers ce modèle plus que jamais adapté à un monde fait d'inconnu[8] ».

Le modèle de l'abonnement est au centre du jeu. Ça tombe bien pour les salles américaines, l'épisode MoviePass avait incité un certain nombre d'entre elles, et particulièrement les plus gros réseaux, à se pencher sérieusement sur ce modèle qui tourne déjà en Europe, et notamment en France, depuis une vingtaine d'années (voir le Coup de projecteur « MoviePass : coup de bluff ou coup d'épée dans l'eau ? »).

Il y a plusieurs objectifs à ces formules d'abonnement et chaque circuit positionne le curseur différemment en fonction de ses priorités. Il peut s'agir d'encourager la fréquence de visite, d'augmenter le panier moyen de confiserie (*food and beverage*, comme les Américains l'appellent), ou encore de développer une base référente de clients fidèles dont la connaissance peut alimenter des dispositifs média et marketing personnalisés. C'est avec ces objectifs en tête que les géants américains de l'exploitation cinématographique ont commencé à la veille de la crise à lancer et à pousser leurs formules d'abonnement et clubs de spectateurs.

8 Stéphane Werba, « Quelle stratégie mettre en place pour retenir ses abonnés ? », *Forbes*, 10 août 2020.

Là où un certain nombre d'exploitants ont traditionnellement considéré le modèle de l'abonnement comme un outil de la concurrence entre salles, la nouvelle donne créée par le fort développement des abonnements au streaming pourrait bien modifier la nature de l'enjeu. En effet, à l'heure où les consommateurs mettent une partie de leur budget divertissement de côté par le biais d'abonnements de vidéo à la demande, il s'agit pour les salles de lutter à armes égales et de trouver les moyens de créer le réflexe du déplacement en salle.

Le streaming par abonnement affranchit le spectateur des contraintes du prix et de l'espace. Les cinémas en monopole sur leurs zones de chalandise doivent s'adapter à cette nouvelle donne en utilisant les mêmes outils marketing, particulièrement sur les réseaux sociaux, et peut-être aussi demain les mêmes types d'offres commerciales, l'abonnement donc.

La crise du Covid a démultiplié les abonnements culturels en ligne, notamment avec l'essor des plateformes VOD. Les attentes créées par l'économie de l'abonnement déteignent sur les salles de cinéma.

Le modèle d'abonnement s'est montré particulièrement résilient pendant la crise grâce à la relation avec le consommateur construite sur le long terme et donc une plus grande loyauté en période d'incertitude.

LE NOUVEL ELDORADO DE LA « DATA »

Dans une économie du cinéma qui n'est pas encore entrée de plain-pied dans la modernité de l'ère digitale, les salles restent ces lieux d'accueil d'une masse de spectateurs anonymes dont on essaie de capter les goûts et habitudes par le truchement d'études et autres analyses de marché.

Avec l'avènement de l'e-commerce et de l'abonnement, les salles entrent dans le nouveau monde du *direct to consumer* et du revenu moyen par utilisateur (*average revenue per user, ARPU*). La longue période de fermeture imposée a conduit les salles à percevoir le caractère essentiel de ce lien direct qu'elles ont entretenu par toutes sortes de moyens, réseaux sociaux en particulier. Au fur et à mesure que les studios, Disney en tête, mettaient en avant le besoin impérieux d'établir par le biais des plateformes un lien direct avec leurs clients finaux, apparaissait en creux cette faiblesse majeure dans le modèle historique des salles, ce lien distendu et anonyme avec les spectateurs...

Qui dit e-commerce et abonnement dit nécessairement « data », un terme à la fois magique et mystérieux qui déchaîne facilement les passions. Les cinémas ressentent confusément qu'il y a sans doute là un gisement de valeur à exploiter, mais, sur ce sujet, les nouveaux acteurs d'Hollywood venus du monde du digital ont des années-lumière d'avance...

La crise du Covid renforce la dynamique d'adoption de la billetterie en ligne. Les données des clients deviennent plus accessibles, ce qui ouvre une nouvelle page pour le marketing personnalisé des salles de cinéma.

Les abonnements massifs aux plateformes en ligne créent une nouvelle base de données exhaustive sur les habitudes et goûts des consommateurs.

L'ARRIVÉE CONTROVERSÉE DE LA CARTE UGC ILLIMITÉ EN FRANCE

L'industrie du cinéma français connaît un déclin graduel de 1982 à 1992. Les exploitants perdent confiance en leur métier, et la France entre dans un cercle vicieux : les salles sont de moins en moins bien entretenues, les prix augmentent, les localisations des salles ne suivent pas les dynamiques sociales de la population et… la VHS s'impose comme un concurrent de taille. En 1982, le box-office français faisait 201,9 millions d'entrées, marqué notamment par *E.T., l'extraterrestre* de Steven Spielberg, alors qu'en 1992 seulement 116 millions d'entrées sont enregistrées. Ayant déjà largement fait ses preuves aux États-Unis, en Grande-Bretagne et en Australie, le concept du luxueux multiplexe aux nombreux écrans renverse cette tendance à la baisse avec l'inauguration du premier multiplexe français à La Garde, près de Toulon, en 1993. L'essor des multiplexes transforme le paysage du parc cinématographique en France dans les années 1990, et les chiffres du box-office remontent jusqu'à 170,1 millions d'entrées en 1998, avec la sortie de *Titanic* de James Cameron. À l'aube des années 2000, les exploitants se demandent comment capitaliser sur ces récentes constructions de multiplexes pour augmenter la fréquentation des salles et inciter les spectateurs à diversifier leur choix de films en salle.

UGC est au cœur de ces questionnements avec son multiplexe des Halles de 19 écrans en plein cœur de Paris. Dès 1988, le groupe avait mis en place les cartes préchargées 5 et 7 (correspondant au nombre de jours disponibles par semaine pour utiliser les entrées). Cette initiative avait réussi à fidéliser les spectateurs assidus en instaurant un premier changement de modèle économique pour le secteur : mieux vaut faire moins de marge commerciale par billet vendu mais plus de chiffre d'affaires, plutôt que le contraire. Guy Verrecchia et Alain Sussfeld, les dirigeants d'UGC, remarquent alors que les cinémas qui fonctionnent le mieux sont ceux qui acceptent les cartes 5 et 7. Mais l'initiative n'est pas suffisante puisque le prix des cartes reste le même, quel que soit le nombre de cartes achetées. Or, il y a une demande de la part des spectateurs d'une meilleure récompense de leur fidélité.

En parallèle, l'économie de l'abonnement se développe avec l'abonnement à Internet, au téléphone, mais aussi à Canal +. L'analyse du modèle de Canal + permet aux deux grands patrons de réaliser que, même si les abonnements à Canal + sont sur une pente ascendante, la part de marché de Canal + n'augmente pas en proportion. C'est la preuve que le public peut s'abonner sans forcément surconsommer.

LEAD STORY: UGC REVIVES FRENCH PASS IN ENGLAND

LONDON—Despite the uproar cinema circuit UGC caused by introducing an unlimited movie pass for its theatres in France (see EUROVIEWS, July 2000), the exhibitor has decided to launch the same program in the U.K. Dubbed the Unlimited Card, the UGC pass allows patrons to go to as many movies as they like at £9.99 (US$15) per month, with the stipulation that a year's subscription be purchased. As could be expected, the introduction of the promotion has outraged film distributors in the territory, who claim that UGC's move is designed to raise concession sales while undermining the studios' fair share of boxoffice receipts. While rival circuits in France were able to convince the government's Competition Commission to forcibly halt UGC's pass by citing unfair competition practices, U.K. exhibitors are directing their complaints at distributors. According to industry insiders, several theatre operators are threatening to cut their rental fees to proportionately match the figures paid by UGC under its unlimited pass system.

Meanwhile, back in France, UGC has introduced a new way for moviegoers to purchase tickets. Declaring itself to be the first exhibitor in Europe to offer an online ticketing option available through mobile phones, UGC now has a service that allows patrons to buy a movie pass to any one of its 41 venues in the country via their cellulars for an additional 3.50 francs (US$0.50). The French division of the circuit is still presently awaiting the Competition Commission's final decision regarding its unlimited access pass.

Malgré les réactions houleuses des concurrents lors de la sortie de la carte UGC Illimité, le modèle s'étend au Royaume-Uni – en attendant la décision du Conseil de la concurrence en France, qui jugera de la pratique légale ou non de ce nouveau système.

Boxoffice Pro, septembre 2000

« ARTICLE DE TÊTE : UGC FAIT REVIVRE LE *FRENCH PASS* EN ANGLETERRE »

Avec l'ambition de s'étendre sur le parc européen, UGC rachète Virgin Cinemas en Grande-Bretagne en octobre 1999. Lors de ce rachat, UGC réalise que les Anglais ont déjà créé un système d'abonnement à la salle de cinéma, le *MegaPass*. Celui-ci est simple : un abonnement au mois pour voir des films en illimité. Le *MegaPass* apporte des réponses aux questionnements d'UGC, qui ne trouvait pas de façon viable de rémunérer les distributeurs et les producteurs proportionnellement au nombre d'entrées vendues par film : le prix de référence. Inspiré par ce système, UGC instaure un prix de référence de 33 francs, basé sur le prix versé aux distributeurs avec les cartes 5 et 7. Guy Verrecchia résume cela ainsi : les distributeurs seront « rémunérés à chaque entrée sur la base d'un prix théorique de 33 francs. C'est donc nous qui prenons entièrement le risque de la surconsommation[9] ». À la différence du modèle de Virgin, UGC opte pour un abonnement à l'année, qui permet de fidéliser les spectateurs sur une durée plus longue, et ce afin que la frénésie de surconsommation de cinéma au début s'étale dans le temps jusqu'à arriver dans des zones où UGC peut aussi en tirer un bénéfice. Virgin Cinemas avait opté pour un prix relativement élevé de 15 livres (18 euros) par mois, alors qu'UGC choisit un abonnement à 98 francs (14,94 euros) par mois. La stratégie d'un prix abordable est née de l'hypothèse que, si l'abonnement est très cher, seuls les spectateurs assidus s'abonneront, et qu'ils atteindront en majorité le point de rentabilisation. Bien que contre-intuitif, la baisse du prix de la carte UGC Illimité permet aux spectateurs réguliers ou occasionnels de s'abonner aussi, or ce sont eux qui sont les plus susceptibles de surestimer leur consommation de cinéma, et donc de faire profiter UGC. Le groupe avait aussi prévu que la carte UGC Illimité augmenterait les revenus en nourriture et boissons consommées dans les salles, mais ce postulat s'est vite avéré inexact puisque les abonnés à la carte UGC Illimité sont des spectateurs intéressés par le cinéma en soi, moins par l'expérience de la salle.

9 Anne-Dominique Bouzet, « UGC invente le ciné à l'année. Avec sa carte "illimitée", le réseau avance un pion dans la stratégie de fidélisation des spectateurs », *Libération*, 4 avril 2000.

LEAD STORY: TAKING THE SAME PATHE

PARIS—Unable to beat competitor UGC's plan to offer an unlimited monthly pass to movies playing in any of its theatres, France-based Pathe has decided to instead join 'em by selling its own version of the all-access ticket. Pathe, like the majority of film exhibitors and distributors in the country, has vehemently protested the sale of UGC's promotional pass ever since its introduction into the market last March (see EUROVIEWS, July 2000). However, France's Competition Council's recent ruling, which gave UGC permission to sell the controversial pass (pending the outcome of further investigation by the state-run organization regarding possible anti-competitive aspects of the promotion), has apparently caused some chains to change their tactical course. Pathe has responded in the form of its *Cine a Volonte* pass, which, for 98 francs (US$14)—the same price as UGC's *Carte Illimite*, gives moviegoers the privilege of viewing as many films as they wish at the Pathe Atlantis multiplex in the city of Nantes. Although the pass is currently being honored only at that specific venue, Pathe marketing director Xavier Oursel says that the company "reserve[s] the right to extend the scheme to other cities and to the whole of the country." French art-house chain Action has also answered UGC's pass through its ITALAction GitanesITAL card. The promotional offer, which is valid for a 12-month period, allows patrons to see 10 films for the discounted rate of 250 francs (US$41).

« ARTICLE DE TÊTE : PATHÉ PREND LA MÊME ROUTE QU'UGC »

Malgré le fait que Pathé ait protesté contre la sortie de la carte UGC Illimité, l'entreprise lance son propre modèle d'abonnement, Ciné à volonté, puisque la carte UGC Illimité a été jugée non déloyale pour la concurrence.

Boxoffice Pro, octobre 2000

La carte UGC Illimité naît enfin le 29 mars 2000 et est valable dans les 42 cinémas UGC de France, dont seize à Paris. À sa sortie, la carte s'attire les foudres des concurrents d'UGC.
Le modèle économique encore flou pour l'industrie, ainsi que la crainte d'une voie royale pour un oligopole de multiplexes aux dépens des cinémas indépendants mènent à une contestation accrue.
Le président du circuit argumente : « Mais c'est comme dans les "buffets à volonté" : les consommateurs reviennent vite à un rythme normal, sauf qu'ils goûtent à des choses plus variées. Les distributeurs de petits films ont tout à y gagner[10]. » La carte est principalement attaquée sur le prix de référence fixé à 33 francs – la même polémique que lorsque les cartes 5 et 7 sont sorties en 1988. La ministre de la Culture Catherine Tasca saisit le ministère de l'Économie pour lancer une procédure judiciaire qui débute en avril 2000.
UGC annonce donc la suspension des abonnements à partir de début mai 2000 jusqu'au verdict du Conseil de la concurrence, qui conclut qu'il n'y a pas eu d'abus de position dominante ni de pratique anticoncurrentielle[11]. Le rapport du Conseil de la concurrence décrète que « l'ensemble des exploitants de salles de cinéma connaît une très importante augmentation en valeur absolue des entrées sur la période du 29 mars au 6 juin 2000 par rapport à la même période de l'année 1999[12] ». Le Conseil argue du fait qu'UGC connaît une progression de 34,5 % avec 530 000 entrées supplémentaires, mais que Gaumont augmente de 33,5 %, Pathé de 25,3 % et les exploitants indépendants de 5,2 % en moyenne. Le 25 juillet 2000, pas de preuves de pratique illégale, c'est le nouveau départ de la carte UGC Illimité.

10 Anne-Dominique Bouzet, « UGC invente le ciné à l'année. Avec sa carte "illimitée", le réseau avance un pion dans la stratégie de fidélisation des spectateurs », *Libération*, 4 avril 2000.
11 « Décision 00-MC-13 du 25 juillet 2000 », Autorité de la concurrence, 25 juillet 2000.
12 « Décision 00-MC-13 du 25 juillet 2000 », Autorité de la concurrence, 25 juillet 2000.

Six mois plus tard, Gaumont, en association avec le groupe mk2, lance Le Pass, basé sur les mêmes principes et tarifs que la carte UGC Illimité[13]. En septembre, cinq cinémas indépendants du groupe Rytmann se rallient à la carte UGC Illimité ; les opposants au modèle illimité qui souhaitent protéger la diversité de création et de diffusion se font plus discrets. Le Pass et le ralliement de cinémas indépendants à l'abonnement UGC Illimité signent l'implantation durable de ce nouveau modèle dans le paysage de l'industrie française. Les circuits français développent leurs formules d'abonnements dans leurs autres filiales européennes, le concept se démocratise. Au Royaume-Uni, même si la carte UGC Illimité se fait critiquer en coulisse, elle ne crée pas de scandales, pas de procès : « Nous ne sommes pas comme la France un pays de cinéphiles[14] », déplore un distributeur britannique interviewé par *Libération* en 2000. Aux États-Unis, les échos de la carte UGC Illimité dérangent. Les studios hollywoodiens redoutent que l'abonnement illimité en Europe tire les prix des blockbusters vers le bas de l'autre côté de l'Atlantique. Les blockbusters américains attirent en effet les assidus, les réguliers et les occasionnels, qui paient le prix plein de chaque billet. La carte UGC Illimité n'augmente pas les entrées pour les films hollywoodiens mais en réduit le prix moyen. United International Picture (UIP) a même accusé UGC de dumping et fait pression en menaçant de ne plus faire diffuser ses films dans les salles UGC.

13 « L'économie des abonnements à entrées illimitées au cinéma », Cnc.fr, avril 2008, p. 21.
14 Christophe Boltanski, « La carte UGC passe la Manche sans cri », *Libération*, 11 octobre 2000.

AMC INTRODUCES ALL-YOU-CAN-SEE MOVIE PASS

AMC Entertainment has launched a monthly pass that allows cinemagoers the opportunity to see a movie a day for approximately $17.50. The special promotional offer—an extension of the circuit's MovieWatcher program that currently counts three million members—was launched on a test-basis last June in the markets of Oklahoma City, Okla., where the pass costs $14.50, and Omaha, Neb., where the Kansas City-based exhibitor is charging $17.50. AMC has unveiled that it will expand the flat-fee pass nationwide early next year, following a test-run in four markets that have yet to be determined. In addition to increasing attendance figures, the cinema chain is hoping to increase profit margins at its concession stands.

Though the introduction of the new AMC pass is sure to be welcomed by movie theatre patrons, industry analysts expect the promotion to be met with some degree of criticism, particularly on the part of distributors. Since studios and exhibitors split revenues earned from ticket sales, and not concession items, film distributors are likely to see their profits take a downturn. AMC has addressed these concerns by issuing an assurance that it will pay studios at full-fare rates during the trial runs in Oklahoma City and Omaha. What will happen when AMC rolls out the program on a national basis, however, is still up in the air.

« AMC LANCE UN ABONNEMENT POUR LES FILMS À VOLONTÉ »

Dans l'espoir d'augmenter la fréquentation et le profit, AMC lance un *pass* qui propose un abonnement à 17,50 dollars par mois pour voir un film par jour.

Boxoffice Pro, août 2001

Dans la foulée, en 2001, AMC lance un *monthly pass* basé sur le modèle français et en phase de test dans quelques États américains, avant d'étendre le modèle en 2002. Le format propose un film par jour pour à peu près 17,50 dollars par mois. À son annonce, l'industrie américaine paraît relativement critique et le marché pas assez mature pour absorber un nouveau modèle économique. Le *monthly pass* ne prend pas d'ampleur, et c'est seulement en 2018, avec l'*AMC Stubs A-List*, qu'AMC propose un modèle d'abonnement stable.

FANDANGO ET MOVIETICKETS, ORIGINES DU MODÈLE AMÉRICAIN QUI STRUCTURE LA BILLETTERIE EN LIGNE

À l'instar d'AlloCiné en France, MovieFone révolutionne le parcours des spectateurs dès les années 1990 en donnant accès par téléphone aux horaires, dates, critiques et autres informations sur les séances et les salles de cinéma. Pourtant, même si l'arrivée d'Internet a ouvert, il y a plus de vingt ans, une communication directe, sans intermédiaire, entre les cinémas et leurs clients, ce n'est que récemment que la vente de billets en ligne est devenue une pratique courante et démocratisée pour une majorité des exploitants américains. Comment les deux géants de la vente de billets en ligne, Fandango et MovieTickets, se sont-ils concurrencés frontalement pendant près de deux décennies ? Comment ont-ils contribué à la digitalisation des pratiques des consommateurs et des exploitants ?

À l'aube des années 2000, les circuits de salles de cinéma ne pensaient pas disposer des ressources technologiques pour créer leurs propres logiciels de vente en ligne. Fandango et MovieTickets installent leur duopole sur ce marché de niche, avec chacun une exclusivité sur leurs exploitants partenaires. MovieTickets, à sa création, est une filiale de l'entreprise Hollywood.com, qui produit des données et partage des informations sur l'industrie. La vente de billets n'est donc pas la raison d'être primaire de l'entreprise. Fandango, quant à lui, est une entreprise entièrement dédiée à la vente de billets en ligne, et les investisseurs priorisent une politique plus agressive en termes d'innovations technologiques et techniques. Les deux entreprises utilisent des technologies Microsoft similaires, mais leurs services d'information sont en concurrence directe : Tribune Media Services (TMS) pour Fandango et Cinema Source pour MovieTickets. Le réseau de salles AMC est le premier partenaire de MovieTickets, et il devient même actionnaire de l'entreprise à 30 %. Le circuit Regal Cinemas, quant à lui, s'associe avec Fandango à ses premières heures mais il ne se positionne pas comme investisseur. Voici une première différence de stratégie : le comité de direction de MovieTickets est influencé par le réseau d'exploitants AMC lui-même. Une autre différence tangible porte sur la stratégie marketing des deux entreprises. Fandango a su se créer une image de marque populaire et reconnaissable. Les salles partenaires financent, soutiennent et placardent le logo de Fandango à l'entrée des salles, à l'accueil, sur leurs sites internet, lors d'avant-séances… alors que ce domaine reste le talon d'Achille de MovieTickets.

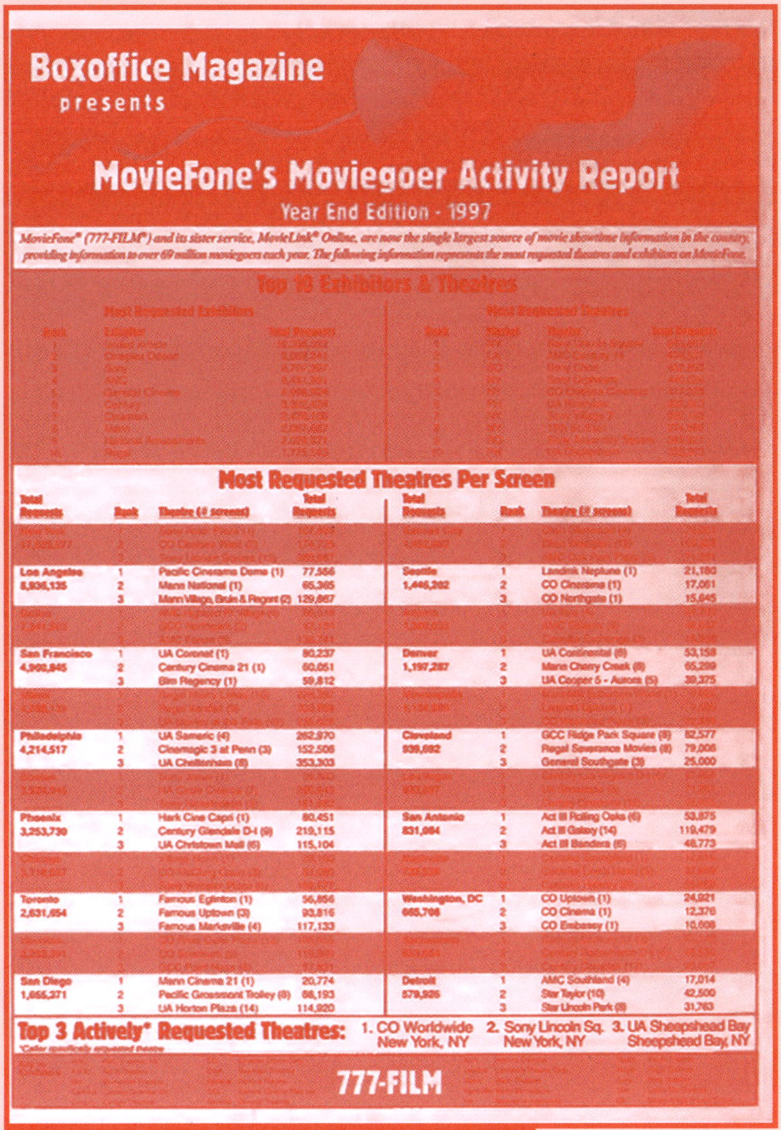

Boxoffice Magazine presents

MovieFone's Moviegoer Activity Report

Year End Edition - 1997

MovieFone® (777-FILM®) and its sister service, MovieLink® Online, are now the single largest source of movie showtime information in the country, providing information to over 69 million moviegoers each year. The following information represents the most requested theatres and exhibitors on MovieFone.

Top 10 Exhibitors & Theatres

[illegible]

Most Requested Theatres Per Screen

Total Requests	Rank	Theatre (# screens)	Total Requests	Total Requests	Rank	Theatre (# screens)	Total Requests
[illegible]	1	[illegible]	[illegible]	[illegible]	1	[illegible]	[illegible]
[illegible]	2	[illegible]	[illegible]	[illegible]	2	[illegible]	[illegible]
	3	[illegible]	[illegible]		3	[illegible]	[illegible]
Los Angeles	1	Pacific Cinerama Dome (1)	77,556	Seattle	1	Landmk Neptune (1)	21,180
5,936,135	2	Mann National (1)	65,365	1,446,202	2	CO Cinerama (1)	17,061
	3	Mann Village, Bruin & Regent (2)	129,867		3	CO Northgate (1)	15,645
[illegible]	1	[illegible]	[illegible]	[illegible]	1	[illegible]	[illegible]
[illegible]	2	[illegible]	[illegible]	[illegible]	2	[illegible]	[illegible]
	3	[illegible]	[illegible]		3	[illegible]	[illegible]
San Francisco	1	UA Coronet (1)	80,237	Denver	1	UA Continental (6)	53,158
4,900,845	2	Century Cinema 21 (1)	60,051	1,197,287	2	Mann Cherry Creek (8)	65,299
	3	Blm Regency (1)	59,812		3	UA Cooper 5 - Aurora (5)	30,375
[illegible]	1	[illegible]	[illegible]	[illegible]	1	[illegible]	[illegible]
[illegible]	2	[illegible]	[illegible]	[illegible]	2	[illegible]	[illegible]
	3	[illegible]	[illegible]		3	[illegible]	[illegible]
Philadelphia	1	UA Sameric (4)	262,970	Cleveland	1	GCC Ridge Park Square (8)	82,577
4,214,517	2	Cinemagic 3 at Penn (3)	152,506	939,692	2	Regal Severance Movies (8)	79,006
	3	UA Cheltenham (8)	353,303		3	General Southgate (3)	25,000
[illegible]	1	[illegible]	[illegible]	[illegible]	1	[illegible]	[illegible]
[illegible]	2	[illegible]	[illegible]	[illegible]	2	[illegible]	[illegible]
	3	[illegible]	[illegible]		3	[illegible]	[illegible]
Phoenix	1	Hark Cine Capri (1)	80,451	San Antonio	1	Act III Rolling Oaks (6)	53,875
3,253,730	2	Century Glendale D-I (9)	219,115	831,084	2	Act III Galaxy (14)	119,479
	3	UA Christown Mall (6)	115,104		3	Act III Bandera (6)	48,773
[illegible]	1	[illegible]	[illegible]	[illegible]	1	[illegible]	[illegible]
[illegible]	2	[illegible]	[illegible]	[illegible]	2	[illegible]	[illegible]
	3	[illegible]	[illegible]		3	[illegible]	[illegible]
Toronto	1	Famous Eglinton (1)	56,856	Washington, DC	1	CO Uptown (1)	24,921
2,631,654	2	Famous Uptown (3)	93,816	665,706	2	CO Cinema (1)	12,376
	3	Famous Markville (4)	117,133		3	CO Embassy (1)	10,608
[illegible]	1	[illegible]	[illegible]	[illegible]	1	[illegible]	[illegible]
[illegible]	2	[illegible]	[illegible]	[illegible]	2	[illegible]	[illegible]
	3	[illegible]	[illegible]		3	[illegible]	[illegible]
San Diego	1	Mann Cinema 21 (1)	20,774	Detroit	1	AMC Southland (4)	17,014
1,656,371	2	Pacific Grossmont Trolley (8)	68,193	579,925	2	Star Taylor (10)	42,500
	3	UA Horton Plaza (14)	114,920		3	Star Lincoln Park (8)	31,763

Top 3 Actively* Requested Theatres: 1. CO Worldwide, New York, NY 2. Sony Lincoln Sq., New York, NY 3. UA Sheepshead Bay, Sheepshead Bay, NY

777-FILM

« RAPPORT D'ACTIVITÉ DES CINÉPHILES DE MOVIEFONE »

Liste des chaînes d'exploitants les plus demandées, ainsi que rapport des salles les plus fréquentées selon MovieFone, principale entreprise collectionnant le data de l'industrie avant les années 2000.

Boxoffice Pro, avril 1998

SIX-PACT: A Half-Dozen of the World's Biggest Exhibitors Unite in Online Ticketing Deal *photos and text by Christine James*

Six exhibitors representing more than 12,000 movie screens in North America have joined forces ›co-found a movie ticketing website, set › debut this summer. Regal Cinemas, oews Cineplex Entertainment, Cinemark heatres, General Cinema Theatres, dwards Theatres and Century Theatres have teamed with General Atlantic Partners and Accretive Technology Partners in a venture that grants the as-yet-unnamed website exclusive rights to the circuits' Internet, telephone and wireless ticketing and showtime information.

Lawrence J. Ruisi

Regal president and CEO Mike Campbell, Cinemark chairman ıd CEO Lee Roy Mitchell, GCC executive P Gail Edwards, Century president aymond Syufy and Edwards president Jim dwards were on the press conference dais, ong with General Atlantic's Mark Dzialga ıd Accretive's Michael Cline, to discuss e venture, with Loews Cineplex president ıd CEO Lawrence Ruisi moderating.

"As the nternet ecomes more portant in r day-to-day es, we have e opportunity provide our stomers with state-of-the- t remote tick- ng service," d Ruisi in his ening remarks. "Through this portal, r customers will be able to do the fol- wing: They will be able to read a movie view, whether it's in the New York mes, the Los Angeles Times or one of the icago papers. They'll be able to see h-content trailers—not the little postage mps that take three days to download, t real rich-content trailers that will be livered through the latest technology. ey will have access to all the showtimes all of our theatres. And they will be able buy a ticket in their home. Within 30 conds, we will print the ticket out for em in their home. They can then take at ticket to the movie theatre, go to an press line and simply have it scanned d get into the theatre. They will also ve the opportunity to buy merchandise ch as soundtracks and memorabilia.

"To ensure the success of this company, e six exhibitors involved have granted clusive rights to the Internet, telephone, reless and showtimes to this new company. We will also provide advertising and promotional support. When we launch this new company, we will have in all of our theatres rolling stock advertising letting our customers know that this company is out here and is now ready to provide them with a wonderful experience."

According to Ruisi's statistics, the six chains involved had an aggregate of more than 600 million patrons in 1999. "That's a great beginning," he noted. "But we will also make this service available to all exhibitors. We welcome all exhibitors to join us in this endeavor." Additional circuits who join the consortium will not necessarily be constrained by exclusivity agreements, according to Ruisi, who added that any existing contracts that the core six chains may have with other ticketing and listing companies will be honored through to their end date.

As to why this group is entering an already crowded ring, Ruisi said, "Remote ticketing has really become an extension of our business, and it is critical for our business that we ensure the quality of this service, that we as exhibitors take the time and the effort to provide the highest quality service to all of our patrons. [And] we need to participate in the revenues that will be generated from this new facet of our business.

Regal's Mike Campbell, Century's Raymond Syufy, Edwards' Jim Edwards, GCC's Gail Edwards and Cinemark's Lee Roy Mitchell.

"In the end, it's a win for everybody. It's a win for our customers, it's a win for exhibition, it's a win for the motion picture studios as more and more people will have access to [information about] their product."

Said Cline, "This is one of the most exciting 'bricks to clicks' partnerships on the Internet today. In terms of the structure of the deal, we are announcing a new corporation funded with initial capital of $30 million. All of the participants you see before you are significant equity shareholders in the company. In regards to the history of the deal, a number of the exhibitors over the last few years had independently come to the view that the Internet was a critical component to their business, but that consumers needed one place to go to meet their needs."

Which "one place" that will be is yet to be determined, given the parallel efforts of already established sites like Hollywood.com and AOL MovieFone.

"Competition is healthy. That's what makes America," remarked Hollywood.com chairman and CEO Mitchell Rubenstein, whose company had announced its own online ticketing service, Movietickets.com, the day before. As to the suddenly pressing issue of Internet user fragmentation in the online ticketing arena, Hollywood.com feels that collaboration is the ideal answer.

Hollywood.com's Mitchell Rubenstein.

"We think it makes sense to work out a cooperative relationship, [and we plan to] enter into appropriate discussions. We think that as time passes, those situations would be win-win—primarily for the user, and also to get people in seats."

Rubenstein said he believes that "there's room for competition—it will be a matter of market penetration," noting that with its partners, AMC and National Amusements, Movietickets.com is "in [all] 10 of the top 10 markets." Despite the rival project's power players, Rubenstein is confident that if push comes to shove, Movietickets.com (in which Hollywood.com backer CBS just took a five percent position) will be the one left standing. "[The site name] Movietickets.com is just so strong, people are just going to plug it in." He added that content-wise, "There's no way that [the General Atlantic/Accretive site will] be able to build anything that approaches Hollywood.com," referring to the site's name brand recognition, extensive existing entertainment coverage and future features, including the database Baseline, which Rubenstein describes as "the IMdB [Internet Movie Database] on steroids."

"We're going to compete aggressively with them—and we're going to win," Rubenstein asserted.

Said Cline of his consortium's advantages, "We will come to this with critical mass on day one of its formation. The company begins with exclusive rights to the remote ticketing on a base of 600 million consumer transactions a year and a significant presence in all major markets across the United States."

AOL MovieFone's Andrew Jarecki.

AOL MovieFone president Andrew Jarecki, whose website is already involved in online movie ticketing, observed that every ShoWest for the past several years has brought announcements of rival projects that have yet to come to fruition. "I think all of these guys who are popping up will end up working with us," he postulated, diplomatically adding that "a thousand flowers blooming is always a good thing."

May, 2000 57

« SIX PACTES : UNE DEMI-DOUZAINE DES PLUS GRANDS EXPLOITANTS DU MONDE S'UNISSENT DANS UN ACCORD DE BILLETTERIE EN LIGNE »

Six exploitants, qui représentent au total 12 000 écrans, s'associent dans le lancement d'une plateforme de vente de billets en ligne, pas encore nommée (futur Fandango). En parallèle, MovieTickets.com émerge. Naît alors le début d'une concurrence frontale entre les deux entreprises d'e-commerce.

Boxoffice Pro, mai 2000

WIRED WORLD

EXHIBITORS DANCE FANDANGO

The online ticketing consortium formed by a half-dozen major exhibitors (see **Tech Talk**, May 2000) has settled on a name and website destination: Fandango, a term that refers to a lively Spanish dance. "We chose the name 'Fandango' because it truly embodies the unique and dynamic entertainment experiences this company will be offering," Fandango acting CEO J. Michael Cline said at the time of the announcement.

Since then, Arthur Levitt III has been appointed president and CEO of the online venture. "Fandango offers an irresistible opportunity to leverage my passion for entertainment and the bricks-and-mortar prominence of our exhibitor partners in developing a new powerhouse brand," he says.

Fandango's services—available via the Internet, phone and wireless devices—will include showtimes, trailers, reviews and exclusive online ticketing to its members' theatres. The site was expected to test pilot in early summer with a full launch later in the season. Fandango's founding partners include Loews Cineplex, Regal, Cinemark, General Cinema, Edwards and Century Theatres, with Carmike joining subsequently.

TICKETS ONLINE, NOT IN LINE

Beating Fandango to the punch, MovieTickets.com set its launch date for Memorial Day weekend to take advantage of the start of the lucrative summer season. MovieTickets.com likewise provides online ticketing in addition to movie reviews, trailers, entertainment news, movie premiere coverage and current industry data.

"We are thrilled to present moviegoers with an easy and convenient way to reserve their movie tickets in advance online," says Mitchell Rubenstein, chairman and CEO of Hollywood.com, a founding partner in the venture. "People have become increasingly comfortable with Internet services, and we are confident they will find MovieTickets.com extremely helpful in making their moviegoing plans."

Major exhibitors who are involved with MovieTickets.com include AMC, National Amusements, Famous Players and Marcus. In addition, Viacom Inc. has agreed to buy a five percent stake in the company.

« LE MONDE CÂBLÉ : LES EXPLOITANTS DANSENT LE FANDANGO ; BILLETS EN LIGNE, PAS DANS LA FILE D'ATTENTE »

La plateforme de vente en ligne Fandango, formée par une demi-douzaine d'exploitants, voit le jour. Les services sont disponibles sur téléphone et ordinateur, et permettent l'accès aux bandes-annonces, horaires des séances et autres informations. MovieTickets, une entreprise concurrente, se lancera l'été suivant et proposera des services similaires.

Boxoffice Pro, août 2000

À leurs prémices, ces deux entreprises d'e-commerce permettaient une réservation en ligne et il fallait ensuite imprimer le billet et le présenter au kiosque de la salle pour l'échanger contre le billet définitif. En 2007, le groupe de télécommunications américain Comcast (par ailleurs maison mère du studio Universal Pictures) acquiert Fandango, avec l'espoir d'intégrer la plateforme sur un nouveau site, Fancast.com, qui réunit des services d'information portant sur la télévision et le cinéma. Fandango prend encore de l'ampleur suite à cette acquisition et élargit son audience. En mars 2010, la société propose à ses plus de 1 000 partenaires américains un nouveau service, Mobile Ticket, qui permet de dématérialiser les billets et de les rendre instantanément accessibles sur mobile avec un code-barres à scanner à l'entrée du cinéma[15]. AMC, le géant de l'exploitation de 5 083 écrans, perçoit la révolution digitale mobile comme nécessaire pour son déploiement et rejoint la liste des partenaires de Fandango. Or AMC est sous un contrat d'exclusivité avec MovieTickets. De plus, il y a déjà de l'eau dans le gaz entre AMC et MovieTickets depuis la fusion en 2005 d'AMC avec Loews Cineplex Entertainment, qui est en partenariat exclusif avec Fandango. MovieTickets et ses actionnaires principaux National Amusements et Hollywood Media Corp. démarrent donc une procédure judiciaire contre AMC[16].

15 Erick Schonfeld, « Fandango Begins Rolling Out Mobile Tickets That Let Moviegoers Go Paperless », TechCrunch.com, 15 mars 2010.

16 David Lieberman, « MovieTickets Vs. AMC : Did Theater Chain Pull A Double-Cross ? », Deadline.com, 9 juillet 2012.

En mars 2012, Fandango remporte le partenariat avec Yahoo!, également convoité de près par MovieTickets[17]. Yahoo!, qui essaie de redorer son image d'entreprise de média digitale, a été séduit par l'initiative sur mobile de Fandango, notamment après son accord novateur avec PayPal, qui permet des transferts financiers simplifiés. Ce partenariat fait de Fandango le leader de la vente et de l'information digitales dans le divertissement en touchant près de 30 millions d'utilisateurs américains[18]. Mais l'acquisition la plus importante de Fandango est celle de son adversaire de longue date MovieTickets en 2017[19]. Il y avait déjà un chevauchement important entre les deux sociétés – par exemple, elles vendaient toutes les deux des billets pour AMC et Regal. Finalement, l'accord augmente de 20 % les écrans de Fandango, avec un nouveau total de 40 000 écrans. Ce rachat contribue aussi de manière éphémère au storytelling sur l'internationalisation de Fandango en Amérique latine, notamment en Argentine et au Mexique, ainsi qu'au Canada et au Royaume-Uni. Mais cette belle ambition se heurte au mur du Covid et à la fermeture de Fandango Latam en 2020.

17 Sarah Perez, « Fandango Wins Yahoo Movies Deal Over Rival MovieTickets.com », TechCrunch.com, 19 mars 2012.
18 Brandy Betz, « Assessing Ticket Seller Fandango's Partnership with Yahoo Movies », InvestorPlace.com, 21 mars 2012.
19 Todd Spangler, « Fandango Buys Rival MovieTickets.com, Amassing Broader Theater Reach », *Variety*, 13 octobre 2017.

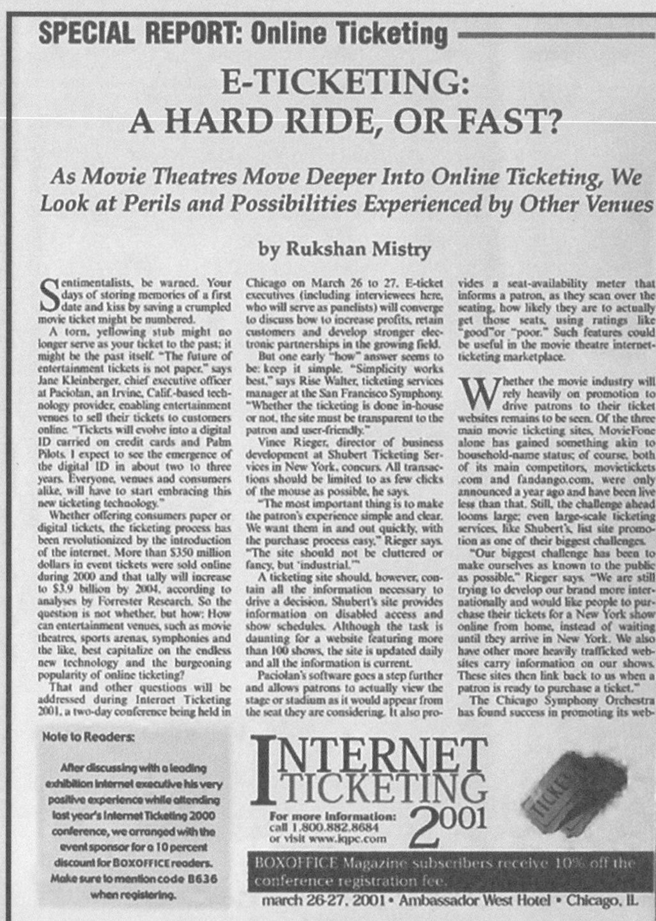

SPECIAL REPORT: Online Ticketing

E-TICKETING: A HARD RIDE, OR FAST?

As Movie Theatres Move Deeper Into Online Ticketing, We Look at Perils and Possibilities Experienced by Other Venues

by Rukshan Mistry

Sentimentalists, be warned. Your days of storing memories of a first date and kiss by saving a crumpled movie ticket might be numbered.

A torn, yellowing stub might no longer serve as your ticket to the past; it might be the past itself. "The future of entertainment tickets is not paper," says Jane Kleinberger, chief executive officer at Paciolan, an Irvine, Calif.-based technology provider, enabling entertainment venues to sell their tickets to customers online. "Tickets will evolve into a digital ID carried on credit cards and Palm Pilots. I expect to see the emergence of the digital ID in about two to three years. Everyone, venues and consumers alike, will have to start embracing this new ticketing technology."

Whether offering consumers paper or digital tickets, the ticketing process has been revolutionized by the introduction of the internet. More than $350 million dollars in event tickets were sold online during 2000 and that tally will increase to $3.9 billion by 2004, according to analyses by Forrester Research. So the question is not whether, but how: How can entertainment venues, such as movie theatres, sports arenas, symphonies and the like, best capitalize on the endless new technology and the burgeoning popularity of online ticketing?

That and other questions will be addressed during Internet Ticketing 2001, a two-day conference being held in Chicago on March 26 to 27. E-ticket executives (including interviewees here, who will serve as panelists) will converge to discuss how to increase profits, retain customers and develop stronger electronic partnerships in the growing field.

But one early "how" answer seems to be: keep it simple. "Simplicity works best," says Rise Walter, ticketing services manager at the San Francisco Symphony. "Whether the ticketing is done in-house or not, the site must be transparent to the patron and user-friendly."

Vince Rieger, director of business development at Shubert Ticketing Services in New York, concurs. All transactions should be limited to as few clicks of the mouse as possible, he says.

"The most important thing is to make the patron's experience simple and clear. We want them in and out quickly, with the purchase process easy," Rieger says. "The site should not be cluttered or fancy, but 'industrial.'"

A ticketing site should, however, contain all the information necessary to drive a decision. Shubert's site provides information on disabled access and show schedules. Although the task is daunting for a website featuring more than 100 shows, the site is updated daily and all the information is current.

Paciolan's software goes a step further and allows patrons to actually view the stage or stadium as it would appear from the seat they are considering. It also provides a seat-availability meter that informs a patron, as they scan over the seating, how likely they are to actually get those seats, using ratings like "good" or "poor." Such features could be useful in the movie theatre internet-ticketing marketplace.

Whether the movie industry will rely heavily on promotion to drive patrons to their ticket websites remains to be seen. Of the three main movie ticketing sites, MovieFone alone has gained something akin to household-name status; of course, both of its main competitors, movietickets.com and fandango.com, were only announced a year ago and have been live less than that. Still, the challenge ahead looms large; even large-scale ticketing services, like Shubert's, list site promotion as one of their biggest challenges.

"Our biggest challenge has been to make ourselves as known to the public as possible," Rieger says. "We are still trying to develop our brand more internationally and would like people to purchase their tickets for a New York show online from home, instead of waiting until they arrive in New York. We also have other more heavily trafficked websites carry information on our shows. These sites then link back to us when a patron is ready to purchase a ticket."

The Chicago Symphony Orchestra has found success in promoting its web-

Note to Readers:

After discussing with a leading exhibition internet executive his very positive experience while attending last year's Internet Ticketing 2000 conference, we arranged with the event sponsor for a 10 percent discount for BOXOFFICE readers. Make sure to mention code B636 when registering.

« L'ÉMISSION D'UN E-TICKET EST-ELLE DIFFICILE OU RAPIDE ? »

Alors que les chaînes de cinémas vont plus loin dans leur digitalisation, cet article relate les spécificités pratiques d'un site de vente d'e-billets pour permettre de faciliter le service aux consommateurs. Fandango et MovieTickets ont déjà vu le jour, mais leur implantation à cette date est encore marginale.

Boxoffice Pro, avril 2001

MOVIEPASS : COUP DE BLUFF OU COUP D'ÉPÉE DANS L'EAU ?

La démocratisation du concept de *pass* illimité pour les salles de cinéma sous forme d'abonnement est née en Europe dans les années 2000, avec UGC comme pionnier. La différence majeure avec le système américain est qu'en Europe les circuits de salles ont créé ces nouveaux modèles eux-mêmes et les commercialisent sous leur nom, sans laisser la place à des entreprises tierces. Aux États-Unis, les principales innovations digitales ont vu le jour sous l'impulsion d'entreprises exogènes à l'industrie. MoviePass est fondé en 2011 par l'entrepreneur Stacy Spikes, qui avait pour but de créer le « Netflix des salles de cinéma ». Partant du postulat que, à la fin des années 2000, la fréquentation des salles connaissait un déclin graduel et que les prix stagnaient, MoviePass propose un modèle d'abonnement pour redynamiser structurellement l'industrie des salles de cinéma, avec l'ambition universelle d'inclure tous les circuits de salles sur la plateforme. Entre concurrence, alliances, réticence de l'industrie, révolution du modèle de l'abonnement et modèle économique bancal, la saga de MoviePass est à l'image d'une transformation profonde du système de vente de billets aux États-Unis.

À ses prémices en juillet 2011, MoviePass lance un service test à San Francisco sur 21 salles en proposant des billets illimités pour 50 dollars par mois. Cette phase de test a immédiatement échoué, non pas parce que le *pass* était trop cher, mais parce que les cinémas locaux concernés n'avaient pas été informés avant le lancement du programme bêta. Les clients qui essayaient d'utiliser les bons MoviePass dans les cinémas AMC étaient alors refoulés. Après quelques jours, la phase test se clôt sur une note négative. Passé cet échec aux raisons en partie logistiques, MoviePass contourne l'obstacle en concluant, avec la société Hollywood Movie Money, un partenariat qui permet d'intégrer les bons à imprimer à domicile de MoviePass dans un système établi déjà accepté dans 36 000 cinémas du pays, dont les cinémas AMC[20]. Une nouvelle version voit le jour en octobre 2012 avec une fourchette de prix allant de 29 à 34 dollars en fonction de la localisation des salles de cinéma. Mais c'est surtout l'apparition de la carte de crédit plastifiée MoviePass, rechargeable sur l'application mobile, qui change la donne. Désormais, les utilisateurs peuvent se rendre dans le cinéma de leur choix, sélectionner une heure de séance et payer avec leur carte MoviePass. Cependant, sous la pression des exploitants de salles, Hollywood Movie Money rompt son partenariat avec MoviePass, et l'entreprise se retrouve une fois de plus dans l'impasse.

20 Jason Guerrasio, « Bitter enemies MoviePass and AMC once worked together - here's a look inside the relationship's epic collapse », Businessinsider.com, 17 août 2018.

EXHIBITION BRIEFS

MITCH LOWE AND TED FARNSWORTH CELEBRATE THEIR MOMENTOUS ACHIEVEMENT WITH MOVIEPASS IN NEW YORK CITY

MOVIEPASS SURPASSES ONE MILLION SUBSCRIBERS

MoviePass, the movie theater subscription service and a majority-owned subsidiary of Helios and Matheson Analytics Inc., has surpassed one million paying subscribers. MoviePass has increased its subscriber base by over 6500 percent since the introduction of its $9.95 per month pricing model. On August 15, 2017, MoviePass shifted to a lower-priced subscription model and has since reached one million subscribers in less time than Spotify, Hulu, and Netflix.

"We are excited and proud to have reached the one-millionth subscriber level in such a short time while still early in the consumer adoption curve," said Mitch Lowe, MoviePass CEO. "Our focus on creating the best movie theater subscription service experience for our subscribers has propelled our growth to date. We believe that growth will continue as we further develop our application, improve customer service, enhance exhibitor relations, and fill movie theater seats for incredible films to be released in the future."

"MoviePass has accumulated more than one million new paying subscribers faster than many of the best known paid subscription services," said Ted Farnsworth, chairman and CEO of HMNY. "MoviePass has proven to be a significant force in the industry, accounting for increased movie theater revenue this year. We know this is what it will take for people to enjoy the experience of movies again, and we're thrilled that moviegoers are embracing a new and exciting era for cinema."

MoviePass, led by Netflix co-founding senior executive Mitch Lowe, offers subscribers access to one movie per day at most U.S. movie theaters with no blackout days for $9.95 per month.

Le service d'abonnement a dépassé le million d'abonnés. Depuis 2017, l'entreprise opte pour une stratégie de baisse drastique des prix.

Boxoffice Pro, janvier 2018

« MOVIEPASS DÉPASSE LE MILLION D'ABONNÉS »

Le principe ? Les clients paient leur séance à prix réduit, et MoviePass rembourse aux salles le prix du billet dans son intégralité sur une base plein tarif. MoviePass espère créer une base de données sur les spectateurs, monnayable sur le moyen terme. Stacy Spikes présente son modèle en expliquant que l'exploitation cinématographique est « un business de *cash and carry*, vous ne savez rien de votre client… Vous êtes peut-être un utilisateur très fréquent, mais combien de fois allez-vous voir un [film] Disney, combien de fois allez-vous voir Russell Crowe, combien de fois allez-vous voir de la science-fiction plutôt que de la romance ? Il ne peut pas s'adapter à vous et vous donner plus de ce que vous voulez, car il n'en a aucune idée[21] ». Les données récoltées par MoviePass pourraient permettre aux studios de commercialiser leurs produits adaptés aux besoins et aux goûts des consommateurs individuels. Mais le succès et la stabilisation du modèle de MoviePass restent un plan sur la comète tant que des partenariats avec des acteurs lucratifs ne sont pas consolidés, et tant que MoviePass épuise sa réserve d'argent, à perte sur chaque client du service. En effet, MoviePass paie aux cinémas le coût plein des billets pour ses clients tout en faisant profiter ces mêmes clients de réductions. MoviePass se réinvente une nouvelle fois avec la carte de crédit MoviePass. Désormais, les abonnés peuvent choisir un film sur l'application et le prix du billet est versé sur la carte de crédit spécifique à MoviePass : c'est un changement de cap décisif puisque les salles ne peuvent plus refuser les abonnés de la start-up.

21 Rebecca Pahle, « A Pass to the Future : MoviePass and AMC Theatres usher movie ticketing into the 21st century », *Film Journal International*, 23 janvier 2015.

Après une année décevante en termes de fréquentation des cinémas, AMC s'engage en décembre 2014 dans un partenariat pilote avec MoviePass : le service serait accepté dans certains cinémas de Boston et Denver pour un prix d'abonnement variant de 35 à 45 dollars – c'est un point d'inflexion clé pour le modèle économique et la crédibilité de MoviePass. La vice-présidente senior chargée de la stratégie d'entreprise chez AMC, Christina Sternberg, déclare qu'« il serait franchement mal avisé d'ignorer le succès de l'abonnement dans d'autres secteurs des médias[22] ». Mais la relation entre AMC et MoviePass se détériore lorsque le service d'abonnement, après avoir été racheté par Helios and Matheson, abandonne sa stratégie de tarification basée sur la localisation et opte, en août 2017, pour une stratégie de tarification unique de 9,95 dollars par mois pour un film par jour. À ce stade, Mitch Lowe, le co-P-DG de MoviePass, décide d'attirer un public de masse en réduisant le prix de l'abonnement mensuel et en l'alignant sur celui des services de streaming comme Netflix et Hulu. AMC décrète que l'adoption massive d'un service d'abonnement comme MoviePass pourrait effectivement modifier la valeur perçue des films, ce qui mettrait en péril l'économie des exploitants. La nouvelle stratégie de tarification porte ses fruits sur le court terme, puisque rapidement le service atteint 3 millions d'abonnés. Mitch Lowe explique au *Times* que l'entreprise deviendra économiquement viable en vendant des données sur les goûts et les habitudes des consommateurs, et particulièrement des *millenials*, qui constituent une majorité des abonnés. Cependant, en août 2018, le modèle n'est toujours pas rentable et MoviePass propose un nouveau plan au même prix de 9,95 dollars, permettant cette fois-ci de ne voir que trois films par mois. La même année, le service est encore remodelé avec une option à 14,95 dollars pour un film par jour mais seulement sur certaines séances, à certaines heures, pour certains films.

22 Brooks Barnes, « From AMC and MoviePass, a Film a Day for a Monthly Fee », *The New York Times*, 16 décembre 2014.

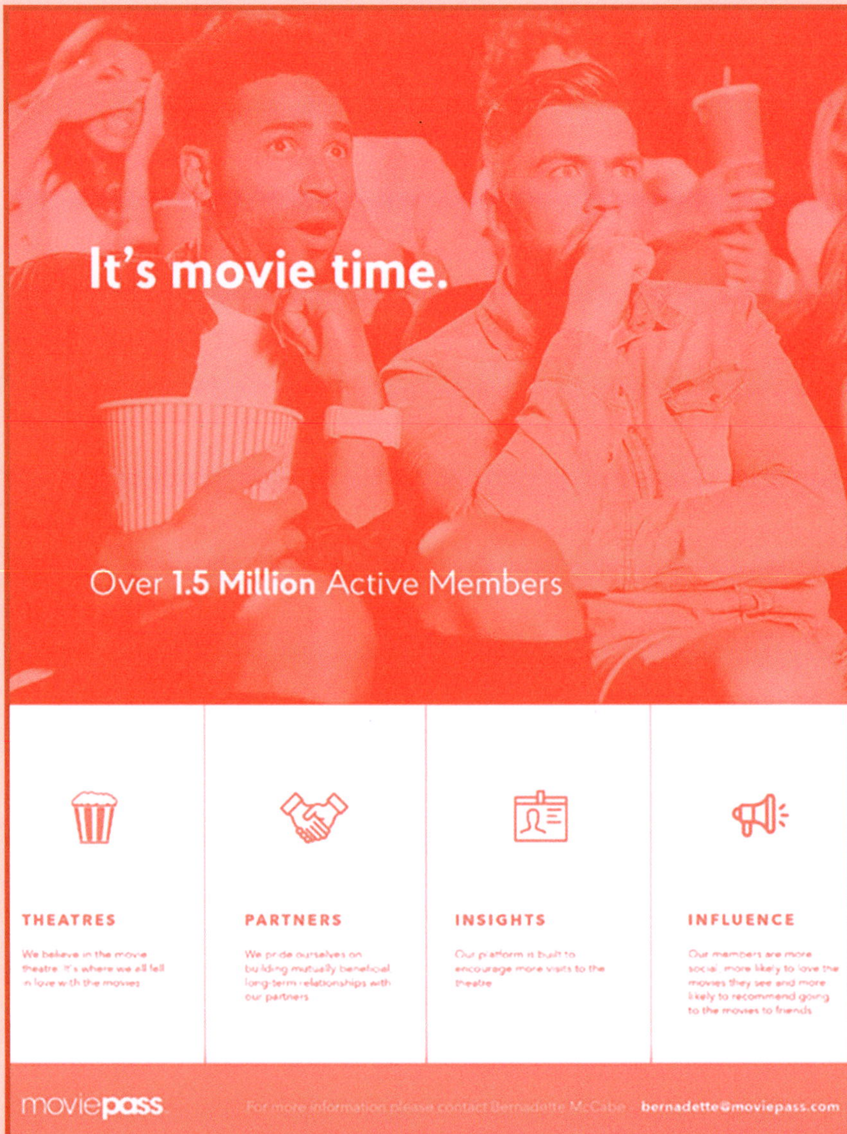

« C'EST L'HEURE DU FILM.
PLUS DE 1,5 MILLION D'ABONNÉS »

Publicité pour MoviePass.

Boxoffice Pro, février 2018

Le brouillard quant à la durabilité de MoviePass, les rumeurs de faillite, les dysfonctionnements de l'application et les notifications fréquentes pour changer les tarifs ont mené à une vague de perte de confiance des clients. Helios and Matheson Analytics est exclu du Nasdaq en février 2019 car le cours des actions de la société n'a pas atteint le seuil minimal de 1 dollar par action fixé par la Bourse[23]. La société mère de MoviePass publie un rapport financier en mai 2019 qui démontre que pour l'ensemble de l'année 2018 la perte, à 329,3 millions de dollars, a plus que doublé pour un chiffre d'affaires de 232,3 millions de dollars[24]. Après une agonie interminable et de multiples changements de cap, MoviePass signe son clap de fin le 13 septembre 2019 en annonçant à ses abonnés la cessation de ses activités.

23 Todd Spangler, « MoviePass Shuts Down, With Parent Company Citing Failure to Raise Funds », *Variety*, 13 septembre 2019.
24 Todd Spangler, « MoviePass Parent Company Files for Bankruptcy », *Variety*, 29 janvier 2020.

Cette même année, le circuit d'exploitants AMC commercialise son offre d'abonnement *The A-List*, qui propose aux utilisateurs trois billets par semaine pour un peu moins de 20 dollars par mois. En moins d'un an, AMC a augmenté sa base de membres *A-List*, atteignant 860 000 membres. Cette réponse des chaînes démontre l'influence que MoviePass a exercée sur la transformation digitale de l'industrie cinématographique aux États-Unis en créant un modèle qui a séduit les consommateurs. MoviePass n'a pas su s'implanter comme une plateforme d'interaction entre les clients et les exploitants puisque les circuits de salles représentaient presque déjà un oligopole sur le marché et n'avaient donc pas besoin de se plier à une tierce entreprise.

UNITED STATES OF AMERICA
BEFORE THE FEDERAL TRADE COMMISSION

In the Matter of **MOVIEPASS, INC., a corporation,** **HELIOS AND MATHESON ANALYTICS, INC., a corporation,** **MITCHELL LOWE, individually and as an officer of MOVIEPASS, INC., and** **THEODORE FARNSWORTH, individually and as an officer of HELIOS AND MATHESON ANALYTICS, INC.**	**FILE NO. 192 3000** **AGREEMENT CONTAINING CONSENT ORDER**

The Federal Trade Commission ("Commission") has conducted an investigation of certain acts and practices of MoviePass, Inc., a corporation, Helios and Matheson Analytics, Inc., a corporation, Mitchell Lowe, individually and as an officer of MoviePass, Inc., and Theodore Farnsworth, individually and as an officer of Helios and Matheson Analytics, Inc. (collectively "Proposed Respondents"). The Commission's Bureau of Consumer Protection ("BCP") has prepared a draft of an administrative Complaint ("draft Complaint"). BCP and Proposed Respondents, individually or through their duly authorized officers enter into this Agreement Containing Consent Order ("Consent Agreement") to resolve the allegations in the attached draft Complaint through a proposed Decision and Order to present to the Commission, which is also attached and made a part of this Consent Agreement.

IT IS HEREBY AGREED by and between Proposed Respondents and BCP, that:

1. The Proposed Respondents are:

   a. Respondent MoviePass, Inc. is a Delaware corporation with its principal place of business at 350 Fifth Avenue, Suite 5330, New York, New York 10118. Respondent MoviePass is a subsidiary of Helios and Matheson Analytics, Inc., which acquired a controlling interest in August 2017 and more than 90 percent of the company by April 2018.

   b. Respondent Helios and Matheson Analytics, Inc. ("Helios") is a Delaware corporation with its principal place of business also at 350 Fifth Avenue, Suite 5330, New York, New York 10118.

1

« LES ÉTATS-UNIS D'AMÉRIQUE DEVANT LA FEDERAL TRADE COMMISSION »

MoviePass accepte une transaction
pour mettre un terme aux procédures
portant sur les limitations volontaires
du service et les failles de sécurité
sur des données d'utilisateurs.

Federal Trade Commission, 7 juin 2021

NOUVEAUX USAGES DE LA SALLE À LA MAISON

PROLONGER L'EXPÉRIENCE DE LA SALLE DANS LE SALON

Privées de leurs salles en 2020, les chaînes de cinémas se sont efforcées d'innover pour maintenir le contact avec leur public. C'est ainsi que sont nées, dans un contexte de crise, un certain nombre d'expérimentations.

Les cinémas n'avaient certes pas attendu ces circonstances exceptionnelles pour s'interroger sur une éventuelle offre en VOD. Cineplex, le leader canadien, est déjà un acteur de poids sur son marché, de même que Cinépolis, le leader mexicain (et acteur global). Mais, à la faveur du Covid, les tests se multiplient et on peut penser que certains seront amenés à être pérennisés.

LE STREAMING POUR ET PAR LES CINÉMAS

Quand on s'intéresse à l'opportunité que représente le streaming pour les salles de cinéma, il est bienvenu, une nouvelle fois, de prendre un peu de recul pour constater que les salles ne se sont pas brutalement emparées du sujet à partir de mars 2020 en raison de circonstances exceptionnelles. En réalité, la première initiative significative en la matière remonte dix ans auparavant. En 2010, deux mois seulement après que le leader historique de la location de DVD et VHS, Blockbuster Video, s'est placé sous la protection du chapitre 11 (régime américain des faillites), Cineplex, le plus grand circuit d'exploitation au Canada, annonçait le lancement de son propre portail de streaming : le Cineplex Store.

Contrairement au modèle de vidéo à la demande par abonnement (SVOD) de Netflix, le Cineplex Store a adopté une approche de vidéo à la demande transactionnelle (TVOD) proposant locations et achats numériques. L'entrée de Cineplex sur le marché du divertissement numérique à domicile n'a jamais été positionnée comme une concurrence faite à Netflix, mais plutôt comme une extension de la marque du circuit dans les foyers. Cineplex vendait déjà des DVD et des disques Blu-Ray sur son site Web, l'offre de streaming était donc la continuité logique de ces efforts. « Lorsque les Canadiens pensent à des films, nous voulons qu'ils pensent à Cineplex », déclarait ainsi Ellis Jacob, P-DG de Cineplex, dans le communiqué de presse de 2010 annonçant le lancement du Cineplex Store.

L'image de la marque Cineplex n'était cependant pas le seul objectif de cette incursion du circuit dans les foyers. Le groupe a été un pionnier en matière de programme de fidélité avec son offre Scene. La particularité de ce dispositif était qu'il valorisait aussi bien la consommation en salle que les transactions sur le Cineplex Store à la maison. Les membres de Scene pouvaient à la fois gagner et échanger des points dans les cinémas du circuit et dans sa boutique en ligne, ce qui augmentait encore la valeur du programme de fidélité.

Deux ans plus tard, en 2012, c'est au tour du principal circuit d'exploitation du Mexique, Cinépolis, de lancer son propre service de streaming en TVOD également, Cinépolis Klic. Cinq ans après que Netflix a introduit son offre streaming pour ses utilisateurs aux États-Unis, Cinépolis Klic était encore assez précurseur dans l'adoption du streaming au Mexique. « Il y avait déjà une frange du public qui recherchait du contenu en streaming lorsque nous sommes arrivés sur le marché », explique Marco García de la Cruz, DG de Cinépolis Klic. « C'est le premier groupe que nous avons ciblé après le lancement, ce qui nous a permis de nous implanter auprès d'un public recherchant principalement des sorties de films commerciaux et indépendants. Au fil des années, nous avons touché de nouveaux publics grâce à un éventail plus large de programmes pour tous les âges et tous les goûts. Nous offrons maintenant plus qu'une simple liste de films, avec des choix de programmation qui ont contribué à notre activité et à l'augmentation de notre base d'utilisateurs. »

Plutôt que de limiter sa sélection de titres aux films, Cinépolis Klic s'est depuis associé à d'autres fournisseurs de contenu pour proposer des séries télévisées et même des émissions sportives par le biais de sa plateforme. À cet égard, Cinépolis Klic est devenu l'un des principaux services médias *Over-the-Top* (OTT) du Mexique, proposant des abonnements de chaînes à des services comme StarzPlay, Paramount+ et HBO Max.

Fin 2020, Cinépolis Klic comptait plus de 4 millions d'utilisateurs enregistrés au Mexique. Le circuit a étendu le service de streaming au Chili, à la Colombie, au Pérou, au Salvador, au Guatemala, au Honduras et au Costa Rica. « Nous sommes sur la voie de la croissance dans les territoires où nous sommes déjà présents grâce à nos cinémas, comme nous le faisons actuellement en Amérique latine, et nous sommes prêts à saisir toute autre opportunité qui se présente en cours de route », déclare García de la Cruz.

En Europe, où le marché du streaming est beaucoup plus fragmenté en raison des régulations territoire par territoire, les grands circuits ont été plus hésitants à lancer leurs propres services internes. L'exception la plus notable est Curzon Cinemas, circuit indépendant au Royaume-Uni, racheté par Cohen Media Group fin 2019, qui a lancé sa propre plateforme TVOD, Curzon Home Cinema, dès 2010 également.

L'entrée précoce de Curzon dans le streaming a contribué à consolider son positionnement dans le secteur de la VOD auprès des spectateurs. La réputation du circuit en tant que marque Art et essai s'est reflétée dans l'approche de « curation » de Curzon Home Cinema, qui propose un éventail de titres éclectiques, plus difficiles à trouver sur d'autres plateformes. Curzon a commencé à mettre en place une offre SVOD en 2017 – Curzon12 –, une sélection tournante de douze titres disponibles pour les membres payants de son programme de fidélité. Le circuit a révisé son approche de la SVOD en 2021, en ajoutant à son programme d'adhésion payant des crédits pour des séances en salle ou des locations en streaming.

Plusieurs circuits avaient été précurseurs avec des offres de VOD dans les années qui ont précédé la pandémie.

Cette expérience s'est avérée précieuse pour maintenir le contact avec le public.

Mk2 Curiosity, le programme de SVOD du circuit indépendant français mk2, lancé en 2020 au plus fort de la pandémie, n'est pas sans rappeler celui de Curzon. Mk2 Curiosity a en revanche opté pour une offre AVOD, financée par la publicité. Pour Elisha Karmitz, le dirigeant du circuit interrogé par le *Boxoffice Podcast* du 8 juillet 2021, le service a permis à mk2 de rester connecté avec son public en mettant l'accent sur la « curation » (à nouveau !) au moment précis où les habitudes de consommation à domicile étaient dominées par une saturation de contenus poussés par les algorithmes des principaux services de streaming. « Chaque semaine, nous avons une sélection tournante de cinq à sept films que les gens peuvent regarder gratuitement, beaucoup de ces titres provenant de notre catalogue. L'objectif est de proposer des perles rares, des curiosités, des films qu'un algorithme ne vous montrerait jamais », explique-t-il. « Alors que d'autres algorithmes de streaming vous apportent davantage de ce que vous aimez déjà, mk2 Curiosity vous fait découvrir des films que vous ne savez peut-être pas que vous aimeriez. »

DES MODÈLES INNOVANTS AU CŒUR DE LA PANDÉMIE

C'est également au cœur de la pandémie qu'a émergé un autre type d'innovation s'appuyant sur le streaming du côté des salles : les séances virtuelles. La plateforme française La Vingt-Cinquième Heure s'est ainsi lancée en France en mars 2020, au moment même où les cinémas recevaient l'ordre de fermer leurs portes pour la première fois. Alors que les cinémas indépendants américains commençaient également, de leur côté, à expérimenter le modèle dit « de *Virtual Theatrical* » dès les premières semaines de la pandémie, la plateforme de La Vingt-Cinquième Heure permettait à nombre de cinémas français d'exploiter des salles virtuelles grâce à des séances en ligne géolocalisées, diffusées à horaires fixes. Les recettes générées par le cinéma virtuel sont certes bien loin de couvrir les pertes encourues du fait de la pandémie, mais elles ont constitué une bouée de sauvetage pour certains cinémas indépendants pendant les fermetures, leur permettant surtout de maintenir un lien précieux avec leur public.

Il est d'ailleurs intéressant de noter que le secteur des salles Art et essai a été à l'origine de nombre d'innovations en matière de streaming pour les cinémas européens. Déjà en 2015, l'entreprise allemande Rushlake Media s'était associée à des cinémas Art et essai pour le lancement de sa plateforme TVOD Kino on Demand. Le service récompense la fidélité de ses utilisateurs sous la forme de bons d'achat de 5 euros dans plus de 850 cinémas partenaires. Il compte aujourd'hui plus de 43 000 utilisateurs en Allemagne et est également disponible en Autriche et en Suisse. Le modèle de Kino on Demand est à la base d'une nouvelle offre en cours de lancement fin 2021 entre quatre circuits européens de cinémas Art et essai : Folkets Hus och Parker et Folkets Bio en Suède, access>CINEMA en Irlande et

Art kino mreža Slovenije en Slovénie. Le groupe, qui agit sous le nom de Cinnovate, prévoit de lancer un service de streaming qui couvrira leurs 308 écrans combinés dans les trois pays.

Un concept similaire utilisant des bons échangeables dans les cinémas partenaires a été lancé par la plateforme de SVOD MUBI en 2018. Initialement testé au Royaume-Uni, MUBI GO fait office d'offre *premium* pour les abonnés du service de streaming et propose un billet pour un film spécifiquement sélectionné chaque semaine dans les cinémas participants. MUBI GO a étendu le programme à l'Inde avec PVR Cinemas en 2019. En janvier 2020, quelques semaines avant le début de la crise, les représentants de MUBI participaient à la conférence annuelle Art House Convergence à Salt Lake City pour y présenter leur concept et échanger avec les exploitants américains. Comme l'explique Philipp Hoffmann, DG et fondateur de Rushlake Media, « l'industrie cinématographique ne doit pas créer une concurrence interne entre le cinéma et le streaming, mais renforcer le film dans un monde où nos spectateurs et nos fans ont une surabondance de choix sur la façon de passer leur temps ».

Plusieurs autres sociétés ambitieuses se sont positionnées sur ce créneau d'une expérience innovante que les salles peuvent offrir à leur public, à l'instar de ROW8 aux États-Unis ou de Beem. « Laissez Disney, Warner et Netflix s'inquiéter de la production de contenu original. Les cinémas n'ont pas besoin d'être des créateurs de contenu, ils doivent juste se concentrer sur la création d'expériences », déclarait ainsi en août 2021, dans les colonnes de *Boxoffice Pro*, Mihai Crasneanu, P-DG de Beem, qui propose une plateforme de séances événementielles en ligne, les « *co-watch* ».

Séances simultanées et synchronisées et expériences de « *co-watch* » sont quelques-unes des innovations qui ont émergé.

Les cinémas Art et essai ne sont pas en reste quand il s'agit d'innover dans ce domaine.

LES « POIDS LOURDS » CONCRÉTISENT LEUR AMBITION EN VOD

Aux États-Unis, la précédente vague d'adoption du streaming parmi les principaux acteurs de l'exploitation avait commencé en 2016, avec l'acquisition par le géant de la billetterie en ligne Fandango du fournisseur de VOD transactionnelle M-Go, alors détenu par Technicolor. Cette opération est intervenue au milieu d'une série d'acquisitions par Fandango à partir de 2015, avec notamment celles de deux entreprises sur le secteur de la billetterie cinéma en Amérique latine, de l'agrégateur de critiques Rotten Tomatoes, de la chaîne YouTube Movieclips, et, en 2017, le rachat de son concurrent historique MovieTickets (voir le Coup de projecteur « Fandango et MovieTickets, origines du modèle américain qui structure la billetterie en ligne »). À l'époque, l'acquisition par Fandango de M-Go, rebaptisé FandangoNow, pouvait sembler étonnante : le leader de la billetterie cinéma en ligne sur le premier marché du box-office mondial ajoutait la TVOD à son portefeuille. Comme ce fut le cas avec Cineplex et Cinépolis, l'intention n'a jamais été de dépasser ni même de concurrencer Netflix, mais bien de capter une partie de la consommation à domicile de leur vaste base d'utilisateurs cinéphiles aux États-Unis. En 2018, l'entreprise a lancé un nouveau programme de fidélité, Fandango VIP+, qui s'est également étendu aux transactions des utilisateurs sur FandangoNow. Elle a même tiré parti de sa présence en streaming pour aider son activité de billetterie en ligne dans les cinémas, grâce à des promotions comme des prix réduits sur les locations de films liés aux prochaines sorties très médiatisées. Enfin, en 2020, Fandango a racheté à Walmart sa plateforme de TVOD Vudu et, à l'été 2021, il a annoncé la fusion des services FandangoNow et Vudu sous une seule et même marque, Vudu.

Ainsi, comme dans nombre de cas, la pandémie poursuit, amplifie et parachève des tendances qui étaient déjà en gestation depuis des années. L'exemple de Fandango est de ce point de vue éloquent, lui qui a baissé la voilure sur les initiatives d'expansion géographique de son activité historique de billetterie en ligne, notamment en Amérique latine, pour se focaliser sur la consolidation de son offre VOD.

Du côté d'AMC Theatres, les titres en première diffusion n'étaient initialement pas disponibles dans le cadre du service de streaming AMC Theatres On Demand lorsqu'il a été lancé à l'automne 2019. Le service s'inscrivait dans le schéma traditionnel des services VOD des exploitants : il utilisait principalement un modèle transactionnel et s'intégrait directement à son programme de fidélité, AMC Stubs. Cependant, une fois que la pandémie a frappé, la présence du circuit en streaming a été mise à profit dans le cadre de l'accord avec Universal Pictures qui a réduit la fenêtre d'exclusivité en salle à seulement dix-sept jours. « Bien que les conditions financières de l'accord Universal soient confidentielles, je peux vous dire que l'accord permet à AMC de participer largement à l'ensemble de l'économie de cette nouvelle structure, y compris en recevant une part du flux de revenus PVOD (Premium VOD) de chaque film ainsi qu'en recevant une économie supplémentaire significative lorsque le film est vendu à l'acte sur notre propre service AMC Theatres On Demand », expliquait ainsi le P-DG d'AMC, Adam Aaron, lors de la conférence téléphonique du deuxième trimestre de la société avec les investisseurs en 2020.

« La vidéo à la demande des exploitants permettra de se prémunir contre une inévitable cannibalisation : dans quelle mesure la fréquentation et le nombre de spectateurs peuvent-ils augmenter avec la vidéo à la demande ? Étant donné que AMC participera de manière significative à ce nouveau flux de revenus, cette expansion potentielle spectaculaire des revenus devrait protéger AMC contre la cannibalisation qui, il est vrai, se produira lorsque certaines personnes passeront du cinéma au visionnage à domicile. C'est quelque chose que nous avons étudié très attentivement, que nous avons modélisé de manière très réfléchie et auquel notre société réfléchit depuis près de cinq ans », a-t-il déclaré.

Pour les gros acteurs comme AMC ou Fandango, la crise vient conforter le rôle stratégique de l'offre VOD.

Sans envisager une concurrence frontale avec les mastodontes du secteur, une expérience de VOD propre aux salles est en gestation.

La pandémie a ainsi été un catalyseur pour AMC comme pour nombre de circuits majeurs outre-Atlantique, à l'instar de Showcase ou d'Alamo Drafthouse Cinema. C'est d'ailleurs le président de cette dernière société, Tim League, qui décrivait ainsi dans une interview à *Boxoffice Pro* le mix idéal pour une offre de VOD opérée par un exploitant : « Le véritable pouvoir de la plateforme *on demand* viendra lorsque nous reviendrons à des opérations normales. Nous avons obtenu de très bons résultats pour *Parasite* en salle, mais nous savons, grâce à nos données, que seuls 30 à 40 % environ de nos clients qui ont regardé la bande-annonce ou visité la page des horaires de *Parasite* se sont rendus au cinéma pour voir le film. Si les clients d'Alamo ont l'opportunité de voir des films comme *Parasite* lorsqu'ils entrent dans la fenêtre VOD, et qu'ils soutiennent leur cinéma local en le faisant, nous pensons que beaucoup d'entre eux le feront. Et si nous couplons cette projection Alamo On Demand avec un excellent pré-show, un cocktail, une séance de questions-réponses avec le réalisateur et du contenu supplémentaire, nous offrons à nos clients à domicile une version de l'expérience Alamo. Nous adoptons la même approche qu'au cinéma pour Alamo On Demand : créer et organiser une expérience spéciale et mémorable autour des films que nous aimons. »

Compléter sans la cannibaliser l'expérience de la salle, nourrir la marque du cinéma sans prétendre concurrencer frontalement Netflix ou Amazon, voilà le défi que se lancent les circuits et les indépendants qui, à l'occasion de cette crise, ont franchi une étape supplémentaire dans leur offre à domicile.

AMENER LES CONTENUS DU SALON DANS LA SALLE

Le pendant naturel et somme toute assez logique de ces expériences visant, pour les exploitants, à s'efforcer de poursuivre et de développer le lien avec leurs spectateurs jusque dans le salon, c'est l'idée (pas nouvelle du tout) d'amener dans les salles des contenus issus du monde du divertissement à la maison. Ce sujet a aussi connu une nouvelle vigueur lorsque, au cœur de la crise, certaines régions ont pu rouvrir, voire rester ouvertes, mais souffraient d'un fort déficit de contenus. On se tourne alors logiquement vers le monde du jeu vidéo, des séries, voire du spectacle vivant.

L'idée n'est donc pas nouvelle, comme l'illustrent les Coups de projecteur qui suivent (dès les années 1950, mais aussi lors du passage à la projection numérique au tournant des années 2010). Pourtant, malgré toutes les promesses qui ont été véhiculées par les contenus dits « alternatifs » comme le jeu vidéo en salle ou encore les retransmissions d'opéras ou d'événements sportifs, le grand soir n'est encore jamais venu. Ces contenus non cinématographiques restent à de très rares exceptions près assez marginaux sur la plupart des marchés.

C'est que ces contenus alternatifs viennent jusqu'à présent combler un vide. Quand une faiblesse de programmation se profile, de nombreux exploitants adoptent une posture pragmatique. De ce point de vue, la première phase de réouverture, ou d'espoir de reprise, à l'été 2020 a été l'occasion de nombreuses expérimentations : one-man-show en salle, reprises de catalogue, retransmissions, tout y est passé ! Chaque recette complémentaire dans cette période catastrophique était bienvenue, mais rien qui soit capable de se substituer au niveau d'activité normal d'une salle. Peut-être dans ce contexte convient-il d'aborder le sujet de manière un peu plus stratégique pour questionner certaines objections et ouvrir de nouvelles perspectives.

RÉSERVER LES CINÉMAS AU… CINÉMA ?

Pour nombre d'acteurs de la filière cinématographique, en particulier les distributeurs et les exploitants (surtout Art et essai), une objection de bon sens est souvent formulée qui questionne cette opportunité des contenus « hors film » qui serait l'éternelle « fausse bonne idée ». En France notamment, le marché est caractérisé par une profusion (un trop-plein ?) de productions. Dès lors, pourquoi aller chercher d'autres contenus quand les distributeurs peinent à trouver des débouchés pour leurs films ? Le cinéma a une mission simple qui est, comme son nom l'indique, de montrer des films de cinéma. Fermez le ban, le reste ne serait que distraction par rapport à l'objectif principal.

Côté nord-américain, le circuit Cineplex, au Canada, est comme souvent la chaîne qui a abordé le plus tôt et de la manière la plus stratégique cette question de la diversification des expériences de divertissement qu'elle proposait avec le lancement dès 2016 d'un nouveau format de lieu de divertissement intitulé « The Rec Room ». L'idée est, déjà à ce moment-là, de s'adapter aux nouvelles pratiques de consommation de streaming à la maison en enrichissant l'offre de la chaîne. Les sites de The Rec Room ressemblent par bien des aspects à des cinémas, mais Cineplex fait alors le choix de séparer ces sites dédiés aux *gaming* (jeux d'arcade), bowling et autres activités de réalité virtuelle des sites de « pur » cinéma.

Il semble pourtant intéressant de questionner cette idée « puriste » du cinéma. Ainsi, par exemple, les actualités cinématographiques font bien partie de la mémoire et du patrimoine des salles. Les cinémas étaient donc non seulement le lieu des films mais aussi le lieu de l'information. Et c'est bien parce que la télévision naissante s'est approprié le rôle de vecteur de transmission principal des actualités dans les foyers que les cinémas ont abandonné ce contenu et cette fonction, non parce que ça ne faisait pas partie de la mission d'un cinéma de montrer autre chose que des films.

De même, plus récemment, les régies publicitaires cinéma américaines qui ont connu un fort essor depuis le début des années 2000 ont entrepris, et entreprennent encore, d'enrichir l'expérience de la première partie de projection avec des contenus innovants et de qualité, de l'interactivité, etc. On peut raisonnablement penser que c'est parce qu'aucune de ces expérimentations n'a été réellement concluante que l'argument de la mission « sacrée » du cinéma perdure.

La question de la place des contenus « hors film » en salle trouve une actualité nouvelle sans pour autant susciter le consensus.

DES TAUX DE REMPLISSAGE FAIBLES QUI OUVRENT DES PERSPECTIVES FORTES

Si on regarde froidement le modèle économique des salles de cinéma à l'heure du Covid, on observe qu'il s'agit d'un réseau de lieux de diffusion de contenu digital dans des auditoriums de grande qualité de confort (dans la plupart des cas). Un peu partout dans le monde, ce réseau est caractérisé, notamment, par un taux d'occupation de l'ordre de 15 à 20 %, principalement concentré sur les soirs et les week-ends. Cette réalité est tellement ancrée dans les habitudes des professionnels du secteur qu'elle semble ne plus surprendre personne. La crise aura eu cette vertu, avec cette fermeture généralisée « sans précédent » (pour le coup, l'expression n'est pas galvaudée), de permettre à l'ensemble de l'industrie de s'interroger et de questionner des états de fait acceptés jusque-là.

Cette question du taux d'occupation faible et de sa mauvaise répartition dans le temps est peut-être une des clés les plus importantes pour imaginer la salle de demain. Aux États-Unis, en France et à travers le monde, la formation à distance, les expériences collectives et partagées, ont franchi une étape capitale dans leur développement. Le réseau des salles de cinéma a vraisemblablement une fonction économique et sociale majeure à jouer pour participer au nouvel essor des « *EdTech* » (les sociétés de technologie dans le secteur de l'éducation), que ce soit dans un cadre scolaire, universitaire, au service de la formation pour les entreprises ou même pour le développement des savoirs dans un cadre de loisir (tourisme, partage des passions au sein de groupes qui coopèrent à distance...).

Le faible taux d'occupation des salles demeure un problème majeur pour le modèle économique des salles… ou peut-être un atout pour innover !

Dans un contexte de développement de l'enseignement et de la formation à distance, de nouveaux débouchés peuvent être envisagés pour les salles.

RETRANSMISSIONS TÉLÉVISÉES EN SALLE DANS LES ANNÉES 1950

En mars 1950, Spyros Skouras, président de 20th Century Fox, clôt une présentation du studio hollywoodien à Chicago avec un conseil pour le public d'exploitants, alarmés par la menace grandissante de la télévision : affrontez le problème, ne fuyez pas. « La télévision pourrait être le média le plus important que l'industrie ait jamais connu pour sa prospérité. Prenons le contrôle, n'en ayons pas peur », déclare-t-il[1]. Effectivement, les paroles de Skouras résonnent fort pour une partie de l'exploitation américaine qui s'engage dans un combat contre la télévision, par la télévision.

1 « Put Television in Your Theatres, Industry Leaders Tell Exhibitors », *Boxoffice Pro* (*Boxoffice*), 11 mars 1950.

Le concept du *telecasting* ou *theater television*, par lequel un contenu télévisé est diffusé dans une salle de cinéma grâce à une retransmission directe sur le grand écran ou un transfert du signal télévisé par l'intermédiaire du film, remonte aux années 1930, lorsque RCA développe un écran large moyennant un tube de transmission similaire à ceux installés dans les récepteurs à domicile. Mais avec un coût moyen de 15 800 dollars, le système RCA n'est installé que dans un petit nombre de cinémas. Les studios, toujours en quête de nouveaux canaux de distribution, sont aussi fortement impliqués dans le développement de ces technologies des années 1940 jusqu'au début des années 1950. En 1948, Paramount présente pour la première fois son propre système, *Paramount Theater*, à travers sa filiale Balaban & Katz à New York, Chicago et Los Angeles. Pourtant, le circuit abandonne rapidement cette innovation bien coûteuse.

Put Television in Your Theatres, Industry Leaders Tell Exhibitors

CHICAGO—What to do about television became one of the topics of discussion during the afternoon session of the opening day's discussion at the 20th Century-Fox merchandising meet here with several speakers making strong pleas to exhibitors to make use of it.

Spyros P. Skouras, 20th-Fox president, told his hearers to face the problem, not run away from it. He envisioned the day when theatres will have regional television broadcasting centers for putting high class stage shows and concerts into film houses as special features for the program.

For the more immediate future Leonard H. Goldenson took a definite stand in favor of using an "intimate" type of television trailer for selling pictures to the public.

Charles Skouras spoke on the same lines and declared that in Los Angeles television is already being felt as strong competition.

Sam Pinanski and S. H. Fabian, who already have large-screen television projectors in theatres in Boston and Brooklyn, respectively, were emphatic in declaring that the television competition should be met by "taking it over" and using it "instead of running away from it."

Spyros Skouras, in making the final speech of the day, said that he first tried to interest the film industry in television in the lush days "when we were paying 90 per cent income tax," but only Paramount was interested outside of his own company.

Skouras said that David Sarnoff, head of RCA, had estimated that $75,000 of the average $130,000 weekly gross at the Radio City Music Hall was drawn by the stage shows. He used these figures to point up his contention that shows of this quality telecast to film theatres on large screens could be as stimulating to boxoffices as was the introduction of sound.

"I would like to see thousands of theatres with shows like the Music Hall," he said. "We could do it with 25 or 30 different locations for putting on the telecasts."

"Television could be the greatest medium of prosperity this industry has ever known," he declared. "Let's take it over; let's not be afraid of it.

"Television was originally offered first to theatres and was turned down. We should demand sufficient channels. Within five years there will, it is estimated, be 40,000,000 receivers in use. That will be competition, the like of which this industry has never known, unless we act."

Goldenson, who talked in favor of television trailers, made it clear that he did not mean the standard type of trailers used in theatres.

"Make them intimate. Let a star address the audience. I have seen a General Motors film presented by Arthur Godfrey in which he introduces the officials and takes you on a tour of the plants. Can you imagine the impact of a film of this kind on a television audience, if Darryl Zanuck should take the television spectator on a tour of the 20th-Fox studios introducing personalities and mentioning pictures? They wouldn't stay at home; you would soon find them in theatres."

Predicts Big-Screen Video for Homes

CHICAGO—The television industry soon will be able to offer motion picture screen size pictures in the home, Martin Codel, editor and publisher of Television Digest, forecast at a luncheon of the second National Television conference held here this week.

« LES LEADERS DE L'INDUSTRIE DISENT AUX EXPLOITANTS QU'IL FAUT METTRE LA TÉLÉVISION DANS LES SALLES DE CINÉMA »

Compétition accentuée entre la télévision et le cinéma. L'usage de contenu de *home entertainment* dans les salles se démocratise pour permettre aux salles de cinéma d'augmenter leur fréquentation et de pérenniser leurs modèles économiques.

Boxoffice Pro, 11 mars 1950

Cependant, l'effondrement de la fréquentation ainsi qu'un paysage post-décrets Paramount incertain poussent certains exploitants à redoubler de persévérance. En 1950, l'association des exploitants américains Theater Owners of America affirme son soutien au Comité national des exploitants de télévision de cinéma (National Exhibitors Theatre Television Committee). Le comité a ainsi pour mission de développer et de promouvoir ces nouveaux systèmes afin de « reconquérir » le public perdu à la télévision, en proposant des contenus déjà populaires grâce à une technologie de pointe sur un grand écran.

En juin 1951, Ben Shlyen affirme que « la dissipation de certains problèmes [des exploitants] liés à la télévision pourrait être possible si les cinémas poursuivent les contenus à grand intérêt public en les achetant de la même manière qu'ils achètent des films[2] ». Les matchs sportifs, dont la fréquentation souffre aussi à cause de la télévision, deviennent rapidement le graal du telecasting.
En effet, la retransmission du combat de boxe Louis-Savold en 1951 dans huit salles est un succès énorme. L'audience serait même plus élevée dans ces huit cinémas qu'à Madison Square Garden, d'après Ben Shlyen[3]. En 1952, le combat Walcott-Marciano est présenté dans 49 salles[4]. Un an plus tard, le *telecasting* du championnat Marciano-La Straza, diffusé dans 45 salles, est encore plus populaire, dépassant les 400 000 dollars au box-office[5].

2 Ben Shlyen, « An Historic Event », *Boxoffice Pro (Boxoffice)*, 23 juin 1951.
3 Ben Shlyen, « Theatre TV Fight Showings A Sensation at Boxoffice », *Boxoffice Pro (Boxoffice)*, 23 juin 1951.
4 « Theatre TV to Get Bout in 30 Cities ; Marciano-Walcott Fight Will Be on Screen in 49 Movie Houses, 8 of Them Here », *The New York Times*, 19 septembre 1952.
5 « Theatre Telecast of Fight Virtual Sellout Across U.S. », *Boxoffice Pro*, 3 octobre 1953.

SIX-CITY REPORT ON EXCLUSIVE THEATRE TV BROADCAST

THEATRE TV FIGHT SHOWINGS A SENSATION AT BOXOFFIC[illegible]

About 39,000 Get In, With 10,000 Turned Away; Take Estimated at $25,290

NEW YORK—The first chain telecast of a fight on an exclusive basis in theatres was sensational.

Five more are tentatively scheduled and the next one will be the Jake La Motta vs. Bob Murphy fight June 27. A rush to get more TV installations is on. Five additional theatres in Chicago alone are scrambling for projectors.

More people saw the fight in theatres than at Madison Square Garden. About 39,000 were able to get into the theatres and it is estimated that 10,000 were turned away. A total of 18,179 fans paid $93,918 to get into the Garden. The theatres grossed about $25,290, with two of them advancing their admissions.

GUARANTEE OF $10,000

There is no way of telling how much of that $25,290 was profit, but managers and circuit executives were extravagant in their comments on the results. It is understood that the theatres guaranteed $10,000 to the International Boxing Club, or 40 cents a seat, and they divided up the wire charges, the costs of hiring NBC cameramen and a commentator, and the microwave costs to get the telecast into theatres from coaxial cables.

A total of 22,300 seats was available. If the theatre managers' estimates of attendance were correct they admitted 17,037 standees. This makes it apparent that there was considerable over-estimating of attendance, but even so the results were astonishing.

Theatres that didn't show the fight probably benefited from the fact that the fight was barred from both radio and television for home use, as a fight is usually stiff competition if shown in homes.

PROMOTERS ARE ELATED

The boxing promoters described the results as "fantastic." James D. Norris jr., president of the International Boxing Club, is ready to negotiate for more theatre telecasts. He and his associates gasp when they start figuring out the possible profits on a chain of several hundred theatres.

And theatremen are doing the same thing.

Movie Television Co., Inc., was chartered prior to the fight to handle this and future events, including televising motion pictures, stage plays, musical comedies, operas, ballets and other attractions in "theatres, auditoriums and other public places." Nate Halpern, television adviser to Fabian Theatres and the TOA, is president.

The results of the fight had an almost immediate effect on the University of Pennsylvania authorities who had threatened to break up the agreement in the National Collegiate Athletic Ass'n to limit football broadcasts for theatre use on an experimental basis next fall. Harold E. Stassen, U. of P. president, announced the day after the fight that the university would cooperate on "controlled" television "for this year," if the plan is declared legal. This was a face-saving gesture, because the association doesn't intend to ask whether the plan is legal, pointing out that courts have ruled that originators of radio broadcasts have a property right in their shows.

Advertisers have always bought radio shows for exclusive use and the same rule has been applied to television.

Notre Dame's attitude on exclusive theatre telecasts of its games this year was not clear following a statement by Rev. John J. Cavanaugh, president, in which he challenged the right of the NCAA to limit the number of telecast games by agreement. Last year several Notre Dame games were shown in theatres. He didn't say Notre Dame would not go along this year, but he pointed out that Notre Dame might lose $500,000 by abstaining from taking a definite stand on the problem of televising in 1952.

At each of the theatres showing the fight all the regional circuits were represented. At Albany there were nearly 50 of them, including men from the Schine circuit. The same was true in Baltimore, Washington and Cleveland. Before the telecast about 125 television projectors, mostly RCA, were on order. It is freely predicted that this number will be doubled in the next few weeks.

Whether the apparatus will be delivered or not is something else, because of materials scarcities, but one manufacturer who refused to permit use of his name said the materials could be secured by cutting down manufacture of home receivers which are not in heavy demand at present, due to overstocked in[illegible]tories.

Only two theatres, the Tivoli in Chicago [illegible] the Fulton in Pittsburgh, used the [illegible] film apparatus. The former was a Param[illegible] machine and the latter a General Prec[illegible] Instrument 16mm apparatus. It worked [illegible]fectly and the pictures were on the scre[illegible] seconds behind their arrival. The Tivo[illegible] Chicago still had about 1,500 persons wa[illegible] outside at the end of the show and put [illegible] again, thereby adding to the evening's [illegible]

Norris of the IBC says four theatre ci[illegible] are negotiating for rights to future fight [illegible]casts. This organization controls aren[illegible] Chicago, St. Louis, Detroit, Indianapolis, Omaha, as well as the Garden in New [illegible] and Yankee Stadium and the Polo Grou[illegible] If the exhibitor enthusiasm holds up afte[illegible] LaMotta-Murphy fight, there may be re[illegible] hookups for fightcasts as fast as the the[illegible] can get apparatus.

Indoor fights will not be available to t[illegible]tres until next year because of contracts [illegible] the International Boxing Club has al[illegible] signed. The LaMotta-Murphy fight at [illegible] Yankee Stadium will be limited to Al[illegible] Pittsburgh, Cleveland, Washington, Balti[illegible] and Chicago, if present plans are ca[illegible] through.

The big test may come July 18, if an a[illegible]ment is reached for a heavyweight bo[illegible] between Joe Louis and Ezzard Charles [illegible] heavyweight championship battle.

Cleveland Gets First Twin Lineup in Years

Cleveland—While it was the first time in entertainment history that a Cleveland theatre audience could see an event of national interest while it was taking place some 500 miles away, it was current history to see boxoffice lineups at two adjacent theatres at the same time. As they were lining up at the RKO Palace boxoffice to see the fight telecast, they were also lining up at the Loew State boxoffice for the Patti Page stage show which opened to capacity crowds. Only difference was in the type of audiences. At the Palace the audience was mostly male and obviously fight fans. The Loew's State audience was preponderantly made up of young couples and bobby soxers.

The significant point is that the shekels roll into the boxoffice when the program has audience appeal.

ALBANY

ALBANY—Motion picture theatre hi[illegible] was written here Friday night (15) wh[illegible] audience of 4,317 swarmed into Fabian's [illegible]ace for the exclusive telecast of the L[illegible] Savold heavyweight boxing bout. The [illegible] one of the largest ever crammed into [illegible] 3,750-seat house, and its reaction to [illegible] screen projection of the fight, convinc[illegible] theatremen and Filmrowers that "a ne[illegible] in the merger of television and motion [illegible]tures"—as Sportscaster Bill Corum p[illegible] it—had arrived.

The number of persons who bought [illegible]ets after 9 p. m. furnished the cli[illegible] proof of the telecast's potency. Excep[illegible] a smash picture, few patrons enter the [illegible]ace later than 9 on Friday. They ca[illegible] a steady stream until 10; a few up to [illegible] A lineup extending up Clinton avenue [illegible] reported before 7 o'clock. These p[illegible] wished to see the complete bill, as w[illegible] the telecast. Standees were five deep a[illegible] rear of the orchestra, and they ranged [illegible] the side walls well down to the front. A [illegible] group sat on the floor in a recess.

The audience, in the words of House [illegible]ager Alex Sayles, included "all ages [illegible] young to old." However, the greatest [illegible]ber appeared to be from 21 to the la[illegible] Many women, some of them with their [illegible]bands and others with boy friends, fo[illegible] the bout closely. They reacted vig[illegible] and vocally to the heavy punching [illegible] Louis unleashed and to the infrequent [illegible]

8 BOXOFFICE :: June [illegible]

« LA DIFFUSION DES COMBATS AU CINÉMA FAIT SENSATION AU BOX-OFFICE »

Les diffusions en direct dans les cinémas de combats qui se passent à l'autre bout du pays font sensation. Un nouveau public se déplace dans les salles.

Boxoffice Pro, 23 juin 1951

Cependant, les exploitants, tout comme les studios avant eux, se trouvent rapidement confrontés à la réalité des coûts d'installation exorbitants. Bien que la pratique du *telecasting* s'éteigne progressivement à partir de 1953, elle est remplacée par une itération : le *cable theater*.
En octobre 1956, le Osage Theatre, exploité par Video Independent Theatres, ouvre ses portes à Bartlesville, en Oklahoma, et devient le premier *cable theater* au monde. À la base du *telecasting* s'ajoute un modèle d'abonnement, une composante sans doute empruntée aux tentatives contemporaines (manquées) des acteurs de la télévision visant à établir des chaînes payantes. Les films et autres contenus télévisés sont donc diffusés aussi bien dans la salle de cinéma que sur le petit écran des abonnés. Contrairement au *telecasting*, le but n'est pas seulement de regagner les publics convertis à la télévision, mais aussi de séduire un nouveau segment traditionnellement peu cinéphile.
Milton J. Shapp, président de Jerrold Electronics, promet en juin 1957 que « le *cable theater* va introduire dans les salons américains le Hollywood suave, stylé et sophistiqué qui fait partie du folklore américain ». Le succès de l'expérience de Bartlesville donne de l'élan à ce nouveau modèle, notamment dans le Sud-Ouest américain. En 1957, par exemple, quatre circuits déposent une demande à la ville texane de Dallas pour obtenir un permis de construction. L'un d'eux, Interstate, en dépose dans 26 villes. Même Winthrop Rockefeller, fils du magnat John D. Rockefeller Jr., entreprend l'ouverture d'un *cable theater* dans l'Arkansas.

Cette fois-ci, ce n'est pas seulement le prix de l'installation de l'innovation qui la fit périr. En plus de cela, les exploitants devaient franchir de nombreux obstacles, dont l'obtention difficile de permis de construction et des contrats de location de poteaux téléphoniques coûteux. Enfin, la « guerre » déclarée par les géants de la télécommunication, notamment AT&T, sur le *cable theater* s'est avérée un obstacle insurmontable. Mais, malgré l'abandon du *telecasting* et du *cable theater* dès les années 1960, ceux-ci ont posé des bases pour le développement d'une stratégie de cooptation de la concurrence utilisée à maintes reprises par l'exploitation au fil des décennies.

COMMENT LE CONTENU ALTERNATIF DEVAIT PERMETTRE LE PASSAGE À LA PROJECTION NUMÉRIQUE AU TOURNANT DES ANNÉES 2000

L'adoption du cinéma digital (D-Cinema) pour remplacer les projecteurs 35 mm demande une transformation complète de l'infrastructure des exploitants. Cette nouvelle technologie est onéreuse, mais il existe deux grands canaux pour la rentabiliser : le développement de la 3D et la diffusion de contenu alternatif. La technologie numérique permet d'élargir sans fin les possibilités de contenu.
Le contenu alternatif (ou *cinema evenementiel*) englobe la publicité d'avant film, la diffusion de contenu non cinématographique comme des événements sportifs, des concerts, des expositions, ainsi que les événements interactifs (*education*, *gaming*…) qui transforment l'utilité de la salle de cinéma. En d'autres termes, le contenu alternatif, selon John Fithian, le président de NATO, « fait référence à tout produit de divertissement capable d'être diffusé numériquement au cinéma, à l'exception des longs métrages ».

Typiquement, le contenu alternatif ne suit pas la fenêtre d'exclusivité traditionnelle, et la programmation n'obéit pas non plus aux règles coutumières pour les films puisque souvent les diffusions sont disponibles quelques jours seulement, afin d'entretenir la rareté de l'événement. Les spectacles en direct ou inhabituels diversifient l'audience en attirant de nouveaux clients, et, surtout, les événements peuvent être programmés en dehors des heures de pointe, ce qui permet aussi une répartition de l'affluence. Le concept de contenu alternatif est sur toutes les lèvres dans les années 2000 suite à la mutation numérique, qui permet de projeter en direct des événements dans des conditions sonores et visuelles jamais vues auparavant. L'avènement du contenu alternatif dans les années 2000 a été un pilier pour rentabiliser l'investissement technologique des exploitants à travers l'attraction de nouveaux publics.

MORE THAN MOVIES AT THE MULTIPLEX

Along with "digital cinema," the closely affiliated term "alternative content" is among the hottest buzzwords in the exhibition industry these days. As reported in these pages in the October 2002 issue, alternative content can range from souped-up pre-show and in-lobby advertising and programming, such as that provided by Regal Entertainment Group's Digital Content Network; to sports events, rock concerts and Broadway musicals; to fully adapted interactive environments in auditoriums dedicated to non-movie content. All such opportunities are being explored to some degree by a business in search of additional revenue after the financial troubles experienced over the past few years, but it's the latter category that requires the most radical aesthetic departure for movie theatres and perhaps a forecast of the future look of exhibition venues.

GAME ROOM: *ESports Arena does not compromise the structural integrity of the venue in which it is installed.*

At the first of the year, the nation's first ESports Arena opened at Pacific Theatres in the Gaslamp District of San Diego. The venue is a multi-player high-tech game center where PC and console gamers can meet to compete face-to-face using the latest high-speed equipment and the newest, most popular games. In addition, the site is a permanent home for holding and broadcasting tournaments, leagues and competitions as well as premiering and testing new games.

Similarly, Tustin, Calif.-based inTheater Entertainmnet is a company that retrofits movie theatre auditoriums to simulate concert or dance-club environments, such as for a specially filmed performance by boy band 'N Sync. The experience includes a digital on-screen presentation of the event, back-stage shots and exclusive interviews, combined with a dance floor and synchronized lighting installed in the movie-theatre auditorium.

Both companies view movie theatres as a strategic match for their businesses.

"Movie theatres, for more than a century now, have been a major out-of-home destination entertainment center," says Gary Standard, chairman of inTheater Entertainment. "The entertainment that we are producing and distributing and acquiring fits the bill as major event-type programming that is an out-of-the-home entertainment experience."

"Movies have been one of the main areas of family entertainment outside of the house," agrees ESports founder and CEO John Varley, whose experience as founder and CEO of BattleTop, which has organized the World Cyber Games and operates popular PC game rooms in Korea, inspired the idea of a permanent, U.S.-based gaming venue. "Everybody knows that that's where you can go for entertainment."

Structural features such as wide cinema screens, sound-proof walls and row seating make movie theatres ideal locations for alternative installations such as ESports and inTheater. While the two companies do make aesthetic changes to the movie auditoriums, none of the alterations are permanent.

"We needed something that could be removed, that would be non-invasive, that could be restored back to a theatre so that our theatre partner knows that if it doesn't work out, they can still show movies there," Varley says. ESports does remove the theatre seats and puts them in storage, installing in their place pairs of gaming consoles that face each other and seats that swivel to face the front of the auditorium. The movie screen is elevated to eight feet high, out of reach of patrons, and the control center for the venue is located within the theatre itself so that the projection booth is not altered.

Likewise, inTheater makes limited modifications as well. "In addition to installing and maintaining the digital equipment in the booth, we put in moving lights, a lighting truss, a common area that can be used as a dance floor and merchandising sales in the front of the theatre," Standard says. "We put in a barrier to keep people from being able to touch the screen. We put in counters for merchandising and refreshment sales, and we put in various kinds of scenic [elements] on the walls of the theatre. And we all do that very unobtrusively, meaning that we install it in such a way that it is not permanent and can be removed." InTheater also installs flooring in order to flatten sloped floors.

Movie theatres also provide such logistical benefits as a controlled environment, in which one must buy a ticket—just as with a movie—in order to enter the alternative-use venue; optimal locations in high-traffic areas; pre-existing customer traffic; and concessions. ESports and inTheater Entertainment's internal operations are virtually invisible to the movie theatre workers and management, as the companies' own employees handle the specialized tasks inside the venues.

"Movie theatres will always for the most part be movie theatres," Standard says. "But there's a lot of benefit, both from revenue and servicing the customer, with alternative programming."—*Annlee Ellingson*

« DAVANTAGE QUE DES FILMS AU MULTIPLEXE »

L'apparition du cinéma digital permet la diffusion de contenu alternatif (tout ce qui n'est pas un long métrage) dans les salles de cinéma. L'industrie du cinéma, qui essaie de diversifier ses revenus pour pouvoir financer la transition digitale, perçoit le contenu alternatif comme une opportunité économique.

Boxoffice Pro, mars 2003

Le *cinema evenementiel* a décollé avec de la diffusion en direct, notamment de concerts emblématiques tels que ceux de Bon Jovi en 2001 ou de David Bowie en 2003. Le partenariat de l'Opéra de New York avec Fathom Events a aussi été précurseur de la tendance de contenu alternatif puisqu'ils ont proposé des diffusions en direct par satellite dans les salles, et ont ensuite été imités par la Royal Opera House, Glyndebourne, la Scala et l'Opéra de Sydney. Alain Duault, directeur artistique de Viva l'Opéra !, en partenariat avec UGC depuis 2014, déclare : « Le cinéma a cela de populaire qu'il est simple d'accès. Cela permet même d'effacer cette image élitiste qui peut faire peur à certains[6]. » Le succès de cette forme de cinéma s'explique principalement par l'accessibilité financière et géographique des événements, en comparaison avec les performances sur place. L'association de *cinema evenementiel* Event Cinema Association (ECA) voit le jour en 2012 ; elle a pour but de répertorier les revenus au box-office du contenu alternatif et de crédibiliser la pratique. L'association est basée au Royaume-Uni, leader mondial du domaine en termes de production et de diffusion. En 2006, l'ensemble du secteur du contenu alternatif ne représentait que 200 000 livres dans les revenus des exploitants du Royaume-Uni, alors qu'en 2012 ce chiffre était passé à 12,5 millions de livres.

6 Fabrice Leclerc, « Ballets, concerts, sport : le cinéma côté cour », *L'Express*, 27 mars 2014.

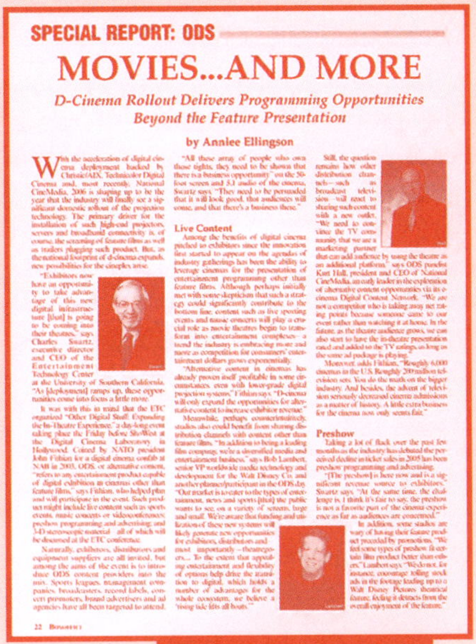

SPECIAL REPORT: ODS

MOVIES...AND MORE

D-Cinema Rollout Delivers Programming Opportunities Beyond the Feature Presentation

by Annlee Ellingson

With the acceleration of digital cinema deployment backed by Christie/AIX, Technicolor Digital Cinema and, most recently, National CineMedia, 2006 is shaping up to be the year that the industry will finally see a significant domestic rollout of the projection technology. The primary driver for the installation of such high-end projectors, servers and broadband connectivity is, of course, the screening of feature films as well as trailers plugging such product. But, as the national footprint of d-cinema expands, new possibilities for the cineplex arise.

"Exhibitors now have an opportunity to take advantage of this new digital infrastructure [that] is going to be coming into their theatres," says Charles Swartz, executive director and CEO of the Entertainment Technology Center at the University of Southern California. "As [deployment] ramps up, these opportunities come into focus a little more."

It was with this in mind that the ETC organized "Other Digital Stuff: Expanding the In-Theatre Experience," a day-long event taking place the Friday before ShoWest at the Digital Cinema Laboratory in Hollywood. Coined by NATO president John Fithian for a digital cinema confab at NAB in 2003, ODS, or alternative content, "refers to any entertainment product capable of digital exhibition in cinemas other than feature films," says Fithian, who helped plan and will participate in the event. Such product might include live content such as sports events, music concerts or videoconferences; preshow programming and advertising; and 3-D stereoscopic material—all of which will be discussed at the ETC conference.

Naturally, exhibitors, distributors and equipment suppliers are all invited, but among the aims of the event is to introduce ODS content providers into the mix. Sports leagues, management companies, broadcasters, record labels, concert promoters, brand advertisers and ad agencies have all been targeted to attend.

"All these array of people who own those rights, they need to be shown that there is a business opportunity" on the 50-foot screen and 5.1 audio of the cinema, Swartz says. "They need to be persuaded that it will look good, that audiences will come, and that there's a business there."

Live Content

Among the benefits of digital cinema pitched to exhibitors since the innovation first started to appear on the agendas of industry gatherings has been the ability to leverage cinemas for the presentation of entertainment programming other than feature films. Although perhaps initially met with some skepticism that such a strategy could significantly contribute to the bottom line, content such as live sporting events and music concerts will play a crucial role as movie theatres begin to transform into entertainment complexes—a trend the industry is embracing more and more as competition for consumers' entertainment dollars grows exponentially.

"Alternative content in cinemas has already proven itself profitable in some circumstances, even with lower-grade digital projection systems," Fithian says. "D-cinema will only expand the opportunities for alternative content to increase exhibitor revenue."

Meanwhile, perhaps counterintuitively, studios also could benefit from sharing distribution channels with content other than feature films. "In addition to being a leading film company, we're a diversified media and entertainment business," says Bob Lambert, senior VP worldwide media technology and development for the Walt Disney Co. and another planner/participant in the ODS day. "Our market is to cater to the types of entertainment, news and sports [that] the public wants to see, on a variety of screens, large and small. We're aware that funding and utilization of these new systems will likely generate new opportunities for exhibitors, distributors and—most importantly—theatregoers... To the extent that appealing entertainment and flexibility of options help drive the transition to digital, which holds a number of advantages for the whole ecosystem, we believe a 'rising tide lifts all boats.'"

Still, the question remains how other distribution channels—such as broadcast television—will react to sharing such content with a new outlet. "We need to convince the TV community that we are a marketing partner that can add audience by using the theatre as an additional platform," says ODS panelist Kurt Hall, president and CEO of National CineMedia, an early leader in the exploration of alternative content opportunities via its e-cinema Digital Content Network. "We are not a competitor who is taking away net rating points because someone came to our event rather than watching it at home. In the future, as the theatre audience grows, we can also start to have the in-theatre presentation rated and added to the TV ratings, as long as the same ad package is playing."

Moreover, adds Fithian, "Roughly 6,000 cinemas in the U.S. Roughly 200 million television sets. You do the math on the bigger industry. And besides, the advent of television seriously decreased cinema admissions as a matter of history. A little extra business for the cinema now only seems fair."

Preshow

Taking a lot of flack over the past few months as the industry has debated the perceived decline in ticket sales in 2005 has been preshow programming and advertising.

"[The preshow] is here now and is a significant revenue source to exhibitors," Swartz says. "At the same time, the challenge is, I think it's fair to say, the preshow is not a favorite part of the cinema experience as far as audiences are concerned."

In addition, some studios are wary of having their feature product preceded by promotions. "We feel some types of preshow fit certain film product better than others," Lambert says. "We do not, for instance, encourage rolling stock ads in the footage leading up to a Walt Disney Pictures theatrical feature, feeling it detracts from the overall enjoyment of the feature."

22 Boxoffice

« FILMS… ET PLUS : LE DÉPLOIEMENT DU D-CINEMA OFFRE DES POSSIBILITÉS DE PROGRAMMATION ALLANT AU-DELÀ DE LA PRÉSENTATION DES FILMS »

Le déploiement du cinéma digital permet la diffusion de contenu en direct ainsi que de la publicité avant la projection. Même si ces activités restent considérées comme des revenus « extra », ce sont de nouvelles opportunités de business pour l'industrie.

Boxoffice Pro, mars 2006

Un nouveau public se rend alors dans les salles. Les multiplexes s'efforcent de recréer l'immersion de la performance live grâce à la 3D, à la foule de spectateurs présents, à des interviews exclusives de professionnels du milieu… La diffusion en direct devient une alternative viable pour concurrencer le marché du VOD et vendre davantage de pop-corn pour rentabiliser les multiplexes. Les records mondiaux de box-office pour le contenu alternatif sont attribués à *Doctor Who* (10,2 millions de dollars en trois jours au box-office), *Pompeii Live* par le British Museum, la comédie musicale *Billy Elliot*, André Rieu, One Direction ou *Richard III* par la Royal Shakespeare Company.

« *ROCK AND REEL* : CE QUE LA NOUVELLE GÉNÉRATION DE FILMS DE CONCERT NOUS APPREND SUR LE COMMERCE DU CINÉMA ET DE LA MUSIQUE »

Première de couverture de *Boxoffice Pro* à propos de la diffusion des concerts de Harry Styles dans les salles de cinéma.

Boxoffice Pro, août 2013

En 2005, National CineMedia (NCM), une entreprise conjointe de publicité digitale fondée par les circuits de salles AMC et Regal Cinemas, voit le jour. Cinemark ne tarde pas à rejoindre l'entreprise, ce qui fait de NCM le plus grand réseau partenarial publicitaire d'écrans en Amérique du Nord. En 2003, le Conseil de la publicité cinématographique (CAC) avait été formé avec pour objectif de centraliser toutes les informations et tous les besoins des acteurs qui interagissent avec la publicité au cinéma. Cette organisation a initié une nouvelle tendance : se focaliser sur l'amélioration de l'expérience des consommateurs lors de l'avant-séance. La tendance paraît porter ses fruits puisque, selon un article de *Boxoffice Pro* datant de 2007, « les revenus de la publicité cinématographique ont augmenté de 21 % en 2005, après une hausse de 23 % en 2004[7] ».

Le contenu publicitaire avant la diffusion de films (l'avant-séance) est une aubaine pour le modèle économique digital. National Cinema Network (NCN) était un pionnier de la publicité dans les cinémas depuis les années 1970 : à l'époque, il faisait passer manuellement des tracts publicitaires statiques devant les projecteurs 35 mm. La transformation numérique permet désormais de diffuser des publicités sur une multitude d'écrans à la fois, d'être plus divertissant pour le public, moins cher et plus flexible pour cibler les tranches d'âge en fonction de la nature du film projeté.

Aujourd'hui, selon le CAC, les régies publicitaires cinéma ont généré 750 millions de dollars ou plus en recettes publicitaires pour le cinéma pendant quatre années consécutives[8]. En effet, le *cinema evenementiel* dans son ensemble représente actuellement en moyenne entre 3 et 4 % du box-office global des cinémas selon l'ECA. Étant donné que les événements spéciaux sont par définition limités en termes d'offre, le contenu alternatif ne représentera jamais plus qu'une faible proportion des recettes totales du secteur.

7 Cliff Marks, « It's an advertising age », *Boxoffice Pro* (Boxoffice), avril 2007.
8 Cinema Advertising Council, www.cinemaadcouncil.org/

7

LE CINÉMA, CULTURE OU DIVERTISSEMENT ?

LA CRISE, RÉVÉLATEUR DU LIEN ENTRE LE CINÉMA ET LA SOCIÉTÉ

➔ En décembre 2020, le président de l'association américaine des salles de cinéma NATO résumait ainsi le positionnement différent des pouvoirs publics en Europe et aux États-Unis quant au soutien, notamment financier, à apporter au secteur de la culture, et spécifiquement du cinéma, en période de crise : « Les États-Unis n'ont pas réagi pour aider les institutions culturelles comme l'ont fait de nombreux gouvernements européens. En Europe, on a toujours cru que le gouvernement avait un rôle à jouer dans la préservation de la culture, ce qui n'est pas le cas aux États-Unis. Aux États-Unis, il y a une déconnexion philosophique entre l'aide gouvernementale et la culture, alors qu'en Europe le gouvernement estime que la promotion de sa propre culture est importante[1]. »

Quelques mois plus tard, avec la mise en place du programme d'aide de 16,25 milliards de dollars *Shuttered Venue Operators Grant* (*SVOG*), le patron de l'exploitation américaine tempérerait sans doute son propos. Pourtant, il met en évidence une différence d'approche fondamentale quant au rapport de l'État et, plus globalement, de la société avec le cinéma entre Hollywood et Paris.

Quel meilleur test que la privation d'un bien ou d'un service pour en évaluer la valeur ? De ce point de vue, la crise du Covid a été très éclairante sur le rôle du secteur et, surtout, sur les différences de perception entre la France et les États-Unis. Deux pays qui peuvent, chacun à leur manière, revendiquer une forme de paternité sur le secteur. Le cinéma est emblématique de la pop culture américaine, tout comme il représente bien une certaine culture française qui rayonne à sa façon. Dans un cas comme dans l'autre, avec la fermeture des cinémas, l'absence de l'expérience de

1 « NATO's John Fithian on COVID Relief Bill, Theatrical Exclusivity Window, and Timeframe for Recovery », interview *The Boxoffice Podcast*, 10 décembre 2020.

la salle aura été un bon révélateur de son rôle et de son importance dans la société. De part et d'autre de l'Atlantique, les stratégies mises en œuvre pour présenter et défendre les intérêts du secteur auront été déterminées et efficaces, au moins à court terme. Elles sont aussi révélatrices de visions très différentes du cinéma, comme « business de l'*entertainment* » ou comme industrie culturelle.

LE CINÉMA, « COMBIEN DE DIVISIONS ? »

Le lobbying aux États-Unis comme sur un certain nombre de marchés internationaux s'est concentré sur la quantification du poids économique du secteur. Au pays de l'Oncle Sam, le traitement de faveur est à la mesure de la contribution d'ensemble. Ainsi, à l'occasion de CinemaCon 2021, NATO a commandité au cabinet Ernst & Young une étude[2] pour estimer la taille et les contributions économiques de l'industrie du cinéma aux États-Unis. Cette étude examine les impacts économiques directs, indirects et induits de l'industrie du cinéma à travers ses opérations, ainsi que les contributions de consommation générées par les spectateurs. Cette consommation englobe les dépenses pour des activités qui ne sont pas directement liées aux films mais qui sont associées à l'expérience cinématographique globale, appelées ci-après « dépenses liées aux sorties cinéma ».

Ainsi, en 2019 aux États-Unis, l'industrie du cinéma américaine a généré 10,2 milliards de dollars de vente au box-office et une production économique brute (revenus) directe estimée à 18,3 milliards de dollars. Les cinémas employaient environ 150 200 travailleurs et ont versé environ 2,6 milliards de dollars en revenus directs du travail.

Les dépenses totales liées aux sorties ou soirées cinéma étaient d'environ 5 milliards de dollars en incluant les activités de restauration et de vente au détail occasionnées par la sortie au cinéma. Cette estimation est basée sur l'observation des dépenses effectuées par les cinéphiles dans les 2 heures 30 et dans un rayon de 10 miles autour de leur visite au cinéma, par rapport à leurs habitudes de dépenses habituelles pendant d'autres périodes comparables où ils n'ont pas fréquenté de cinéma.

2 « Economic Contributions of the US Movie Theater Industry prepared for the National Association of Theatre Owners (NATO) », Ernst & Young, août 2021.

En 2019 toujours, l'industrie du cinéma a soutenu un total de 399 500 emplois, comprenant les 150 200 employés directs déjà évoqués, auxquels s'ajoutent 175 200 travailleurs soutenus par des effets indirects et induits, et 74 100 travailleurs soutenus par les dépenses liées aux sorties cinéma.

L'industrie du cinéma a également contribué à une valeur ajoutée totale de 29,7 milliards de dollars (y compris les contributions directes, indirectes et induites provenant à la fois de l'exploitation des cinémas et des dépenses liées aux sorties cinéma).

Enfin, l'industrie du cinéma a soutenu une production économique brute de 63,8 milliards de dollars (y compris les contributions directes, indirectes et induites de l'exploitation des salles de cinéma et des dépenses liées aux sorties ou soirées cinéma), comprenant 18,3 milliards de dollars de recettes directes provenant de l'exploitation des cinémas, 36,1 milliards de dollars de production économique indirecte et induite, et une production supplémentaire de 9,3 milliards de dollars soutenue par les dépenses liées aux sorties cinéma.

Derrière cette batterie de chiffres se cachent quelques messages intéressants sur l'industrie cinématographique et sur sa place dans l'économie américaine. En ce qui concerne l'industrie du cinéma elle-même, ces chiffres viennent mettre en regard, de manière consolidée, les chiffres du box-office (produit des ventes de billets strictement) et l'ensemble des recettes annexes, au premier rang desquelles le Coca et les pop-corn ! Si ces chiffres peuvent facilement être estimés sur la base des résultats des groupes d'exploitation cotés, il s'agit néanmoins d'une sorte de secret de famille dont on n'aime traditionnellement pas trop parler…

Le lobbying américain dans un contexte de crise a amené le secteur à analyser son impact économique au-delà des mesures habituelles de box-office.

Le coefficient multiplicateur pour mesurer l'impact total de la dépense en salle serait un facteur de l'ordre de trois.

Au-delà, cette démonstration revient à évaluer, chiffres à l'appui, l'effet d'entraînement de l'économie du cinéma sur le reste de l'activité économique, une façon de reconnaître que l'industrie ne peut pas s'analyser de manière autonome, qu'elle produit des effets tangibles sur des secteurs voisins, ce que les économistes appellent des « externalités positives ». Si l'on compare l'activité directe et l'activité indirecte sur la base de cette étude, on peut isoler une sorte de coefficient multiplicateur : 1 dollar dépensé au cinéma produit 3,5 dollars au total du fait des autres dépenses directement liées aux sorties cinéma. Cette évaluation peut être rapprochée d'une autre étude conduite au début de la crise en 2020 par la Fédération espagnole des cinémas FECE[3], qui concluait à un impact de 2,7 euros au total pour chaque euro dépensé en salle de cinéma.

Bien sûr, deux études de ce type ne permettent pas de conclure de manière scientifique, mais cette idée que chaque euro dépensé au cinéma se transforme en 3 euros dans l'activité économique est suffisamment simple pour être séduisante... On pourra certes opposer que regarder le secteur de la salle n'a pas de sens et qu'il faudrait analyser l'ensemble, y compris les différentes formes de VOD, ou que la prise en compte de la propriété intellectuelle qui resurgira sous d'autres formes n'est pas correctement appréhendée, mais, au total, cet exercice de rationalisation de l'impact économique d'ensemble du secteur s'est avéré un outil de communication et de lobbying puissant pour cette industrie qui aime se penser « *bigger than life* »...

3 https://www.fece.com/impacto-economico-de-la-exhibicion-cinematografica

LE CINÉMA, PAS « ESSENTIEL » EN FRANCE ?

➔ Si l'on cherche un mot – on serait tenté de dire un hashtag – emblématique des discussions et tensions entre l'État et les salles de cinéma françaises au cœur de la crise, on pensera sans doute à *essentiel*. Être ou ne pas être essentiel... Dans la typologie établie lors du confinement ont été exemptés de fermeture une courte liste de secteurs jugés essentiels. Or, le message en creux pour le cinéma et la culture en général a produit un effet de communication désastreux. Les salles de cinéma françaises, fermées, ont arboré sur leur façade les mots *pas essentiel* comme une marque indélébile de l'affront subi...

Cette querelle de mots et de symboles est intéressante en ce qu'elle illustre à quel point le secteur du cinéma en France se vit comme autre chose qu'un secteur économique. Cette perception du cinéma comme réelle industrie culturelle est parfois difficile à comprendre, particulièrement vue depuis l'étranger. N'y aurait-il pas une forme de complaisance à ranger la séance d'un blockbuster hollywoodien dans la catégorie des activités culturelles à côté d'une visite au Louvre ? C'est une critique adressée par exemple au Pass Culture : on a fait des gorges chaudes de la surconsommation de B.D. et mangas rendue possible par cette manne distribuée aux jeunes majeurs... Pourtant, au-delà de la caricature toujours facile, il y a bien quelque chose de primordial qui se joue.

« Le cinéma est une activité populaire accessible à tous au cœur de notre patrimoine culturel inscrit dans nos territoires. [...] Le cinéma a de tout temps participé de nos identités sans jamais nous y enfermer. Il construit nos émotions, à la fois intimes et collectives. Le cinéma nous fait vivre l'expérience de notre commune humanité, par-delà le genre, l'origine, la langue, la religion. Ce cinéma, le cinéma français et le cinéma francophone, a besoin de salles pour être projeté. Le cinéma, c'est d'abord le grand écran. 6 000 écrans dont la moitié dans les villes de moins de 10 000 habitants, là où justement la fréquentation a progressé ces dernières années, c'est un élément structurant dans le maillage territorial et l'accès de tous à la culture ! » Ces mots ont été prononcés par le Premier ministre français Jean Castex en ouverture du Festival du film francophone d'Angoulême, le 28 août 2020. Le fait même qu'au cœur de la crise le chef du gouvernement d'un pays qui se décrit comme « en guerre » prenne le temps d'une visite à un festival et d'un discours de vingt minutes sur l'importance de la salle de cinéma semble incroyable pour la plupart des professionnels à travers le monde.

Les avis sur le plan de relance culturel seront, comme toujours en France, irréconciliables entre ceux qui pensent que c'est une gabegie et ceux qui pensent que c'est insuffisant. Là encore, arrêtons-nous sur ce qui différencie l'approche française de l'approche américaine. Dans une interview en marge de CinemaCon 2021, le président de NATO, John Fithian, se réjouissait de ce que, à ce stade, et grâce au programme de prêts *SVOG*, le bilan des fermetures de salles soit loin de la Bérézina redoutée au plus dur de la crise. Après avoir craint de voir la moitié des cinémas du pays fermer leurs portes, la défaillance de 1 000 salles sur 43 000 semble somme toute assez modeste. Voilà des mots qu'on ne pourrait imaginer entendre dans la bouche d'un représentant de l'exploitation française. Comme au moment de la transition numérique du parc de salles à la fin des années 2000 et au début des années 2010, le mot d'ordre est le même, souvent martelé par Richard Patry, président de la Fédération nationale des cinémas français : « Pas une salle ne doit rester sur le côté du chemin. »

Le volet culture du plan de relance est donc un choix résolu et assumé du président et du gouvernement, fondé sur le constat que la culture constitue un puissant levier pour conforter le pacte républicain et le lien social, au-delà même de la crise que traverse le secteur. Cette relance pour le cinéma a donc été l'occasion d'une réaffirmation du modèle culturel français sur la base de trois piliers identifiés comme tels par le Premier ministre.

Le premier défi consiste à « redonner le goût de la salle de cinéma aux jeunes publics ». L'idée d'une véritable mission de service public avec un dispositif comme « École et Cinéma » (voir le Coup de projecteur « Le cinéma dans l'Éducation nationale ») est un sujet de stupéfaction dans nombre de pays. L'existence même de ce dispositif signifie que, dès le plus jeune âge, le cinéma a une mission au cœur de la société, celle de créer du lien et de confronter l'individu à l'altérité dans une expérience à la fois intime et collective.

Le deuxième enjeu de ce plan de relance est le « renforcement de la souveraineté culturelle ». Depuis longtemps, la France a mis en place un système dans lequel les diffuseurs de contenu ont des obligations de financement dans la production, surtout indépendante. Ce même système va désormais s'appliquer aux nouvelles plateformes, particulièrement au moment où les champions de la SVOD apparaissent comme les grands bénéficiaires de la crise, alors que, à l'inverse, les salles de cinéma en sont les victimes. La transposition de la directive SMA (droit d'auteur et câbles satellites) est donc présentée comme une « grande victoire pour la souveraineté culturelle européenne ». Les plateformes américaines, grâce à ce dispositif, contribueront au financement de la production indépendante garante de la diversité de la création à la fois audiovisuelle et cinématographique.

Enfin, le plan de relance pour la culture vise à « renforcer le soutien à la création ». Il s'agit de doter les entreprises culturelles des moyens nécessaires pour créer les conditions à une croissance plus forte qui bénéficiera à tous les acteurs de la filière. Le CNC voit ainsi ses moyens renforcés par l'État. En outre, des financements spécifiques, dits « d'avenir », viennent compléter le dispositif qui évolue à chaque nouveau soubresaut de cette crise à rebondissements.

Tout au long de celle-ci, il est apparu clairement que l'enjeu de sauver les salles en France va au-delà de la question économique. La salle de cinéma est plus qu'un lieu de consommation, c'est la manifestation d'un certain art de vivre, d'une certaine vision de la culture. D'où les débats passionnels et la mobilisation forte autour du symbole d'un secteur catégorisé comme « pas essentiel »...

Le débat et les polémiques autour du terme *essentiel* illustrent bien la mission qui anime les professionnels du secteur en France.

Les plans de relance successifs ont été l'occasion de réaffirmer les piliers de la politique culturelle française en matière de cinéma.

COUP DE PROJECTEUR

LE CINÉMA AMÉRICAIN PENDANT LA GRANDE DÉPRESSION : AU-DELÀ D'UNE VISION PUREMENT ÉCONOMIQUE ?

Les années 1930 figurent dans l'imaginaire collectif comme l'âge d'or d'Hollywood. Pourtant, la Grande Dépression plonge l'industrie dans une période de crise. Après des années d'achats frénétiques de cinémas et une transition au parlant fort coûteuse, la situation financière d'Hollywood est précaire. En 1933, la dette combinée des studios majeurs dépasse les 400 millions de dollars[4]. Mais, bien que les profits hollywoodiens rétrécissent, le public n'abandonne pas le cinéma.

4 Iwan Morgan et Philip John Davies, *Hollywood and the Great Depression : American Film, Politics and Society in the 1930*, Edinburgh University Press, 2016.

Au lendemain du krach de Wall Street, Hollywood se porte mieux que la majorité des secteurs économiques rapidement accablés par le choc de 1929. En décembre, Al Lichtman, chef des ventes chez United Artists, est confiant : « Partout dans le pays, les recettes au box-office vont bien. Les gens se sont tournés vers une forme peu chère de divertissement que représente le cinéma pour une distraction mentale[5]. » En effet, en 1930, alors que le taux de chômage s'élève à 8,7 %, la fréquentation hebdomadaire des quelque 20 000 cinémas américains atteint les 80 millions[6]. À la suite d'une baisse en 1931 et 1933, la fréquentation reprend au milieu de la décennie. « Les records de fréquentation sont battus à chaque coin du pays, et dans certains endroits, les recettes sont plus élevées que jamais », écrit Ben Shlyen en octobre 1936[7].

5 « Wall Street Crash Will Have No Effect on Moving Picture Business », *Boxoffice Pro*, 7 décembre 1929.
6 Paul Whittington, « How the Great Depression inspired Hollywood's golden age », *The Independent*, 4 octobre 2008, et Iwan Morgan et Philip John Davies, *Hollywood and the Great Depression : American Film, Politics and Society in the 1930*, Edinburgh University Press, 2016.
7 Ben Shlyen, « Straws in the Wind », *Boxoffice Pro* (Boxoffice), 17 octobre 1936.

WALL STREET CRASH WILL HAVE NO EFFECT ON MOVING PICTURE BUSINESS

Wall Street's ups and downs haven't and wont's affect business in movie theatres throughout the country, Al Lichtman, sales head of United Artists, declared following his return to New York from a nation-wide tour of exchanges, and two sales conferences, in Chicago and New York, with his branch managers from all parts of the country.

"Popular-priced showings of pictures haven't been hurt anywhere by the market," said Mr. Lichtman. "All over the country business at the box offices of theatres is fine. I remember that during the depression of 1921 the film theatres weren't hit, and old showmen told me out on the road during the past few weeks that even the panic of 1907 didn't hurt their business. On the contrary, people turned to the economical form of entertainment which the movies represented, for mental diversion."

United Artists will release one short subject featurette each month, Mr. Lichtman said. The producers of pictures released by his organization are resolved to achievo in the musical field what Gloria Swanson's "The Trespasser' 'did in the field of drama and Ronald Colman's "Bulldog Drummond" did in the world of sophisticated melodrama, the sales head says. Therefore, Joseph M. Schenck has aligned Arthur Hammerstein with his organization, and Samuel Goldwyn has formed a partnership with Florenz Ziegfeld, Jr. In addition, Harry Richman, Fannie Brice, Irving Berlin, Hugo Riesenfeld and others concerned with production of Broadway musical hits are now working on the United Artists lot. "Irish Fantasy" is the new title of the short subject, "Irish Rhapsody." Mr. Lichtman said, and it has been decided that a forthcoming short will be written around "Dixie."

Mr. Lichtman predicted that Herbert Brenon's "Lummox," which he saw in Hollywood, will be a sensational success, similar to "Stella Dallas" and "Sorrell and Son," which films it resembles in subject matter and heart appeal.

Silent Houses in Line

Silent versions on all United Artists talking pictures will be available to the hundreds of unwired houses in the United States and elsewhere, Mr. Lichtman announced. "Soquette," "Alibi" and "Bulldog Drummond," first three all-talking pictures of U. A., are available silent, and all those made since will be available silent, too.

Mr. Lichtman said that there are 10,000 exhibitors in the United States who have regularly played U. A. pictures, and for those who have unwired houses his company intends to supply versions they can present. Among the new talkers are "Condemned," "The Trespassor," "Taming of the Shrew," "New York Nights," "Lummox," "The Locked Door," "Hell Harbor," "The Champ," "The Swan" and "Puttin' On the Ritz."

« LE KRACH DE WALL STREET N'AURA AUCUN EFFET SUR LE COMMERCE DES FILMS »

L'industrie du cinéma n'a pas été affectée par les hauts et les bas de Wall Street car les gens se tournent vers un divertissement abordable pour se changer les idées en période de crise.

Boxoffice Pro, 7 décembre 1929

NEW ENGLAND FILM NEWS Page 11

URGENT---ACT NOW!

With dropping back of the proposed tax on theatre admittances to 10 cents, approved Monday by the Senate Finance Committee, the danger that this industry has been trying to avoid is staring it in the face and literally thumbing its nose at it. Efforts of Senator Couzens of Michigan and Senator Walsh of Massachusetts to dissuade the committee from placing such a low exemption on the amusement of the masses, the poor people, whom the legislators are claiming to keep unburdened from taxation, failed, and the matter is now ready for a final vote. This is a critical situation. If the measure becomes a law it will close many hundreds of theatres for a long time, if not permanently. It calls for action. Wire the senators from your district immediately to oppose this unfair and business-wrecking tax; induce prominent local business men to send similar wires. Lose no time. Don't write a letter, SEND A TELEGRAM! AND DO IT NOW! IT'S A MATTER OF LIFE AND DEATH FOR EVERY SMALL THEATRE IN THIS BUSINESS!

—BEN SHLYEN.

« URGENT… AGISSEZ MAINTENANT ! »

Appel au soutien des exploitants et du public suite à l'apparition d'une taxe sur les entrées, qui serait un poids pour les ménages les plus pauvres souhaitant encore se divertir.

Boxoffice Pro, 12 mai 1932

INDUSTRY LEADERS HAIL THE NEW ERA

President, Paramount-Publix

ADOLPH ZUKOR

There is nothing in this depression that good pictures, hard work and sound judgment cannot cure. Previews of the early season's product assure me that our pictures are going to be good. The Hollywood studios have gone to work and producers are keeping their eyes on the box office. Now it is up to exhibitors everywhere to use sound showmanship and get results. Business in the motion picture industry is picking up and we in Paramount have every reason to be optimistic for the future. Your "golden opportunity" is here. Forget the past and work for the future.

President, Universal Pictures

CARL LAEMMLE

The depression has been a good thing for the motion picture industry for it knocked out extravagant ideas and brought costs down to a sane level. With the return of general prosperity the public will return to the theatres and their return will give producers more time and money to spend on better pictures. I have every expectation that the motion picture business will march forward steadily and sanely from this point on. I have strong belief not only in the future of this industry, but also in the future of the entire country. Prosperity is at hand again. Let us profit by our mistakes of the past and look to the future with confidence.

Treas. and Gen. Mgr. in Charge of Distribution, Warner Bros.

MAJOR ALBERT W. WARNER

In addition to giving the exhibitor the finest pictures in the industry, Warner Bros. is doing its utmost to help the exhibitor cash in on its great box-office values. We are getting up extensive advertising campaigns in all key spots in order to set the pictures up for the rest of the country. We are advising exhibitors of successful exploitation stunts in other situations in order that they, too, might cash in on the Warner-First National product. We are giving exhibitors real box office names. With these pictures, with the smash advertising campaigns drawn up in each instance, with ticket-selling trailers and live, practicable exploitation ideas, Warner Bros. is presenting the exhibitor with the where-with-all for an immediate return to healthy box-office business.

President, Fox Film Corp.

SIDNEY R. KENT

Fox Film Corporation is now busy on a production schedule of maximum flexibility. We believe that such flexibility, to take advantage of changes in public taste, new subjects of public interest, new plays, books and original stories, offers the greatest opportunity to create box office prosperity.

Our production schedule constitutes a well-balanced selection of strong stories. I believe that pictures must be made down to earth to get the widest box office appeal. For that reason we have reduced the number of sophisticated pictures and are getting back to first principles, making pictures from human stories of universal appeal.

It is to our interest as well as to the interest of our exhibitor customers, that we be sure our product is new and timely, and to that purpose we are bending every effort.

President, United Artists Corporation

JOSEPH M. SCHENCK

We have long since struck the bottom, and the rebound has set in. Reports from several sections of the country bear this out, and there is a tangible spirit of hope everywhere.

Already, in the upper reaches of industry, there is vast improvement. Mills are being reopened, men are being re-employed and crops are highly favorable. This new spirit is bound to permeate the public generally before we know it, and then there will be money to spend, with resultant improvement in trade generally.

Speaking for United Artists, I see an extremely good year ahead of us.

President, World Wide Pictures

JOE BRANDT

Producers of consistently good product have had little need to concern themselves about the depression. By the same token, price inflations both in the stock market and in world commerce will never do for the picture industry what consistently good pictures will accomplish.

It is my belief that the new season will see a greater percentage of good pictures than the motion picture industry has ever known, and that fact alone forecasts a good year for the motion picture business. Undoubtedly, one of the greatest contributing factors to the superlative line of pictures promised for the new season, is the willingness of producers to interchange talent. This is undeniably a great step of progress in the motion picture industry.

« LES LEADERS DE L'INDUSTRIE SALUENT LA NOUVELLE ÈRE »

Des témoignages optimistes des leaders de l'industrie près de trois ans après le krach.

Boxoffice Pro, 25 août 1932

Certes, les stratégies économiques des exploitants et des distributeurs permettent au public de se rendre encore au cinéma. Avec un billet à un prix relativement abordable, coûtant en moyenne 10 à 45 centimes, le public peut voir non seulement un film, mais aussi les actualités, un *B-movie*, des séries ou des courts métrages d'animation. En quelques années, entre 1930 et 1934, Disney lance Pluto, Goofy et Donald Duck. Ce sont surtout les films et la sociabilité offerts par les salles qui continuent à rendre le cinéma attrayant pour les spectateurs appauvris. Le développement des comédies et des comédies musicales, mettant en scène le rêve, le glamour ainsi qu'une dérision des classes riches, témoigne du besoin populaire d'évasion. Mais en parallèle des comédies des Marx Brothers, des chorégraphies épatantes de Busby Berkeley et des danses du duo Fred Astaire/Ginger Rogers, des films durs et réalistes comme *Little Caesar*, *Public Enemies* et *I am a Fugitive from a Chain Gang* connaissent aussi un succès important. Plus que répondre à un simple besoin de distraction, le cinéma américain de la Grande Dépression permet d'explorer collectivement cette période de crise dans toute sa complexité émotionnelle et sociale. « En des moments comme ceux-ci, quand les esprits sont tendus et les temps incertains, le cinéma apaise les nerfs, dissipe l'agitation, et contribue à booster le moral et la sécurité de la communauté », note un journaliste de *Boxoffice Pro* en mars 1935[8].

8 Sans titre, *Boxoffice Pro (Boxoffice)*, 16 mars 1935.

Pourtant, la politique gouvernementale semble menacer l'exploitation. En 1932, le Congrès impose une taxe fédérale de 10 % sur les billets de cinéma de plus de 40 centimes. Cette taxe, jugée « injuste » par les journalistes de *Boxoffice Pro*, est également critiquée par plusieurs organisations de la société civile. Des groupes tels que le National Congress of Parents and Teachers Associations et des clubs de femmes s'organisent pour défendre leurs cinémas locaux face à l'incursion fédérale. « Le cinéma est une institution essentielle de la communauté, semblable à l'Église et à l'école, en tant que moyen d'assurer le bien-être général de la population », soutiennent-ils dans *Boxoffice Pro* en mars 1935[9]. Leurs efforts ne seront pas suffisants pour entraver cette mesure – ni l'implication du gouvernement fédéral, qui se focalise avec de plus en plus de zèle sur la monopolisation de l'industrie. Ils décèlent pourtant un moment unique dans l'histoire du cinéma américain : la Grande Dépression révèle, plus que jamais, la fonction du cinéma en tant que nécessité culturelle collective.

9 Sans titre, *Boxoffice Pro (Boxoffice)*, 16 mars 1935.

FRED ASTAIRE, GINGER ROGERS

Publicité présentant le *line up* de RKO pour 1936 et 1937. Les stars Fred Astaire et Ginger Rogers et leurs chorégraphies sont au cœur de l'offre de RKO.

Boxoffice Pro, 27 juin 1936

LE CINÉMA DANS L'ÉDUCATION NATIONALE

En France, la fréquentation des salles de cinéma décroît d'un tiers dans les années 1980, principalement à cause de la diffusion prépondérante de films par la télévision. Cette décennie est aussi marquée par l'ultra-développement du cinéma américain sur les écrans européens. Dans ce contexte, la nomination de Jack Lang au ministère de la Culture en 1981 est un tournant décisif pour la politique culturelle éducative du cinéma. La première année de sa prise de fonction, Jack Lang instaure une commission spécifique pour le cinéma dirigée par Jean-Denis Bredin. Ainsi naissent les prémices de la pédagogie de l'image pour pallier le fait que « le système d'enseignement français n'apprenne pas à lire les images comme il le fait pour le livre[10] », mais aussi pour s'efforcer d'initier les jeunes générations à un cinéma divers et critique, et préparer le public cinéphile de demain afin de préserver la diversité de l'œuvre.

10 « Mai 68, le cinéma et l'éducation à l'image », Cnc.fr, 18 mai 2018.

La mission Brebin réfléchit aux enjeux de diffusion cinématographique en milieux scolaires, ainsi qu'aux méthodes d'analyse de films proposées aux élèves. En parallèle, le ministre de l'Éducation nationale, Alain Savary, renforce cet élan d'éducation culturelle en créant une mission d'enseignement artistique destinée aux collèges et lycées. Les deux ministres allient leurs politiques en 1983 en signant un partenariat s'engageant à une plus grande ouverture artistique et culturelle dans l'Éducation nationale. Entre autres, ce pacte fait émerger l'option cinéma-audiovisuel facultative pour les classes de seconde, qui devient quelques années plus tard une option pour le baccalauréat. C'est la première pierre posée à l'édifice de l'enseignement du cinéma dans l'Éducation nationale française, un engagement crucial pour continuer à faire valoriser l'identité nationale par et pour les Français, mais aussi lui permettre de rayonner à l'international.

À l'initiative du CNC, le dispositif « Collège au cinéma » voit le jour en 1989, offrant l'opportunité à 10 000 élèves de visionner une fois par trimestre « des œuvres cinématographiques dans les conditions normales de projection dans les salles[11] ». Dans la même veine idéologique de transmission de la cinéphilie aux jeunes naissent « École au cinéma » en 1994, « Lycéens et apprentis au cinéma » en 1998 et, plus récemment, « Maternelle et cinéma » en phase d'expérimentation depuis début 2018. Les films proposés sont majoritairement français et européens, et classés Art et essai. Lier le cinéma à l'école a deux ambitions premières : créer dès le plus jeune âge l'habitude de fréquenter les salles de cinéma et initier un esprit critique artistique sur les films proposés. Chaque visionnage est accompagné de documents pédagogiques pour que les élèves décryptent et analysent les films. Les dispositifs essaient de parsemer les projections d'interventions de professionnels du cinéma qui viennent débattre avec les jeunes. Les enseignants encadrants sont eux aussi formés pour pouvoir sensibiliser au mieux leurs classes. Un accent et un soutien particuliers sont mis sur les classes relevant de zones d'éducation prioritaire, ainsi que sur celles d'élèves handicapés (ULIS) et d'enfants allophones (UPE2A). Au total, 1,6 million d'élèves en France bénéficient de ces programmes, et 10 % des enseignants sont engagés dans un travail de découverte du cinéma[12].

11 « Mai 68, le cinéma et l'éducation à l'image », Cnc.fr, 18 mai 2018.
12 « L'éducation à l'image en chiffres », Lefildesimages.fr, 31 mars 2017.

Les habitudes digitalisées et numérisées des jeunes avec la pandémie de Covid ont mené l'État à réintensifier ces dispositifs d'éducation. Depuis février 2021, Jean-Michel Blanquer, ministre de l'Éducation nationale, et Franck Riester, ministre de la Culture, ont généralisé le développement de ciné-clubs dans tous les collèges et lycées de France. Selon Franck Riester, « on devrait tous avoir, gravé dans notre mémoire, le souvenir d'un grand film qu'on a découvert adolescent… Transmettre la passion du cinéma, voilà l'ambition de la plateforme et des professeurs qui l'accompagneront. Donner aux élèves les clefs d'entrée dans une cinéphilie éclairée, voilà sa responsabilité[13] ». Le plan de relance a aussi proposé un million d'euros supplémentaire pour le renforcement des dispositifs d'éducation à l'image, ainsi qu'un appel à projets à raison de 2 millions d'euros pour soutenir les actions de diffusion et de promotion des œuvres auprès des 15-25 ans[14].

13 « Développer les ciné-clubs dans tous les collèges et les lycées », Ministère de l'Éducation nationale, de la Jeunesse et des Sports, 28 novembre 2018.
14 « L'éducation à l'image, au cinéma et à l'audiovisuel », Ministère de l'Éducation nationale, de la Jeunesse et des Sports, janvier 2021.

« L'UTILISATION DES FILMS À L'ÉCOLE EN HAUSSE »

Une de *Boxoffice Pro* sur la hausse de diffusions de films à l'école.

Boxoffice Pro, 26 octobre 1946

« COLLÈGE AU CINÉMA »
NUMÉRO ANNIVERSAIRE

Affiche qui célèbre les vingt ans du dispositif « Collège au cinéma » avec la participation du ministère de l'Éducation nationale et du CNC.

CNC, décembre 2008

La coopération des ministères de l'Éducation nationale et de la Culture depuis plus de vingt ans n'est pas anodine. La France possède le premier parc cinématographique européen avec plus de 2 000 cinémas et 6 000 écrans, et la moitié des cinémas sont localisés dans des communes de moins de 10 000 habitants[15]. L'aspect local mis en évidence dans les politiques culturelles démontre le rôle social du cinéma comme vecteur de redynamisation des territoires pour créer du lien. Les interventions étatiques grandissantes donnent au cinéma le rôle de préserver une niche culturelle française, reconnue par les Français ainsi que sur la scène internationale. La politique culturelle traite le cinéma comme un ciment social national, qui nous définit en nous rattachant à nos racines, qui nous rappelle que nous appartenons à notre histoire, et qui nous différencie. Même si le support éducatif et financier français est moqué et caricaturé à l'étranger car il est perçu comme une tentative nostalgique de faire vivre notre passé, les Français considèrent que la disparition de leur identité cinématographique serait une perte non pas nationale, mais globale.

15 « Le cinéma, au cœur des territoires et des pratiques culturelles des Français », Cnc.fr, 19 septembre 2019.

CRISE DES GRAND-MESSES ET ARRIVÉE EN FORCE DES PLATEFORMES DANS LES PALMARÈS

L'AUDIENCE DES CÉRÉMONIES EN CHUTE LIBRE

Le rôle des événements, cérémonies et autres conférences fait partie intégrante de l'identité et, dans une certaine mesure, de la magie même du cinéma. Avant l'arrivée des gestes barrières, c'est une industrie au sein de laquelle on se félicite, on s'embrasse, on se donne des accolades, partout et particulièrement sur scène.

La période Covid marque un nouvel épisode dans une évolution en gestation depuis des années et caractérisée d'une part par le désamour du public à l'égard de grand-messes du secteur qui semblent de plus en plus décalées, voire désuètes, et d'autre part par le triomphe des plateformes qui ont réussi à trouver leur place dans ces cérémonies en 2020-2021, faute de combattants…

Si l'on prend un peu de recul et qu'on réfléchit en termes de marketing, les cérémonies et récompenses qui rythment la vie du secteur ont une proposition de valeur qui s'apparente à une véritable gageure : regarder des talents, parfois de parfaits inconnus, recevoir des récompenses pour des films que le public n'a la plupart du temps pas vus… Les cyniques compléteront qu'en y ajoutant une couche de déshumanisation avec le « distanciel », on a une recette assez sûre pour une catastrophe. Certes, les organisateurs se sont efforcés de limiter les dégâts en faisant preuve de créativité. Ainsi, en 2021, l'Académie des Oscars a investi un nouveau lieu, la gare de Union Station, et a permis la présence des acteurs sur plusieurs plateaux, à Londres et à Los Angeles. Anthony Hopkins a ainsi pu recevoir avec reconnaissance la statuette de meilleur acteur mais sans assister à la cérémonie, ce qui, de l'avis général, n'avait pas la même saveur. Le public ne s'y est pas trompé, lui qui a une nouvelle fois boudé la cérémonie. Car, malgré tous ces efforts, le nombre de téléspectateurs a encore chuté, accentuant ainsi une tendance déjà engagée dans les années pré-Covid. Alors que 43,7 millions de personnes avaient regardé les Oscars en 2014, seulement 9,85 millions l'ont fait en 2021, avec une baisse spectaculaire de 58 % par rapport à la cérémonie de l'année 2020, qui avait attiré 23,6 millions de téléspectateurs.

Les Oscars ne sont pas les seuls à avoir eu du mal à retenir le public. En 2021, les BAFTA, par exemple, ont également enregistré leur plus faible audience historique, avec seulement 1,9 million de téléspectateurs, soit le chiffre le plus bas depuis douze ans. Même chose pour les César 2021 avec leur 1,6 million de spectateurs, bien loin des 3,9 millions de l'édition 2012 animée par Antoine de Caunes. La pandémie est donc, bien évidemment, un bouc émissaire un peu facile pour une chute d'audience qui trouve ses racines dans des questions un peu plus structurantes.

On ne peut certes pas négliger l'impact de la crise sur l'attractivité des cérémonies. En 2020, la pandémie a quasiment réduit à néant le programme de films prévu, presque tous les grands succès étant repoussés de plus en plus loin, à 2021 ou à début 2022. Cela signifie que les nominés de cette année-là étaient moins grand public, plus Art et essai, et avaient beaucoup moins de spectateurs. Il suffit pour s'en convaincre de comparer les 2 millions de dollars de box-office de *The Father* aux quelque 85 millions de *Green Book* (*best picture* 2019) ou aux 63 millions de *La Forme de l'eau* (*best picture* 2018).

Il y a pourtant autre chose que cet épiphénomène Covid dans la chute d'intérêt pour ces cérémonies. Cela tient en partie à la façon dont le public consomme les médias aujourd'hui. Les contenus se regardent de plus en plus à la demande, en petits morceaux, « *snackable* » diraient les Américains, plutôt qu'en grand-messes en direct de quatre heures, rythmées par d'innombrables pauses publicitaires. Les téléspectateurs savent que les moments forts – qu'il s'agisse de performances, de discours, de gaffes, de clashs ou d'interactions avec les célébrités – les attendent sur YouTube, Facebook et autres médias sociaux le lendemain matin.

En 2020, *Variety* a noté que l'âge médian des téléspectateurs des remises de prix avait dépassé les 50 ans. Le temps d'écran augmente certes, mais la compétition pour le fameux « temps de cerveau disponible » s'accentue. Aujourd'hui, grâce aux *streamers*, il y a toujours quelque chose d'autre à regarder. De manière intéressante, on voit émerger de nouvelles formes de consommation de ces événements, comme des influenceurs qui commentent en direct une cérémonie qu'ils regardent à la télévision. Ainsi, AdoroCinema (filiale de The Boxoffice Company au Brésil) a rencontré un franc succès avec une initiative de ce type en 2021. Les youtubeurs stars Amanda Brandao, Yogo Palopoli et Kalel Adolfo ont ainsi animé un live de près de quatre heures pour la plus grande joie de leurs fans... et des sponsors de l'opération ! Les jeunes spectateurs affluent vers ces formats, un peu comme si le spectacle était autant (voire plus) sur le canapé des spectateurs...

Pourtant, malgré des audiences en berne, les Oscars réussissent encore à toucher un public important : les annonceurs. Quelques jours avant la cérémonie, le *New York Times* a rapporté qu'ABC avait épuisé son stock de publicité pour les Oscars, des sociétés comme Corona, Rolex et Google ayant payé environ 2 millions de dollars pour chaque spot de trente secondes, selon les acheteurs de médias.

Même avec des audiences en berne, il y a de moins en moins d'endroits où les annonceurs peuvent avoir accès à 10 millions de personnes en un seul lieu. Les événements sportifs en direct constituent l'unique véritable concurrence. C'est pourquoi ABC a pu maintenir ses tarifs publicitaires à un niveau très élevé. Les Oscars sont donc en danger, mais ils restent une vache à lait pour les chaînes qui les diffusent. Selon Kantar Media, ils génèrent plus de revenus publicitaires pour ABC que n'importe quel autre jour de l'année : les sponsors ont dépensé 129 millions de dollars pour caler leurs publicités entre les présentations des Oscars en 2021 ! Linda Ong, P-DG de Cultique, société de stratégie de marque et de médias, a déclaré à *Variety* : « Je pense qu'après la pandémie ces cérémonies de remise de prix doivent vraiment réfléchir à leur raison d'être, à la valeur de leur proposition d'audience. À moins que le secteur ne parvienne à déterminer l'angle de vue du consommateur sur le spectacle lui-même, ce sera difficile. Nous allons continuer à voir ce déclin. »

Quelle pourrait donc être cette prochaine étape ? Une option serait de supprimer complètement les cérémonies télévisées. Le public s'en est clairement désintéressé et d'autres remises de prix et événements de tapis rouge, tels que les prix Nobel ou Pulitzer, conservent leur prestige sans diffuser de fastidieuses cérémonies au monde entier. Cependant, compte tenu des enjeux publicitaires mentionnés plus haut, il semble peu probable que les diffuseurs soient prêts à sacrifier complètement ces événements.

Ce qui n'empêche pas de réfléchir à des évolutions. Pourquoi, par exemple, ne pas réduire le nombre de récompenses décernées ou, au moins, omettre du spectacle télévisé celles qui sont moins attractives pour le public, histoire de ne pas nécessairement se conformer au modèle de cérémonies de trois heures ou plus ? Les adaptations à apporter aux cérémonies ne portent sans doute pas seulement sur le format, mais également sur la typologie des films retenus. Ainsi, la question du risque de divorce entre les cérémonies et les spectateurs, qui a déjà été soulevée à de nombreuses reprises, l'a été notamment, en 2018 et 2019, autour du César du public en France et de l'Academy Award for Outstanding Achievement in Popular Film aux États-Unis (voir le Coup de projecteur « Oscars et César face à l'épineuse question des succès "populaires" »). Dans un cas comme dans l'autre, il s'agissait de traiter une critique récurrente : l'absence de certains des plus grands succès populaires lors des cérémonies. Ne pas retenir les grands succès populaires revient à faire preuve d'élitisme, mais leur ouvrir les portes peut être perçu comme une forme de complaisance coupable, ainsi que les Académies française et américaine l'ont, l'une et l'autre, appris à leurs dépens. En France, le César dans cette catégorie a survécu deux ans aux polémiques ; aux États-Unis, l'idée a été balayée dès son annonce et le projet n'a jamais vu le jour. Cet épisode constitue une bonne illustration de l'équilibre presque impossible à trouver entre l'évaluation artistique et la célébration populaire. Le cinéma est l'un et l'autre. Une chose est sûre : l'industrie, de part et d'autre de l'Atlantique, doit réinventer ses cérémonies sans attendre.

La chute des audiences des cérémonies est une tendance de fond accentuée par la crise.

Pourtant ces rendez-vous restent des carrefours d'audience qui vont nécessiter une véritable réinvention.

DES TRIBUNES TRÈS (TROP ?) POLITIQUES

➔ Ces événements sont aussi le lieu et la vitrine de tous les débats et polémiques de nature plus politiques autour du secteur. À l'heure de la « *cancel culture* » et de grandes tensions raciales particulièrement aux États-Unis, les talents peinent à trouver la juste partition à jouer lors de ces cérémonies. Dès l'ouverture de celle des Oscars 2021, l'actrice Regina King a fait référence au verdict de Derek Chauvin, qui venait d'être reconnu coupable du meurtre de George Floyd : « Si les choses avaient évolué différemment la semaine passée à Minneapolis, j'aurais sans doute troqué mes talons hauts contre des bottes de manifestant ! » Mais ces prises de position sont souvent reçues avec une certaine circonspection, pour ne pas dire un regard très critique, comme autant de tentatives de s'acheter une bonne conscience au sein d'une industrie qui ne s'est pas distinguée par son rôle moteur dans le domaine de l'inclusion. Pour autant, les talents qui choisissent de se taire ne sont pas mieux perçus, accusés d'être aveugles quant aux privilèges dont ils jouissent.

Cette partition impossible a notamment marqué, en France, une cérémonie des César 2021 très politique. Les discours extrêmement virulents, les happenings à l'instar de Corinne Masiero finissant « à poil », ont été globalement très mal reçus, signes d'une industrie centrée sur ses propres problèmes et, pour certains, marque d'une relative ingratitude eu égard aux aides conséquentes dont le secteur a bénéficié tout au long de cette crise. De tels esclandres ne sont cependant pas propres à la période de crise. En 2018, la polémique était venue d'une lettre ouverte de deux cents artistes pour pointer un manque de démocratie et dénoncer les dysfonctionnements des César, et en demander une réforme en profondeur pour ce qui concerne la parité et la transparence des comptes. En 2020, juste avant la crise, c'est la polémique Polanski et le départ fracassant de l'actrice Adèle Haenel qui restent l'image forte de la soirée. Bref, si les réseaux sociaux sont friands de clashs de tout poil, les cérémonies leur donnent du grain à moudre. Reste à savoir quel est l'impact en profondeur de ces épisodes sur l'image du secteur.

LA QUESTION DE LA PLACE DE LA SVOD

L'autre question majeure dans le divorce, au moins temporaire, entre le public et ces grand-messes est la place laissée – ou pas – aux plateformes de streaming dans ces événements. Là encore, l'évolution était en germes depuis quelques années. Les festivals et cérémonies avaient commencé à récompenser des films de plateformes VOD (*Okja, Roma, Marriage Story, The Laundromat*...), mettant à mal pour certains l'effort de différenciation entre le « cinéma de salles » et le « cinéma de plateformes ». Le Festival de Cannes, par la voix de son délégué général Thierry Frémaux, prend la tête de la ligne dure contre les plateformes en refusant de les faire entrer dans la compétition et en fustigeant les événements qui choisissent une ligne différente : « Certains festivals sont les premiers à ouvrir leurs portes un peu trop librement à des gens dont on n'est pas sûr qu'ils souhaitent que le cinéma survive », déclare-t-il ainsi lors d'une conférence de presse en marge du Festival 2021.

Du côté des Oscars en revanche, l'année 2021 marque bien le triomphe des plateformes avec une pluie de nominations et quelques statuettes dorées pour Netflix, mais aussi pour *Soul*, le premier Pixar à avoir rencontré son public avant tout sur Disney+ dans un contexte de fermeture des salles. Bref, malgré l'appel de l'actrice Frances McDormand en faveur des salles de cinéma, une digue a rompu, certes par faute de combattants, mais elle a rompu quand même et il est des chemins qu'il est difficile de parcourir en sens inverse !

Le fond du différend qui oppose certains tenants du cinéma en salle et particulièrement les festivals aux firmes de streaming, notamment Netflix, tient à quelques aspects spécifiques. Tout d'abord, François Aymé, président de l'AFCAE[1], dénonçait dès janvier 2019 dans une lettre ouverte aux frères Coen et à Alfonso Cuarón la privatisation des œuvres avec le choix de Netflix : « Avec Netflix (nous y venons donc), ce n'est pas vous qui vous adaptez au public mais l'inverse ; le public doit s'adapter aux choix que vous avez faits : confier l'exclusivité durable de votre dernière œuvre à une plateforme. » Autre critique récurrente, cette fois dans la bouche de Thierry Frémaux : les plateformes bénéficient du travail fait par la filière salle pour dénicher des talents. « Ils font travailler des gens de cinéma mais donnez-moi un nom de jeune réalisateur qu'ils ont découvert ? Notre mission à nous est de faire émerger de jeunes talents », déclarait ainsi le délégué général de Cannes lors de l'édition 2021.

Depuis quelques années, avec les cérémonies surgit le débat récurrent sur l'éligibilité ou non des films de plateformes.

L'évolution des années qui viennent devra concilier des usages que les spectateurs ont découverts comme complémentaires.

Les années qui viennent promettent donc d'être passionnantes puisque la nouvelle chronologie des médias et la transposition de la directive européenne sur les services médias audiovisuels obligent désormais les plateformes à financer la production locale en Europe. Certains sujets de tensions pourraient donc disparaître de fait en fonction de l'orientation des financements en question. Ce qui est sûr, c'est que, même si nombre de ces arguments semblent fondés et recevables, il devient difficile d'expliquer à un grand public dont la consommation est devenue, par la force des choses, hybride entre salles et plateformes que les contenus des uns et des autres appartiennent à des catégories irréconciliables.

1 Association française des cinémas Art et essai.

UNE MODERNISATION BIENVENUE DES ÉVÉNEMENTS PROFESSIONNELS

Dernier élément important dans la mutation en cours avec le Covid, les festivals et autres marchés du film ont dû s'adapter également en proposant des éditions en ligne ou, dans certains cas, hybrides. Il y a fort à parier que, comme pour le télétravail dans le reste de la société, ces expériences auront des conséquences durables sur la forme de ces événements à l'avenir.

Il y a un certain paradoxe entre la forme et le fond : accepter le « distanciel », c'est valider le *home entertainment* comme forme d'expérience pour reconnaître les qualités artistiques d'une œuvre. Les copies privées, ce que les Américains appellent les *screeners*, ne sont certes pas une pratique nouvelle, mais les formules hybrides leur donnent une visibilité nouvelle.

Comme le montre bien Didier Allouch dans son documentaire *Covidwood, l'année où Hollywood s'arrêta*, des événements comme Sundance ou Toronto ont par la force des choses découvert l'amplification dont ils pouvaient bénéficier avec une offre en ligne. Le Marché du film 2021 à Cannes a d'ailleurs été une bonne illustration du vent de modernisation que la crise a fait souffler sur les festivals comme sur les salles. La généralisation de la billetterie en ligne pour ceux qui sont sur place couplée à un marché du film également disponible en « distanciel » va certainement faire partie d'une formule appelée à durer.

Le streaming devient également un outil d'amplification pour des festivals et événements professionnels.

Ces nouveaux outils vont transformer durablement la proposition de valeur de ces rencontres et autres marchés professionnels.

PENDANT LA SECONDE GUERRE MONDIALE, LES OSCARS S'ADAPTENT POUR NE PAS ÊTRE « DÉCALÉS »

Peut-on s'imaginer Hollywood sans les Oscars ? Sans éclat, luxe et glamour ? Depuis 1927, cet événement incontournable de l'industrie du cinéma incarne le cœur même de la « fabrique des rêves ». Pourtant, la Seconde Guerre mondiale force l'Académie à revisiter la soirée mythique. Entre 1942 et 1945, les Oscars se transforment en événement plus sobre et patriotique.

Même avant l'entrée officielle des États-Unis dans la guerre, la cérémonie de 1941 présage déjà des changements des années suivantes. Franklin Roosevelt s'adresse alors aux invités depuis la Maison-Blanche avec un discours transmis par radio, une première pour un président. Prenant la parole pendant six minutes, Roosevelt appelle les stars d'Hollywood à participer à l'effort de la défense nationale. « En cette époque de crainte et de danger mondial, nos cœurs et esprits et toute notre énergie sont dirigés vers un objectif. Cet objectif est le renfort de notre défense nationale », dit-il. « Ce soir, je veux mettre l'accent sur le service que vous pouvez rendre en promouvant la solidarité entre les peuples des Amériques[2]. »

2 « Roosevelt Praises Films for Promoting Solidarity », *Boxoffice Pro (Boxoffice)*, 1er mars 1941.

ROOSEVELT PRAISES FILMS FOR PROMOTING SOLIDARITY

Newsreels Service, Trade Defense Cooperation Also Are Lauded

HOLLYWOOD—One of the most important contributions the motion picture can make to the national defense program is in the promotion of solidarity "among all the people of the Americas," President Franklin Delano Roosevelt told the industry and the nation Thursday night in a three-way network broadcast from Washington to open the 13th annual banquet of the Academy of Motion Picture Arts and Sciences. The President expressed the government's appreciation for the cooperation of the industry in "helping the people of this hemisphere to come to know each other better."

Cites Newsreels

The newsreels, he said, have performed a "great service" in acquainting the public with the implications of the lend-lease bill.

Highlights of the President's address:

"The American motion picture as a national and international force is a phenomenon of our own generation. Within living memory we have seen it born and grow up into full maturity. We have seen the American motion picture become foremost throughout the world. We have seen it reflect our civilization throughout the rest of the world—the aims and aspirations and ideals of a free people and of freedom.

"That is the real reason that some governments do not want our American films exhibited in their countries. Dictators—those who enforce the totalitarian form of government—think it a dangerous thing for their unfortunate peoples to know that in our democracy officers of the government are the servants, never the masters, of the people.

"We have been seeking to affirm our faith in the western world through a wider exchange of culture, of education, of thought and of free expression among the various nations of this hemisphere. Your industry has utilized its vast resources of talent and facilities in a sincere effort to help the people of this hemisphere come to know each other.

"Our government has invited you to do your share of the job of interpreting the people of the western hemisphere to one another. And all of us in all the 21 American republics are grateful that your response is so immediate and so wholehearted.

"I do not minimize the importance of the motion picture industry as the most popular medium of mass entertainment. But tonight I want to place the chief emphasis on the service you can render in promoting solidarity among all the people of the Americas.

"For all this and for your splendid cooperation with all who are directing the expansion of our defense forces, I am glad to thank you. In the weeks and months that lie ahead, we in Washington know we shall have your continued aid and support."

Academy Chooses "Rebecca," James Stewart, Ginger Rogers

Meeting for the 13th consecutive year at the Academy of Motion Picture Arts and Science's annual Awards Banquet, Hollywood's creative workers acclaimed "Rebecca," produced by David O. Selznick for United Artists, the outstanding motion picture made during 1940.

The 12,000 members of the industry who participated in one of the film colony's most distinguished and significant yearly functions presented James Stewart the best-actor accolade for his performance in "The Philadelphia Story," produced by Metro-Goldwyn-Mayer. Ginger Rogers was named best actress as a result of her work in "Kitty Foyle," produced by RKO Radio.

President Opens Dinner

Occasion was further enhanced by an address of welcome and congratulation via radio from President Franklin D. Roosevelt, speaking from the White House in Washington over the three major networks. Winners were announced, and the famous gold trophies were presented, at the Biltmore Bowl in the Biltmore Hotel on the evening of February 27. Presentations to the winning actors and actresses were made by Alfred Lunt and Lynn Fontanne, and Bob Hope served as master of ceremonies. Stars, executives and other industry notables on hand to extend plaudits to the recipients of the coveted statuettes made the affair a sell-out.

Other winners included:

Walter Brennan, chosen as the best actor in a supporting role, for his work in "The Westerner," a Samuel Goldwyn production. Named as best actress in a supporting role was Jane Darwell as a result of her portrayal in "The Grapes of Wrath," a 20th Century-Fox production.

John Ford for Direction

For the best achievement in direction:

John Ford, pilot of "The Grapes of Wrath."

For the best original motion picture story:

Benjamin Glazer and John S. Toldy, authors of "Arise, My Love." Donald Ogden Stewart received the best screenplay award for "The Philadelphia Story." For the best original screenplay, the writer or writers of which are also the authors of the original story, the award went to Preston Sturges for "The Great McGinty."

For the art direction achievement in black-and-white films:

Cedric Gibbons and Paul Groesse for "Pride and Prejudice." Winner of the art direction award for color films was Vincent Korda, for "The Thief of Bagdad." Recognition for the best achievement in film editing went to Anne Bauchens for "North West Mounted Police."

His camera work on "Rebecca" won top honors for George Barnes in the black-and-white cinematography division. The color photography winner was George Perinal, who handled the cameras on "The Thief of Bagdad."

In the music field, the best original score, with primary emphasis on original composition, was deemed that written by Ned Washington and Leigh Harline for "Pinocchio." Selected as the best musical score without regard to source was that done by Alfred Newman for "Tin Pan Alley." "When You Wish Upon a Star" in "Pinocchio," was chosen as the best song, the citation going to its authors, Ned Washington and Leigh Harline.

"Milky Way" was named the outstanding cartoon subject produced during the year. It was made by Metro-Goldwyn-Mayer. Winner of the award as best short subject of 1,000 feet or less in length was "Quicker'n a Wink," a Pete Smith production. Selected as the best short subject in the 1,000 to 3,000 feet division was "Teddy, the Rough Rider," a Warner Brothers release.

The sound recording in "Strike Up the Band" won top honors for Douglas Shearer. In the special effects classification the award went to Lawrence Butler and Jack Whitney for "The Thief of Bagdad."

Special Award to Bob Hope

Recipients of special awards, named as the result of conferences between the awards committee and the Academy's board of governors, were Bob Hope who received a special plaque for his many contributions to charitable undertakings for building goodwill for the industry; and to Col. Nathan Levinson for outstanding service to the industry and the army during the past nine years, which made possible the present efficient mobilization of the production of army training films.

No award was made of the Irving Thalberg memorial this year.

Riesner Megs a Marx

HOLLYWOOD—"Step This Way," Marx Bros. starrer, will be directed for Metro by Charles Riesner.

BOXOFFICE :: March 1, 1941 E 27

« ROOSEVELT FAIT L'ÉLOGE DES FILMS POUR LA PROMOTION DE LA SOLIDARITÉ »

Article qui relate l'éloge de Roosevelt, pendant les Oscars, sur l'industrie du cinéma, et son lien fondateur au sein de la nation, surtout en temps de crise sociétale. L'aspect de *soft power* des films est mis en avant et considéré comme une force de la nation.

Boxoffice Pro, 1er mars 1941

« RAPPELONS-NOUS DE PEARL HARBOR »

Affiche d'un film patriotique qui vise à rappeler à la nation les traumatismes de la guerre.

Boxoffice Pro, 23 mai 1942

Pearl Harbor ne laisse plus de place à la complaisance. Craignant de donner l'image d'une industrie en décalage en maintenant une cérémonie pompeuse et auto-élogieuse, le conseil de l'Académie vote initialement l'annulation de l'événement de 1942. C'est la grande actrice Bette Davis, présidente de l'Académie, qui propose une mesure moins radicale mais sensible aux difficultés de l'époque. Davis suggère le déplacement de la cérémonie dans un amphithéâtre, ainsi que l'ouverture de l'événement au public. Les recettes des billets serviraient à financer la Croix-Rouge. Le plan est finalement rejeté mais les Oscars de 1942 sont maintenus sous une nouvelle forme avec de nouveaux codes. Ben Shlyen décrit l'événement qui a lieu « dans une ambiance d'informalité de temps de guerre, jamais permise jusqu'alors pour cette affaire traditionnelle, avec des costumes sobres, des robes simples et des uniformes militaires qui remplacent les somptueux habits ordinaires[3] ». Les stars vêtues modestement assistent à un dîner informel. Jimmy Stewart arrive au Biltmore Hotel dans son uniforme de la force aérienne ; Joan Fontaine, qui reçoit le prix de la meilleure actrice, porte une robe noire, longue et simple, en signe de deuil. La fête après la remise des prix est annulée, les projecteurs du Biltmore Hotel illuminant auparavant le ciel de la « cité des anges » restent éteints. Même la statuette ne peut échapper à l'austérité. À cause d'une pénurie de métaux, l'or est remplacé par du plâtre recouvert de bronze laqué. Ce n'est qu'après la fin de la guerre que les lauréats reçoivent leur « vrai » Oscar en or.

3 Ben Shlyen, « Valley Voted Best of 1941 », *Boxoffice Pro*, 26 février 1942.

Academy Award to "Casablanca"

Hollywood—Hollywood adjudged "Casablanca" the best picture released during 1943.

The Warner Bros. production was accorded the largest number of votes in the annual balloting of the Academy of Motion Picture Arts and Sciences, results of which were revealed at Grauman's Chinese Theatre where the yearly Academy Awards gathering was held. It was the first time in the organization's history that the announcement of winners and issuing of statuettes and plaques were not accompanied by the historic and glamorous banquet. The theatre was crowded to capacity by Academy members, other industry workers and a representation of the general public, to which a small percentage of the house's seats was, for the first time, made available at $11 per copy.

"Oscar" for the best performance by an actor went to Paul Lukas for his role in "Watch on the Rhine," a Warner Bros. picture; and its counterpart in the femme field was awarded to Jennifer Jones for her part in "Song of Bernadette," produced by 20th Century-Fox.

Decided the best performance by an actor in a supporting role was that delivered by Charles Coburn in Columbia's "The More the Merrier." Katina Paxinou garnered the kudos for the best supporting performance by an actress. Her winning vehicle was "For Whom the Bell Tolls," a Paramount picture.

Michael Curtiz, who megged Warner's "Casablanca," received the nod for the year's best directorial accomplishment.

Among the short subjects, "Yankee Doodle Mouse" was named the best cartoon. It was a Metro release produced by Frederick Quimby. "Amphibious Fighters," a Paramount briefie, produced by Grantland Rice, and "Heavenly Music," which Jerry Bresler and Sam Goslow made for Metro, were respectively acclaimed the best one-reel and two-reel shorts.

The coveted Irving Thalberg Memorial Award went to Hal Wallis of Warner studio.

« PRIX DE L'ACADÉMIE À *CASABLANCA* »

En 1944, la cérémonie des Oscars a bien lieu – certes dans des conditions différentes. Elle est décrite comme bondée, ce qui démontre l'intérêt de la population pour celle-ci même en période de guerre.

Boxoffice Pro, 4 mars 1944

Les cérémonies deviennent également beaucoup plus politiques. Wendell L. Willkie, envoyé du président américain, assiste à la 14e cérémonie des Oscars en 1942, demandant à Hollywood de passer à l'offensive contre les pouvoirs de l'Axe. « Vous comprenez que c'est une guerre vraiment totale[4] », souligne-t-il. L'année suivante, la vedette d'opéra Jeanette MacDonald chante l'hymne national devant un panneau étoilé sur lequel est écrit « 27 677 », le nombre de membres de l'industrie partis au front. En 1944, l'événement est transmis par radio depuis le Grauman's Chinese Theatre aux troupes américaines. Les films récompensés, tels que *Mrs. Miniver* et *Casablanca*, sont tout aussi politiques, mettant en scène des histoires de sacrifices héroïques et de combats patriotiques. Bien que la préférence pour ces thèmes ne s'arrête pas après 1945, les Oscars regagnent tout leur éclat dès la première cérémonie d'après guerre, en 1946. Grâce à cette courte parenthèse de sobriété, les Oscars ont réussi à s'inscrire dans la réalité nationale, perçant la bulle d'Hollywood.

4 Ben Shlyen, « Valley Voted Best of 1941 », *Boxoffice Pro*, 26 février 1942.

Academy Award Winners—

BEST FILM: "THE LOST WEEKEND" ACTING: CRAWFORD, MILLAND

Industry Honors Its Top Achievements at Gay Hollywood Affair

HOLLYWOOD—In the opinion of those who make and work in motion pictures, the best feature produced in 1945 was Paramount's "The Lost Weekend."

It is this same opinion which has decreed that the best performance by a male star during the year was that of Ray Milland in the same picture, and that the best performance by an actress was delivered by Joan Crawford in Warner Bros.' "Mildred Pierce."

BILLY WILDER
Best Direction

The awarding of the kudos, in form of the traditional "Oscars," were highlights of the 18th annual event of its kind sponsored by the Academy of Motion Picture Arts and Sciences. Following the custom established in the war years, the affair was held in Grauman's Chinese Theatre. It was a much gayer function than the war year gatherings and reached pre-Pearl Harbor heights of opulence and formality—as formal as it could be with Bob Hope presiding as master of ceremonies.

It was an event for the fans, too. The sidewalks and forecourt of the theatre were thronged with hordes of autograph hunters and rabid motion picture fans. A complete sellout, the demand for seats far exceeded the supply many weeks ago.

CHARLES BRACKETT
Best Screen Story

Before the presentation ceremonies, which were broadcast via the ABC network, the audience was entertained by a special program produced and staged by Dore Schary, featuring the screening of parts of nominated achievements. For this pre-presentation program, James Stewart presided. Jean Hersholt, Academy president, made the address of welcome.

Eric Johnston, president of the Motion Picture Ass'n, participated in the presentation ceremony, as did many of the top ranking stars of the industry. His presentation of the "best picture" award was but one phase of the top showmanship offered during the evening. Johnny Green scored the music for the occasion, and conducted the orchestra. When it came to listing the nominees for the best song of the year, some of the top songsters of the day sang bits from the songs. Ray Milland, Ingrid Bergman, William Wyler, Bette Davis, Charles Boyer, Van Heflin, George Murphy were among those who came to the stage to make the presentations. There was a fine ovation for the veteran, D. W. Griffith, who walked to the stage to the strains of "Auld Lang Syne" to present the "Oscar" for the best black and white photography to Harry Stradling for his work in "The Picture of Dorian Gray." It was a nostalgic moment.

JOAN CRAWFORD
Best Performance by an Actress

RAY MILLAND
Best Performance by an Actor

In addition to the traditional awards, the Academy made special presentations—one to Peggy Ann Garner as the most promising juvenile actress; another to Frank Sinatra, Frank Ross and Mervyn LeRoy for the short on tolerance, "The House I Live In"; and a third to Walter Wanger for distinguished service to the industry.

Complete List of Academy Awards

BEST PICTURE—"The Lost Weekend" (Paramount).

BEST PERFORMANCE BY AN ACTOR—Ray Milland in "The Lost Weekend" (Paramount).

BEST PERFORMANCE BY AN ACTRESS—Joan Crawford in "Mildred Pierce" (Warner Bros.)

BEST SUPPORTING ACTOR—James Dunn in "A Tree Grows in Brooklyn" (20th-Fox).

BEST SUPPORTING ACTRESS—Anne Revere in "National Velvet" (M-G-M).

BEST DIRECTORIAL ACHIEVEMENT—Billy Wilder, "The Lost Weekend" (Paramount).

BEST WRITTEN SCREENPLAY—"The Lost Weekend" (Paramount), Billy Wilder and Charles Brackett.

BEST ORIGINAL SCREENPLAY — "Marie-Louise," by Richard Schweizer.

BEST ORIGINAL MOTION PICTURE STORY—"The House on 92nd Street," Charles G. Booth (20th-Fox).

DISTINCTIVE ACHIEVEMENT IN DOCUMENTARY PRODUCTIONS—(Features) "The True Glory" made by the governments of the United States and Great Britain; (Short Subjects) "Hitler Lives?" made by Gordon Hollingshead for Warner Bros.

CARTOONS—"Quiet Please," produced by Frederick Quimby for M-G-M.

ONE-REEL SHORT SUBJECTS—"Stairway to Light," produced by Herbert Moulton for M-G-M.

TWO-REEL SHORTS—"Star in the Night," produced by Hollingshead for Warner Bros.

BEST ACHIEVEMENT IN FILM EDITING—"National Velvet," edited by Robert J. Kern.

BEST ACHIEVEMENT IN SOUND RECORDING—"The Bells of St. Mary's," recorded by Stephen Dunn.

BEST ACHIEVEMENT IN SPECIAL EFFECTS—"Wonder Man" (photographic effects by John Fulton; sound effects by Arthur W. Jones).

BEST ACHIEVEMENT IN ART DIRECTION—(Black and white) "Blood on the Sun," Wiard Ihnen; (color) "Frenchman's Creek," Hans Dreier and Ernst Fegte.

INTERIOR DECORATION—(Black and white) "Blood on the Sun," A. Roland Fields; (color) "Frenchman's Creek," Sam Comer.

BEST SCORING OF A MUSICAL PICTURE—"Anchors Aweigh," George Stoll.

BEST MUSIC SCORE OF A DRAMATIC OR COMEDY PICTURE—"Spellbound," Miklos Rozsa.

BEST ORIGINAL SONG—"It Might as Well Be Spring" (music by Richard Rodgers; lyrics by Oscar Hammerstein II).

BEST ACHIEVEMENT IN CINEMATOGRAPHY—(Black and white) "The Picture of Dorian Gray," photographed by Harry Stradling; (color) "Leave Her to Heaven," photographed by Leon Shamroy.

« MEILLEUR FILM : *THE LOST WEEK-END* (*LE POISON*), AVEC CRAWFORD ET MILLAND »

La cérémonie des Oscars postguerre a été un succès, la population s'est sentie concernée et a participé à l'événement. La vente de places s'est écoulée des semaines avant la cérémonie.

Boxoffice Pro, 9 mars 1946

OSCARS ET CÉSAR FACE À L'ÉPINEUSE QUESTION DES SUCCÈS « POPULAIRES »

L'exhaustivité de la soirée des Oscars combinée à la technicité des catégories récompensées, ainsi que le manque de représentation des films les plus populaires ont mené à un décalage entre l'industrie et les attentes du public. L'Academy of Motion Picture Arts and Sciences (AMPAS) a annoncé en 2018 un trio de changements de règles dans le but de redynamiser la cérémonie des Oscars, puisque cette année-là le désintérêt se perçoit dans les chiffres de l'audience avec une chute de 19 % par rapport à 2017[5]. Trois grands changements aux Oscars sont alors imminents en août 2018 : la diffusion sera réduite à trois heures avec une élimination de certaines catégories techniques, la date de diffusion sera avancée au début du mois de février à partir de 2020 et, surtout, une nouvelle catégorie sera ajoutée, intitulée « Réalisation exceptionnelle d'un film populaire ».

5 Mikey O'Connell, « TV Ratings : Oscars Drop to All-Time Low 26.5 Million Viewers », *The Hollywood Reporter*, 5 mars 2018.

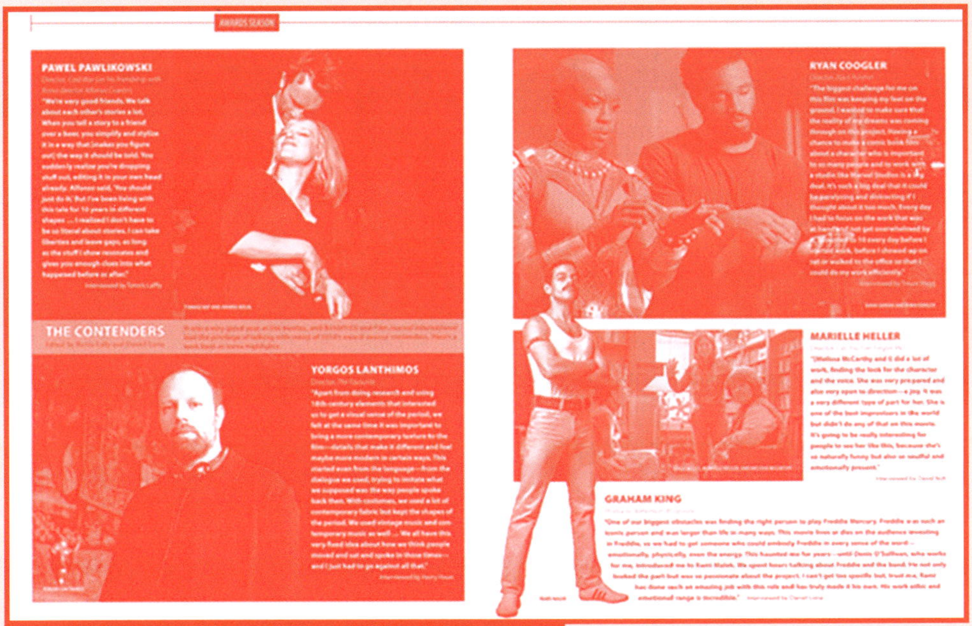

« LA SAISON DES PRIX. LES PRÉTENDANTS »

Boxoffice Pro recense des extraits d'interviews avec les réalisateurs prétendant à un prix aux Oscars 2019.

Boxoffice Pro, février 2019

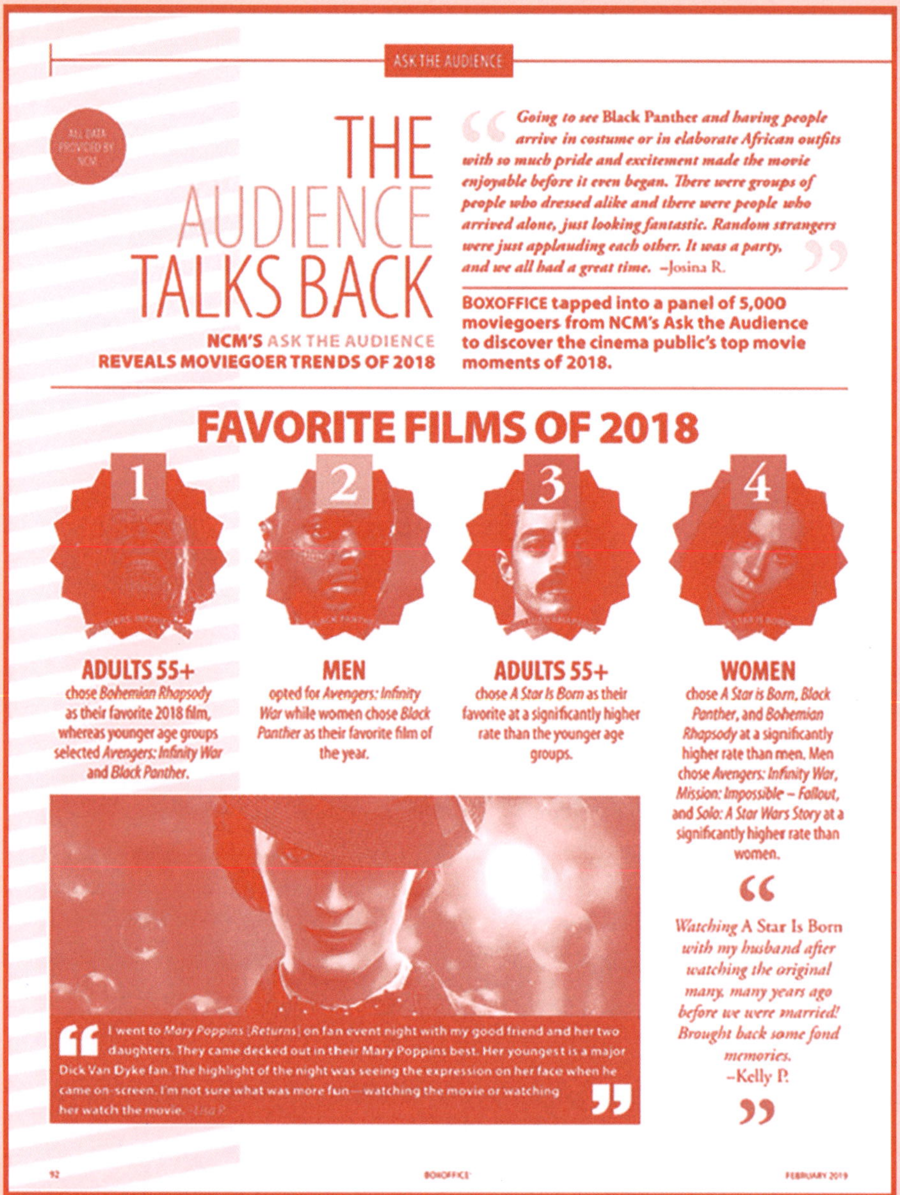

ALL DATA PROVIDED BY NCM

THE AUDIENCE TALKS BACK

NCM'S ASK THE AUDIENCE REVEALS MOVIEGOER TRENDS OF 2018

"Going to see Black Panther *and having people arrive in costume or in elaborate African outfits with so much pride and excitement made the movie enjoyable before it even began. There were groups of people who dressed alike and there were people who arrived alone, just looking fantastic. Random strangers were just applauding each other. It was a party, and we all had a great time."* –Josina R.

BOXOFFICE tapped into a panel of 5,000 moviegoers from NCM's Ask the Audience to discover the cinema public's top movie moments of 2018.

FAVORITE FILMS OF 2018

1 2 3 4

ADULTS 55+
chose *Bohemian Rhapsody* as their favorite 2018 film, whereas younger age groups selected *Avengers: Infinity War* and *Black Panther*.

MEN
opted for *Avengers: Infinity War* while women chose *Black Panther* as their favorite film of the year.

ADULTS 55+
chose *A Star Is Born* as their favorite at a significantly higher rate than the younger age groups.

WOMEN
chose *A Star is Born*, *Black Panther*, and *Bohemian Rhapsody* at a significantly higher rate than men. Men chose *Avengers: Infinity War*, *Mission: Impossible – Fallout*, and *Solo: A Star Wars Story* at a significantly higher rate than women.

"I went to *Mary Poppins* [*Returns*] on fan event night with my good friend and her two daughters. They came decked out in their Mary Poppins best. Her youngest is a major Dick Van Dyke fan. The highlight of the night was seeing the expression on her face when he came on-screen. I'm not sure what was more fun—watching the movie or watching her watch the movie." –Lisa R.

"Watching A Star Is Born *with my husband after watching the original many, many years ago before we were married! Brought back some fond memories."*
–Kelly P.

« LE PUBLIC RIPOSTE »

L'étude de NCM révèle les films préférés de 2018 des différents segments démographiques.

Boxoffice Pro, février 2019

L'annonce d'une catégorie « film populaire » suscite des contestations de la part des journalistes et des membres de l'Académie qui considèrent ce prix utilitariste et discriminant. L'Académie n'a pas défini les détails de pratique pour être élu dans cette catégorie, la plupart des gens supposent qu'elle existe pour honorer les méga-succès qui pourraient ne pas trouver leur place dans une autre catégorie. En effet, les observateurs ont souvent souligné l'écart semblant se creuser entre les films récompensés (*The Shape of Water*, *Moonlight*, *Birdman*) et les meilleures performances au box-office (*Star Wars*, les films Marvel, *Mission impossible*…)[6]. En bref, *Time* résume la question avec cette formule lapidaire : « L'Académie pense que le public est stupide[7]. » Cette décision semble être une réponse aux critiques d'une industrie trop élitiste et fermée d'esprit, mais cette catégorie paraît avoir été créée pour satisfaire le public de masse, sans interférer avec l'Oscar du *vrai* meilleur film. *Black Panther*, un film dont le réalisateur est un homme de couleur et le casting presque exclusivement noir, aurait été considéré comme candidat principal pour le meilleur film de 2018.

6 Stephanie Zacharek, « The Oscars' New "Popular Film" Category Confirms That Hollywood Thinks We're Stupid », *Time*, 8 août 2018.
7 Stephanie Zacharek, « The Oscars' New "Popular Film" Category Confirms That Hollywood Thinks We're Stupid », *Time*, 8 août 2018.

Le fait que la nouvelle catégorie des films populaires ait été annoncée avant une potentielle nomination de *Black Panther* a nourri les critiques. Hollywood semble sceptique face à de tels films qui se situent à la frontière entre le succès du box-office et le chef-d'œuvre. Il est reproché à cette catégorie d'enfermer et de renforcer les stéréotypes sur les films à succès du box-office. Les blockbusters ne sont-ils pas dignes de concourir aux côtés de films indépendants d'auteur ? Les critiques dénoncent cette catégorie comme une hiérarchie du goût artistique, entre ce qui est et ce qui n'est pas de l'art. Le journaliste Mark Harris déclare : « Quant au prix du "film populaire", c'est un ghetto et il sera perçu comme tel[8]. » Le mois suivant, l'AMPAS se résigne et annonce que le prix ne sera pas remis lors de la 91e cérémonie des Oscars.

8 Zack Sharf, « Oscars Slammed by Film Journalists for Creating "Best Popular Film" Category, Especially in the Year of *Black Panther* », IndieWire.com, 8 août 2018.

En France, le César du public est une récompense décernée par l'Académie des arts et techniques du cinéma depuis la 43e cérémonie des César, qui s'est déroulée en 2018, et a été sujet à des contestations comparables à celles de l'Oscar de la « Réalisation exceptionnelle d'un film populaire » aux États-Unis. À l'origine, le principe était d'attribuer automatiquement le César au film ayant fait le plus d'entrées au box-office français, le décompte s'arrêtant juste avant la cérémonie. Respectivement, *Raid dingue* de Dany Boon, puis *Les Tuches 3* d'Olivier Baroux ont reçu la statuette en 2018 et 2019. Cependant, en 2020, la procédure d'attribution a été modifiée. Désormais, les cinq films en tête du box-office sont nommés, et le nombre d'entrées n'est plus l'unique critère de récompense. *Les Misérables* de Ladj Ly est alors récompensé avec 2,1 millions d'entrées en 2020, alors que *Qu'est ce qu'on a encore fait au Bon Dieu ?* de Philippe de Chauveron était en tête du box-office avec 6,7 millions d'entrées. Le réalisateur a exprimé son mécontentement et son incompréhension au micro de RTL[9].

9 Stéphane Boudsocq, « César 2020 : pourquoi le prix du public pourrait échapper à *Qu'est-ce qu'on a encore fait au Bon Dieu ?* », Rtl.fr, juin 2020.

Alain Terzian, à la tête de l'Académie depuis dix-sept ans, explique : « Nous avons décidé de l'introduire en 2018, car les César doivent rassembler tous les cinémas et également celui plébiscité par le public. Toutefois, la cérémonie reste le rendez-vous des professionnels. C'est pourquoi, cette année, nous avons décidé de faire évoluer la règle du César du public. Ce seront les membres de l'Académie qui désigneront le lauréat à l'occasion du second tour de vote[10]. » En 2021, lors de la 46e cérémonie des César, l'Académie prend la décision controversée d'annuler entièrement le César du public. C'est le clap de fin pour la courte histoire de ce prix du public, qui n'est pas parvenu à rassembler l'audience attendue et à aller au-delà des critiques d'une industrie qui ne représente plus les goûts du public. Et, particulièrement après la crise Polanski de la cérémonie des César 2020, ces nouvelles discussions viennent s'insérer dans un contexte où la cérémonie des César perd en légitimité et désintéresse graduellement le grand public.

10 Brigitte Baronnet, « César du public : le règlement va changer en 2020 », AlloCine.fr, 4 novembre 2019.

CONCLUSION

Difficile de conclure une réflexion sur un sujet à ce point mouvant... Tout au long de ce travail, l'actualité est venue confirmer, modifier, infirmer notre réflexion sur une crise dont il est encore impossible de savoir pendant combien de temps ses effets directs et indirects vont se faire ressentir.

Pour continuer la trame de ce travail nourri de coups d'œil dans le rétroviseur historique, on serait tenté, comme beaucoup l'ont fait récemment, de faire pour les années qui viennent une prédiction en forme de vœu. De même que la Première Guerre mondiale et la pandémie qui lui a succédé ont cédé la place à une période frénétique avec les Années folles, on ne peut que souhaiter à l'industrie du cinéma de vivre à nouveau, au long de la décennie 2020, des « *Roaring 20's* », des « années 20 rugissantes » au cours desquelles la frustration des périodes de confinement sera compensée par une créativité et une envie renouvelée de sortir de chez soi, d'aller se confronter au grand écran, à son expérience captive et captivante...

Au-delà de ce vœu, pourtant, il semble possible de se risquer au jeu de prédictions un peu plus précises sur ce qui attend l'industrie du cinéma après ce tremblement de terre majeur qu'elle n'a pas tout à fait fini de subir.

Tous les ingrédients semblent réunis pour une recomposition profonde du paysage, tant du côté des producteurs et distributeurs, y compris des studios, que du côté des diffuseurs, notamment des exploitants. Des mouvements capitalistiques majeurs ont démarré, de nouveaux acteurs ont rejoint la table de jeu et le contexte réglementaire est en train de se modifier aux États-Unis comme en Europe. La question n'est donc presque plus de savoir si une recomposition va avoir lieu mais quelle forme elle va prendre. Les fameux GAFA vont-ils, comme certains l'anticipent, jouer un rôle prépondérant ? On pourrait considérer que c'est déjà le cas avec l'acquisition de MGM par Amazon mais aussi que, si le mouvement devait en rester là, cela resterait anecdotique à l'échelle de l'industrie. Ce qui serait de nature à modifier plus profondément le fonctionnement global du marché du cinéma serait un rapprochement d'ampleur entre l'exploitation et les plateformes.

Le sauvetage rocambolesque du leader mondial de l'exploitation AMC au cours de la première partie de 2021 mériterait à lui seul un livre ou, mieux, un film. Cet épisode est riche en enseignements car il illustre parfaitement plusieurs caractéristiques des changements qui viennent. Tout d'abord, ces changements sont très imprévisibles. « *Expect the unexpected* » (prévoir l'imprévisible), comme aiment particulièrement le dire les Américains depuis ce fameux mois de mars 2020. Ce n'est pas parce que c'est écrit que cela va avoir lieu... Tous les analystes raisonnables prévoyaient unanimement une défaillance d'AMC, éventualité à laquelle le management du groupe avait d'ailleurs préparé les esprits. Pourtant, à la faveur d'un phénomène de « *meme stock* » porté par le réseau social Reddit, les fonds spéculatifs ont été renversés par ceux qui aiment se décrire comme les « singes », en référence à une image extraite du film *La Planète des singes*, assortie du sous-titre « *Apes together strong* » (ensemble, singes forts). Dans un retournement de situation qui vaudrait à n'importe quel scénariste présentant un tel *happy ending* un soupir réprobateur, le leader AMC, tel le phœnix, renaît de ses cendres. Lâché par ses actionnaires chinois et attaqué par des fonds spéculatifs alors même qu'il était à terre, le groupe de Leawood, Kansas, est de retour, et même à l'offensive en mettant la main en cette fin d'année 2021 sur plusieurs localisations enviées.

L'apanage d'un bon scénario est d'être imprévisible et d'utiliser des ressorts narratifs et dramatiques propres à l'époque dans laquelle se déroule l'intrigue. Les années qui viennent vont donc voir l'industrie du cinéma se transformer dans un savant mélange entre expérience physique, « présentielle » comme on dit depuis 2020, et parcours digital, entre immersion et réalité virtuelle, avec des catégories moins nettes entre les différentes familles du divertissement. Sans projeter directement la salle de demain dans le « métavers » qui met aujourd'hui la communauté technologique en émoi, on peut cependant céder à une autre mode sémantique qui revient en force : le monde « VUCA ». Cet acronyme anglo-saxon issu du monde militaire américain de la fin de la guerre froide est la juxtaposition de quatre caractéristiques. Volatilité (*volatility*) : autrement dit, tout change très vite et il faut en permanence adapter son organisation. Incertitude (*uncertainty*) : on ne sait pas de quoi l'avenir sera fait, il est difficile d'imaginer le long terme. Complexe (*complex*) : nous recevons beaucoup d'informations, la menace (ou la concurrence) peut venir de partout, les situations sont difficiles à analyser. Ambigu (*ambiguous*) : on n'a pas de schéma préétabli (les situations sont nouvelles) et la chaîne de cause à effet n'est pas limpide... Ce résumé du concept VUCA trouvé sur un blog[1] semble coller parfaitement à la complexité des évolutions décrites sommairement tout au long de cet ouvrage.

1 Blog Organisation Performante : https://www.organisation-performante.com/vuca-en-francais-mais-que-signifie-donc-ce-terme/

Au milieu de cette incertitude, on peut se risquer à mettre en avant quatre facteurs clés de succès pour l'avenir des salles, que l'on pourra alors résumer par « **DÉCENT** ».

D

DIVERTISSEMENT

Le cinéma s'est toujours nourri des autres formes de culture et de divertissement qu'il a nourries en retour (musique, littérature, B.D., etc.). Alors que le jeu vidéo, la culture mobile, les formats courts prennent une place prépondérante dans le cœur (et le temps) des jeunes spectateurs, le cinéma doit plus que jamais construire des ponts et des collaborations avec toutes ces formes complémentaires de divertissement.

É

ÉDUCATION

Le monde de l'éducation a été particulièrement transformé par la crise du Covid. Par les infrastructures dont il dispose et par sa mission, le cinéma a un rôle à jouer dans l'offre éducative de demain. Les passerelles entre le cinéma et l'éducation, celle des plus jeunes mais aussi tout au long de la vie, contribueront à donner, demain plus encore qu'hier, une place essentielle au(x) cinéma(s) au cœur de nos sociétés.

C

COLLECTIF

La dimension collective de l'expérience est une des caractéristiques essentielles du cinéma. À ce titre, au sortir d'une crise qui a généré de l'isolement, le cinéma a une mission de création de lien entre les spectateurs, qui sont aussi des citoyens. Le cinéma doit perpétuer cette mission et inventer de nouvelles formes de partage, d'échange, d'interaction, en somme tout ce qui nourrit le « vivre ensemble ».

E

E-COMMERCE / E-EXPÉRIENCE

Le cinéma a du temps à rattraper pour s'inscrire pleinement dans cette économie numérique qu'il a longtemps toisée avec méfiance. Les expériences en salle de demain devront être connectées avec le monde digital et mobile, en amont, en aval et peut-être même (dans des cas bien particuliers) au cœur de l'expérience en salle pour favoriser l'interaction et la personnalisation.

NT

NOUVELLES TECHNOLOGIES

L'innovation technologique est dans l'ADN du cinéma depuis son invention il y a plus d'un siècle. Chaque crise a été surmontée par de nouvelles innovations, souvent d'ordre technologique (parfois aussi innovations de format, comme le multiplexe). Dans quel domaine la salle de demain va-t-elle (re)devenir un lieu d'avant-garde technologique ? Voilà un sujet majeur pour les années qui viennent.

BIBLIOGRAPHIE

ALLAMAND (Clémence), « La face cachée du passage à la projection numérique », *Réseaux*, janvier 2019.

ANDREEVA (Nellie), « Historian Wiliam Mann On How The 1918 Spanish Flu Changed Hollywood Forever & How COVID-19 Might Too », Deadline.com, 6 avril 2020 (https://deadline.com/2020/04/hollywood-coronavirus-impact-spanish-flu-history-lessons-william-mann-interview-1202899630/).

Annie, « Écrans français de l'entre-deux-guerres I. Les années 1920. Interview de Jean-Jacques Meusy », Lesamisdulouxor.fr, 1er octobre 2017 (https://www.lesamisdulouxor.fr/2017/10/ecrans-francais-de-lentre-deux-guerres-i-les-annees-1920/).

Annie, « Écrans français de l'entre-deux-guerres II. Les années 1930. Interview de Jean-Jacques Meusy », Lesamisdulouxor.fr, 1er octobre 2017 (https://www.lesamisdulouxor.fr/2017/10/ecrans-francais-de-lentre-deux-guerres-ii-les-annees-1930/).

BAILLY (Philippe), « The Screening Room, un nouveau modèle de distribution qui divise Hollywood », Insight.npaconseil.com, 23 mars 2016 (https://insight.npaconseil.com/2016/03/23/the-screening-room-un-nouveau-modele-de-distribution-qui-divise-hollywood/).

BARNES (Brooks), « From AMC and MoviePass, a Film a Day for a Monthly Fee », *The New York Times*, 16 décembre 2014 (https://www.nytimes.com/2014/12/16/business/from-amc-and-moviepass-a-film-a-day-for-a-monthly-fee.html).

BARONNET (Brigitte), « César du public : le règlement va changer en 2020 », AlloCine.fr, 4 novembre 2019 (https://www.allocine.fr/article/fichearticle_gen_carticle=18685468.html).

BELSON (William A.), « The Effect of Television on Cinema Going », *Audio Visual Communication Review*, vol. 6, n° 2, 1958, p. 131-139 (www.jstor.org/stable/30216842).

BERG (Madeline), « Oscars 2021 : Advertisers Spend millions On Least-Watched Ceremony Ever », *Forbes*, 26 avril 2021 (https://www.forbes.com/sites/maddieberg/2021/04/26/oscars-2021-advertisers-spend-millions-on-least-watched-ceremony-ever/?sh=50a708bc11b9).

BERRY (John F.), « Coca-Cola to Acquire Columbia Pictures », *The Washington Post*, 20 janvier 1982 (https://www.washingtonpost.com/archive/business/1982/01/20/coca-cola-to-acquire-columbia-pictures/871c846f-01c4-4674-8038-989c4fc40791/).

BETZ (Brandy), « Assessing Ticket Seller Fandango's Partnership with Yahoo Movies », InvestorPlace.com, 21 mars 2012 (https://investorplace.com/2012/03/assessing-ticket-seller-fandangos-partnership-with-yahoo-movies-cmcsa-yhoo/).

BLOCK (Alex Ben) et WILSON (Lucy Autrey), *George Lucas's Blockbusting : A Decade-by-Decade Survey of Timeless Movies Including Untold Secrets of their Financial and Cultural Success*, New York, itBooks, 2010 (https://archive.org/details/georgelucassbloc00alex).

BOLTANSKI (Christophe), « La carte UGC passe la Manche sans cri », *Libération*, 11 octobre 2000 (https://www.liberation.fr/culture/2000/10/11/la-carte-ugc-passe-la-manche-sans-cri_340211).

BOUDSOCQ (Stéphane), « César 2020 : pourquoi le prix du public pourrait échapper à *Qu'est-ce qu'on a encore fait au Bon Dieu ?* », Rtl.fr, juin 2020 (https://www.rtl.fr/culture/cine-series/pourquoi-le-cesar-du-public-pourrait-echapper-a-qu-est-ce-qu-on-a-encore-fait-au-bon-dieu-7800075299).

BOUZET (Anne-Dominique), « UGC invente le ciné à l'année. Avec sa carte "illimitée", le réseau avance un pion dans la stratégie de fidélisation des spectateurs », *Libération*, 4 avril 2000 (https://www.liberation.fr/culture/2000/04/04/ugc-invente-le-cine-a-l-annee-avec-sa-carte-illimitee-le-reseau-avance-un-pion-dans-la-strategie-de-_323521/).

BRODY (Richard), « Lessons for the Movie Industry from the 1918 Influenza Pandemic », *The New Yorker*, 17 mars 2020 (https://www.newyorker.com/culture/the-front-row/lessons-for-the-movie-industry-from-the-1918-influenza-pandemic).

BUSCH (Anita) et D'ALESSANDRO (Anthony), « James Cameron & Jon Landau Speak Out Against the Screening Room's Day-And-Date Release Proposal », Deadline.com, 16 mars 2016 (https://deadline.com/2016/03/the-screening-room-james-cameron-jon-landau-speak-up-against-day-and-date-release-1201721393/).

COTILLON (Laurent), « Quel futur pour le cinéma et l'audiovisuel ? Interview avec Emmanuel Ethis », *Le Film français*, 28 mai 2021, n° 3967-68, p. 18.

COUNIS (Alexandre), « Napster vendu pour une bouchée de pain à une start-up britannique », *Les Échos*, 26 août 2020 (https://www.lesechos.fr/tech-medias/medias/napster-vendu-pour-une-bouchee-de-pain-a-une-start-up-britannique-1236856).

CRETON (Laurent) et KITSOPANIDOU (Kira), *Les Salles de cinéma : enjeux, défis et perspectives*, Paris, Armand Colin Éditeur, 2013.

D'ALESSANDRO (Anthony), « Theater Owners Accuse Universal of "Destructive Tendency" and Not Involving Circuits In *Trolls World Tour* PVOD Decision », Deadline.com, 28 avril 2020 (https://deadline.com/2020/04/trolls-world-tour-theater-owners-slam-universal-over-pvod-release-1202920128/).

DAVIS (Rebecca), « China's Cinema Screen Count Leaps Despite COVID Closures », *Variety*, 16 février 2021 (https://variety.com/2021/film/news/china-cinema-screen-count-increased-2020-1234909164/).

DOWD (Vincent), « Oscars 2020 : The lowdown on international film nominees », Bbc.com, 4 février 2020 (https://www.bbc.com/news/entertainment-arts-51136829).

DRUEL (François) et GOMBERT (Guillaume), *GAFANOMICS : comprendre les super-pouvoirs des GAFA pour jouer à armes égales*, Fabernovel, Eyrolles, 2020.

DUPONT (Nathalie), « Le cinéma américain : un impérialisme culturel ? », *Revue LISA/LISA e-journal*, vol. V, n° 3, 2007 (https://journals.openedition.org/lisa/1626).

FITHIAN (John), « Home Entertainment Sounds an Alarm », *Boxoffice Pro* (*Boxoffice*), septembre 2009.

GOLDSMITH Jill, « New Nielsen Measurement Shows Streaming Usage Outrunning Broadcast TV in May », Deadline.com, 17 juin 2021.

GOUDINEAU (Daniel), « Adieu la pellicule ? Les enjeux de la projection numérique », Cnc.fr, août 2006, p. 17.

GUERRASIO (Jason), « Bitter enemies MoviePass and AMC once worked together - here's a look inside the relationship's epic collapse », Businessinsider.com, 17 août 2018 (https://www.businessinsider.com/moviepass-and-amc-worked-together-once-a-look-inside-the-epic-collapse-2018-8?IR=T).

HANCOCK (David), « Omdia : Key Trends Path to recovery », Omdia, mars 2021.

HAYES (Thomas C.), « Coke Expected to Acquire Columbia Pictures », *The New York Times*, 19 janvier 1982 (https://www.nytimes.com/1982/01/19/business/coke-expected-to-acquire-columbia-pictures.html).

HUNT (Kristin), « How the Oscars Went Austere for World War II », Vulture.com, 21 février 2019 (https://www.vulture.com/2019/02/how-the-oscars-went-austere-for-world-war-ii.html).

JOHNSON (Ben), « Film & TV Distribution : What changes are coming over the next ten years ? », Oxford Brookes University et Gruvi, présentation dans le cadre de la série masterclass « Film industries : Conversations, Collaboration and Crisis Management », 4 mai 2021.

JONES (Lucy), « Lockdown Learnings : How to accelerate the next re-opening phase », Comscore, présentation dans le cadre de UNIC Marketing Meeting, 9 décembre 2020.

JOON-HO (Bong), « Discours de réception aux Golden Globes », Youtube.com, 6 janvier 2020 (https://www.youtube.com/watch?v=M-JJuw99ReU&ab_channel=MattK).

KING (Susan), « How Hollywood Dealt with Great Depression », *Los Angeles Times*, 24 février 1991 (https://www.latimes.com/archives/la-xpm-1991-02-24-tv-2335-story.html).

KOSZARSKI (Richard), « *Moving Picture World* reports on pandemic influenza, 1918-19 », *Film History*, vol. 17, n° 4, 2005, p. 466-485.

LANG (Brent), « Studios, Exhibitors Consider Revolutionary Plan for Day-and-Date Movies at Home », *Variety*, 9 mars 2016 (https://variety.com/2016/film/news/studios-exhibitors-consider-revolutionary-plan-for-day-and-date-movies-at-home-exclusive-1201725168).

LANG (Brent), « Peter Jackson Says Screening Room Grows the Movie Business », *Variety*, 13 mars 2016 (https://variety.com/2016/film/news/peter-jackson-screening-room-sean-parker-1201728990/).

LEE LENKER (Maureen), « Hollywood History : How World War II forced the Academy to rethink the 1942 Oscars », *Entertainment Weekly*, 16 avril 2021 (https://ew.com/awards/oscars/hollywood-history-1942-oscars/).

LEON Y BARELLA (Alicia), « Le cinéma américain en France (1926-1936). Dominations et résistances », École nationale des chartes, 2012 (http://www.chartes.psl.eu/fr/positions-these/cinema-americain-france-1926-1936-domination-resistances).

LIEBERMAN (David), « MovieTickets Vs. AMC : Did Theater Chain Pull A Double-Cross ? », Deadline.com, 9 juillet 2012 (https://deadline.com/2012/07/movietickets-amc-entertainment-lawsuit-297264/).

LOND (Harley), « Opening Credits », *Boxoffice Pro (Boxoffice)*, mars 1986.

LORIA (Daniel) et PAHLE (Rebecca), « The Digital Box Office : How E-Commerce Is Impacting the Movie Theater Business », *Boxoffice Pro*, 19 septembre 2019 (https://www.boxofficepro.com/digital-ticketing-movie-theaters-ecommerce/).

LORIA (Daniel), « AMC Theatres Welcomes Back Universal Titles Under Shortened Theatrical Exclusivity Window », *Boxoffice Pro*, 28 juillet 2020 (https://www.boxofficepro.com/amc-theatres-welcomes-back-universal-titles-under-significantly-shortened-theatrical-exclusivity-window/).

LOTZE (Kathleen), « Bringing the Multiplex to Antwerp : A Battle of Two Giants », *TMG Journal for Media History*, vol. 1, n° 1, 2018, p. 76-101.

MALOUCHOU KANELLOPOULOU (Vassiliki), « A Century in Exhibition », série, *Boxoffice Pro*, janvier 2020-2021 (https://www.boxofficepro.com/?s=Century+in+exhibition).

MEARES (Hadley), « Closed Movie Theaters and Infected Stars : How the 1918 Flu Halted Hollywood », *The Hollywood Reporter*, 11 avril 2020 (https://www.hollywoodreporter.com/movies/movie-news/how-1918-flu-halted-hollywood-1286640/).

MORGAN (Iwan) et DAVIES (Philip John), *Hollywood and the Great Depression : American Film, Politics and Society in the 1930*, Edinburgh University Press, 2016.

NADELLA (Satya), « Microsoft Earnings Release FY20 Q3 », Microsoft.com, 29 avril 2020 (https://www.microsoft.com/en-us/Investor/earnings/FY-2020-Q3/press-release-webcast).

O'CONNELL (Mikey), « TV Ratings : Oscars Drop to All-Time Low 26.5 Million Viewers », *The Hollywood Reporter*, 5 mars 2018 (https://www.hollywoodreporter.com/tv/tv-news/tv-ratings-oscars-eye-new-low-early-numbers-1091636/).

PAHLE (Rebecca), « A Pass to the Future : MoviePass and AMC Theatres usher movie ticketing into the 21st century », *Film Journal International*, 23 janvier 2015 (http://fj.webedia.us/features/pass-future-moviepass-and-amc-theatres-usher-movie-ticketing-21st-century).

PARKINSON (David), *100 Ideas that Changed Film*, Londres, Laurence King Publishing, 2012.

PAUTZ (Michelle C.), « The Decline in Average Weekly Cinema Attendance, 1930-2000 », *Political Science Faculty Publications*, 2002, p. 25.

PENDERGRAST (Mark), *For God, Country & Coca-Cola. The Definitive History of the Great American Soft Drink and the Company That Makes It*, New York, Basic Books, 3e édition, 2013.

PEREZ (Sarah), « Fandango Wins Movies Deal Over Rival MovieTickets.com », TechCrunch.com, 19 mars 2012 (https://techcrunch.com/2012/03/19/fandango-wins-yahoo-movies-deal-over-rival-movietickets-com/).

PHILIPS (Rich), « VPF : The end of an era », Artsalliancemedia.com, 22 mars 2018 (https://www.artsalliancemedia.com/blog/the-evolution-of-digital-cinema-from-vpf-to-the-future).

RICHTER (Paul), « Sony to Pay $3.4 Billion for Columbia Pictures : Japanese Firm Willing to Offer High Price to Get Fim, TV Software for Video Equipment it Makes », *Los Angeles Times*, 28 septembre 1989 (https://www.latimes.com/archives/la-xpm-1989-09-28-mn-361-story.html).

RITMAN (Alex), « Why the Screening Room Debate Could Prove "More Damaging" in Europe », *The Hollywood Reporter*, 17 juin 2016 (https://www.hollywoodreporter.com/movies/movie-news/why-screening-room-debate-could-902327/).

SCHNEIDER (Michael), « Oscars May Have Trouble Overcoming TV's Awards Show Ratings Problems », *Variety*, 15 avril 2021 (https://variety.com/2021/awards/awards/oscars-awards-show-ratings-1234951546/).

SCHONFELD (Erik), « Fandango Begins Rolling Out Mobile Tickets That Let Moviegoers Go Paperless », TechCrunch.com, 15 mars 2010 (https://techcrunch.com/2010/03/15/fandango-mobile-tickets/).

SCHWARTZEL (Erich), « *Trolls World Tour* Breaks Digital Records and Charts a New Path for Hollywood », *Wall Street Journal*, 28 avril 2020 (https://www.wsj.com/articles/trolls-world-tour-breaks-digital-records-and-charts-a-new-path-for-hollywood-11588066202).

SCORSESE (Martin), « I Said Marvel Movies Aren't Cinema. Let Me Explain », *The New York Times*, 4 novembre 2019 (https://www.nytimes.com/2019/11/04/opinion/martin-scorsese-marvel.html).

SHARF (Zack), « Oscars Slammed by Film Journalists for Creating "Best Popular Film" Category, Especially in the Year of *Black Panther* », IndieWire.com, 8 août 2018 (https://www.indiewire.com/2018/08/oscars-slammed-popular-film-black-panther-1201992310/).

SPANGER (David E.), « Sony Has High Hopes for Columbia Pictures », *The New York Times*, 28 septembre 1989 (https://www.nytimes.com/1989/09/28/business/sony-has-high-hopes-for-columbia-pictures.html).

SPANGLER (Todd), « MoviePass Shuts Down, With Parent Company Citing Failure to Raise Funds », *Variety*, 13 septembre 2019 (https://variety.com/2019/digital/news/moviepass-shuts-down-1203335464/).

SPANGLER (Todd), « MoviePass Parent Company Files for Bankruptcy », *Variety*, 29 janvier 2020 (https://variety.com/2020/digital/news/moviepass-bankruptcy-parent-helios-and-matheson-1203485327/).

SPANGLER (Todd), « Fandango Buys Rival MovieTickets.com, Amassing Broader Theater Reach », *Variety*, 13 octobre 2017 (https://variety.com/2017/digital/news/fandango-buys-movietickets-com-1202589129/).

STOLL (Julia), « Foreign language films viewing preferences in the U.S. 2020 by ethnicity », Statista.com, 13 janvier 2021 (https://www.statista.com/statistics/1095814/foreign-language-film-preferences-us-by-ethnicity/).

SWARTZ (Charles S.), *Understanding digital cinema*, Routledge, 2004.

THOMALA (Lai Lin), « Annual growth in the number of cinema screens in China 2006-2020 », Statista.com, 21 août 2020 (https://www.statista.com/statistics/260293/number-of-cinema-screen-growth-in-china/).

THOMPSON (Anne), « If Theatres Can Survive the Current Pandemic, It Will Be on Different Terms », IndieWire.com, 24 mai 2020 (https://www.indiewire.com/2020/03/pandemic-theater-chains-survive-coronavirus-box-office-1202217581/).

THORNE (Will) et OTTERSON (Joe), « How Golden Globes Ratings Stack Up Against Oscars, Emmys, Grammys », *Variety*, 6 janvier 2020 (https://variety.com/2020/tv/news/tv-ratings-golden-globes-oscars-emmys-grammys-1203458552/).

VARY (Adam B.), « Disney Explodes Box Office Records with $11.1 billion Worldwide for 2019 », *Variety*, 2 janvier 2020 (https://variety.com/2020/film/box-office/disney-global-box-office-2019-1203453364/).

WERBA (Stéphane), « Quelle stratégie mettre en place pour retenir ses abonnés ? », *Forbes*, 10 août 2020 (https://www.forbes.fr/business/quelle-strategie-mettre-en-place-pour-retenir-ses-abonnes/).

WHITTEN (Sarah), « Academy Awards ratings plummet to all-time low as viewership drops below 10 million », Cnbc.com, 26 avril 2021 (https://www.cnbc.com/2021/04/26/oscars-2021-academy-award-ratings-plummet-to-all-time-low-.html).

WHITTEN (Sarah), « Disney accounted for nearly 40 % of the 2019 US box office », Cnbc.com, 29 décembre 2019 (https://www.cnbc.com/2019/12/29/disney-accounted-for-nearly-40percent-of-the-2019-us-box-office-data-shows.html).

WHITTINGTON (Paul), « How the Great Depression inspired Hollywood's golden age », *The Independent*, 4 octobre 2008 (https://www.independent.ie/entertainment/movies/how-the-great-depression-inspired-hollywoods-golden-age-26481978.html).

ZACHAREK (Stephanie), « The Oscars' New "Popular Film" Category Confirms That Hollywood Thinks We're Stupid », *Time*, 8 août 2018 (https://time.com/5361417/new-oscar-category-popular-film/).

ZHAO (Shirley), « As Chinese film goers pivot to local content Hollywood loses out », *Al Jazeera*, 16 février 2021 (https://www.aljazeera.com/economy/2021/2/16/bbas-chinese-film-goers-pivot-to-local-content-hollywood-losesou).

« Aide à la numérisation des salles de cinéma », Cnc.fr, juillet 2010.

« Baromètre de la vidéo à la demande (VàD/VàDA) - avril 2021 », Cnc.fr, 8 juin 2021 (https://www.cnc.fr/professionnels/etudes-et-rapports/statistiques/barometre-de-la-video-a-la-demande-vadvada--mars-2021_1475602).

« Bilan du CNC : le cinéma très attractif en 2019 », *Boxoffice Pro*, 26 mai 2020.

Boxoffice Pro, archives périodiques de 1925 à 2021.

« César 2021 : l'une des pires audiences pour la 46e cérémonie », *Huffington Post*, 13 mars 2021 (https://www.huffingtonpost.fr/entry/cesar-2021-lune-des-pires-audiences-pour-la-46e-ceremonie_fr_604cc750c5b636ed337ab6aa).

Covidwood, l'année où Hollywood s'arrêta, documentaire réalisé par Didier Allouch, France, Canal +, 2021, 53 min.

« Décision 00-MC-13 du 25 juillet 2000 », Autorité de la concurrence, 25 juillet 2000 (https://www.autoritedelaconcurrence.fr/fr/decision/relative-des-demandes-de-mesures-conservatoires-presentees-par-les-societes-cinevog-sarl).

« Développer les ciné-clubs dans tous les collèges et les lycées », Ministère de l'Éducation nationale, de la Jeunesse et des Sports, 28 novembre 2018 (https://www.education.gouv.fr/developper-les-cine-clubs-dans-tous-les-colleges-et-les-lycees-8789).

« Experience Over Nine Decades of the Oscars from 1927 to 2021 », Academy of Motion Picture Arts and Sciences, s. d. (https://www.oscars.org/oscars/ceremonies).

« Film & TV Piracy Surge During COVID-19 Lockdown », Muso.com, 27 avril 2020 (https://www.muso.com/magazine/film-tv-piracy-surge-during-covid-19-lockdown).

« From Discovery to Purchase : The Moviegoing Experience Begins Online », *Boxoffice Profile*, mars 2019 (https://boxofficeprofile.webediamoviespro.com/whitepaper).

« Historique du groupe », Kinépolis, s. d. (https://corporate.kinepolis.com/fr/a-propos-de-kinepolis/historique).

« History of the Oscars Presentation », Academy of Motion Picture Arts and Sciences, s. d. (https://www.oscars.org/sites/oscars/files/88aa_presentation_history.pdf).

« Le cinéma, au cœur des territoires et des pratiques culturelles des Français », Cnc.fr, 19 septembre 2019 (https://www.cnc.fr/professionnels/actualites/le-cinema-au-coeur-des-territoires-et-des-pratiques-culturelles-des-francais_1050702).

« L'économie des abonnements à entrées illimitées au cinéma », Cnc.fr, avril 2008, p. 21 (https://www.cnc.fr/cinema/etudes-et-rapports/etudes-prospectives/leconomie-des-abonnements-a-entrees-illimitees-au-cinema_211307).

« L'éducation à l'image, au cinéma et à l'audiovisuel », Ministère de l'Éducation nationale, de la Jeunesse et des Sports, janvier 2021 (https://www.education.gouv.fr/l-education-l-image-au-cinema-et-l-audiovisuel-9587).

« L'éducation à l'image en chiffres », Lefildesimages.fr, 31 mars 2017 (https://www.lefildesimages.fr/leconomie-des-dispositifs-deducation-a-limage/).

« L'Émission avec Mathieu Debusschère », *Boxoffice Pro*, 27 mai 2021 (https://www.youtube.com/watch?v=cU726pD3QHs&t=9s&ab_channel=BoxofficeProFranc).

« L'évolution du secteur de l'exploitation cinématographique », Senat.fr, s. d. (https://www.senat.fr/rap/r02-308/r02-308.html).

« Mai 68, le cinéma et l'éducation à l'image », Cnc.fr, 18 mai 2018 (https://www.cnc.fr/cinema/actualites/mai-68-le-cinema-et-leducation-a-limage_877015).

« Mega-ambitious », *Forbes*, 26 juillet 1999 (https://www.forbes.com/global/1999/0726/074_01.html?sh=498d76e04ad7).

« Qui sommes-nous ? », Gaumont, s. d. (https://www.gaumont.fr/fr/qui.html).

« The American Film Industry in the Early 1950s », Encyclopedia.com, s. d. (https://www.encyclopedia.com/arts/culture-magazines/american-film-industry-early-1950s).

« Theme Report 2020 », Motion Picture Association, mars 2021 (https://www.motionpictures.org/wp-content/uploads/2021/03/MPA-2020-THEME-Report.pdf).

« The Reel Thing : Coke's Brief-Yet-Profitable Foray into Show Business », Journey NZ Staff, Coca-Cola Journey, 29 août 2016 (https://www.coca-colajourney.co.nz/stories/the-reel-thing-coke-s-brief-yet-profitable-foray-into-show-business).

« United States v. Paramount Pictures, Inc., United States District Court Southern District of New York », gov.uscourts.nysd, 7 août 2020 (https://storage.courtlistener.com/recap/gov.uscourts.nysd.527174/gov.uscourts.nysd.527174.52.0.pdf).

« United States v. Paramount Pictures, Inc., 334 U.S. 131 », The United States Department of Justice, 1948 (https://www.justice.gov/atr/paramount-decree-review).

REMERCIEMENTS

Je tiens tout d'abord à remercier Vassiliki Malouchou Kanellopoulou et Matisse de Rivières pour leur travail sans lequel ce livre n'aurait pas pu voir le jour. Lors de la préparation de cet ouvrage, elles n'ont eu de cesse de m'impressionner par leur sérieux, leur passion et leur intelligence. Nos interactions quotidiennes pendant toutes ces semaines ont été un réel plaisir et j'espère avoir d'autres opportunités de collaborer avec elles à l'avenir.

Je souhaite ensuite remercier les équipes de The Boxoffice Company qui me supportent au quotidien, dans le sens aussi bien français qu'anglais du terme. J'ai beaucoup appris à leurs côtés et je continue d'apprendre jour après jour. Je ne peux mentionner tout le monde mais je remercie en particulier ici notre rédacteur en chef pour *Boxoffice Pro US*, Daniel Loria, et toute son équipe, notamment Rebecca Pahle et Shawn Robbins, qui ont largement nourri ces réflexions, ainsi que notre rédactrice en chef pour la France, Marion Delique, et son équipe, Aysegul Algan, Tanguy Colon, Cécile Vargoz et Philippe Cosqueric.

Mon aventure au sein de cette passionnante industrie n'aurait pu se poursuivre sans la confiance de ceux avec qui et grâce à qui j'ai développé ce qui est aujourd'hui devenu The Boxoffice Company : Marc Ladreit de Lacharrière, Véronique Morali et Cédric Siré. Qu'ils en soient ici remerciés.

Ils sont trop nombreux pour les citer tous mais, parmi ceux aux côtés de qui j'ai tant appris sur le cinéma, je souhaiterais remercier Patrick Farcy, mon partenaire dans l'aventure entrepreneuriale, Stan Ruszkowski, dont l'amitié et le talent m'ont accompagné tout au long de mon aventure américaine, Christophe Merceron, Marilyn Iacovissi, Adrien Chabal et Mohamed Belmaaza, qui m'épaulent et m'entraînent au quotidien. Parmi mes partenaires et amis dans ce métier, je voudrais enfin remercier les personnalités qui m'ont fait confiance et auprès desquelles je continue d'apprendre chaque jour : Jean-Marie Dura, John Fithian, Bob et Andrew Sunshine, Jocelyn Bouyssy, Xavier Albert, Jean de Rivières, Richard Patry, François Clerc, Stéphane Huard et tant d'autres.

Pour finir, ces remerciements seraient incomplets si je ne mentionnais pas ma partenaire de toujours, mon épouse Aurélie, dont le soutien indéfectible me donne chaque jour des ailes, ainsi que mes quatre merveilleux enfants, Alice, Théophile, Héloïse et Violette, qui feront bien semblant de lire ce livre en entier pour trouver cette mention sur la dernière ligne de la dernière page...

Auteur
Julien Marcel
avec la collaboration de
Vassiliki Malouchou Kanellopoulou
Matisse de Rivières

Direction
Julien Marcel

Édition
Éditions Boxoffice

Correction
Magali Vidal

Direction artistique, conception graphique et mise en pages
Le Bureau des Affaires Graphiques

Fabrication
Le BDAG / Éditions Boxoffice

Achevé d'imprimé en octobre 2021
ISBN : 978-2-9579917-0-9
Code éditeur : 978-2-9579917
Dépôt légal : Octobre 2021
Imprimé en France par STIPA